列夫·托尔斯泰的自然生命观研究

Study on Leo Tolstoy's Natural View of Life

张兴宇 著

中国社会科学出版社

图书在版编目（CIP）数据

列夫·托尔斯泰的自然生命观研究／张兴宇著. —北京：中国社会科学
出版社，2016.12

（中国社会科学博士后文库）

ISBN 978 - 7 - 5161 - 9627 - 4

Ⅰ. ①列…　Ⅱ. ①张…　Ⅲ. ①托尔斯泰（Tolstoy Aleksey Nikolayevich，graf
1883—1945）—小说研究　Ⅳ. ①I512.074

中国版本图书馆 CIP 数据核字（2016）第 321823 号

出 版 人　赵剑英
策划编辑　郭晓鸿
责任编辑　熊　瑞
责任校对　季　静
责任印制　王　超

出　　　版　中国社会科学出版社
社　　　址　北京鼓楼西大街甲 158 号
邮　　　编　100720
网　　　址　http://www.csspw.cn
发 行 部　010 - 84083685
门 市 部　010 - 84029450
经　　　销　新华书店及其他书店

印刷装订　北京君升印刷有限公司
版　　　次　2016 年 12 月第 1 版
印　　　次　2016 年 12 月第 1 次印刷

开　　　本　710×1000　1/16
印　　　张　13.75
字　　　数　225 千字
定　　　价　50.00 元

序 言

    博士后制度在我国落地生根已逾30年，已经成为国家人才体系建设中的重要一环。30多年来，博士后制度对推动我国人事人才体制机制改革、促进科技创新和经济社会发展发挥了重要的作用，也培养了一批国家急需的高层次创新型人才。

    自1986年1月开始招收第一名博士后研究人员起，截至目前，国家已累计招收14万余名博士后研究人员，已经出站的博士后大多成为各领域的科研骨干和学术带头人。这其中，已有50余位博士后当选两院院士；众多博士后入选各类人才计划，其中，国家百千万人才工程年入选率达34.36%，国家杰出青年科学基金入选率平均达21.04%，教育部"长江学者"入选率平均达10%左右。

    2015年底，国务院办公厅出台《关于改革完善博士后制度的意见》，要求各地各部门各设站单位按照党中央、国务院决策部署，牢固树立并切实贯彻创新、协调、绿色、开放、共享的发展理念，深入实施创新驱动发展战略和人才优先发展战略，完善体制机制，健全服务体系，推动博士后事业科学发展。这为我国博士后事业的进一步发展指明了方向，也为哲学社会科学领域博士后工作提出了新的研究方向。

    习近平总书记在2016年5月17日全国哲学社会科学工作座谈会上发表重要讲话指出：一个国家的发展水平，既取决于自然科学发展水平，也取决于哲学社会科学发展水平。一个没有发达的自然科学的国家不可能走在世界前列，一个没有繁荣的哲学社会科学的国家也不可能走在世界前列。坚持和发展中国特色社会主义，需要不断在实践和理论上进行探索、用发展着的理论指导发展着的实践。在这个过程中，哲学社会科学具有不可替代的重要地位，哲学社会科学工作者具有不可替代的重要作用。这是党和国家领导人对包括哲学社会科学博士后在内的所有哲学社会科学领域的研究者、工作者提出的殷切希望！

中国社会科学院是中央直属的国家哲学社会科学研究机构，在哲学社会科学博士后工作领域处于领军地位。为充分调动哲学社会科学博士后研究人员科研创新积极性，展示哲学社会科学领域博士后优秀成果，提高我国哲学社会科学发展整体水平，中国社会科学院和全国博士后管理委员会于 2012 年联合推出了《中国社会科学博士后文库》（以下简称《文库》），每年在全国范围内择优出版博士后成果。经过多年的发展，《文库》已经成为集中、系统、全面反映我国哲学社会科学博士后优秀成果的高端学术平台，学术影响力和社会影响力逐年提高。

下一步，做好哲学社会科学博士后工作，做好《文库》工作，要认真学习领会习近平总书记系列重要讲话精神，自觉肩负起新的时代使命，锐意创新、发奋进取。为此，需做到：

第一，始终坚持马克思主义的指导地位。哲学社会科学研究离不开正确的世界观、方法论的指导。习近平总书记深刻指出：坚持以马克思主义为指导，是当代中国哲学社会科学区别于其他哲学社会科学的根本标志，必须旗帜鲜明加以坚持。马克思主义揭示了事物的本质、内在联系及发展规律，是"伟大的认识工具"，是人们观察世界、分析问题的有力思想武器。马克思主义尽管诞生在一个半多世纪之前，但在当今时代，马克思主义与新的时代实践结合起来，愈来愈显示出更加强大的生命力。哲学社会科学博士后研究人员应该更加自觉坚持马克思主义在科研工作中的指导地位，继续推进马克思主义中国化、时代化、大众化，继续发展21世纪马克思主义、当代中国马克思主义。要继续把《文库》建设成为马克思主义中国化最新理论成果的宣传、展示、交流的平台，为中国特色社会主义建设提供强有力的理论支撑。

第二，逐步树立智库意识和品牌意识。哲学社会科学肩负着回答时代命题、规划未来道路的使命。当前中央对哲学社会科学愈发重视，尤其是提出要发挥哲学社会科学在治国理政、提高改革决策水平、推进国家治理体系和治理能力现代化中的作用。从2015年开始，中央已启动了国家高端智库的建设，这对哲学社会科学博士后工作提出了更高的针对性要求，也为哲学社会科学博士后研究提供了更为广阔的应用空间。《文库》依托中国社会科学院，面向全国哲学社会科学领域博士后科研流动站、工作站的博士后征集优秀成果，入选出版的著作也代表了哲学社会科学博士后最高的学术研究水平。因此，要善于把中国社会科学院服务党和国家决策的大智库功能与《文库》的小智库功能结合起来，进而以智库意识推动品牌意识建设，最终树立《文库》的智库意识和品牌意识。

第三，积极推动中国特色哲学社会科学学术体系和话语体系建设。改革开放30多年来，我国在经济建设、政治建设、文化建设、社会建设、生态文明建设和党的建设各个领域都取得了举世瞩目的成就，比历史上任何时期都更接近中华民族伟大复兴的目标。但正如习近平总书记所指出的那样：在解读中国实践、构建中国理论上，我们应该最有发言权，但实际上我国哲学社会科学在国际上的声音还比较小，还处于有理说不出、说了传不开的境地。这里问题的实质，就是中国特色、中国特质的哲学社会科学学术体系和话语体系的缺失和建设问题。具有中国特色、中国特质的学术体系和话语体系必然是由具有中国特色、中国特质的概念、范畴和学科等组成。这一切不是凭空想象得来的，而是在中国化的马克思主义指导下，在参考我们民族特质、历史智慧的基础上再创造出来的。在这一过程中，积极吸纳儒、释、道、墨、名、法、农、杂、兵等各家学说的精髓，无疑是保持中国特色、中国特质的重要保证。换言之，不能站在历史、文化虚无主义立场搞研究。要通过《文库》积极引导哲学社会科学博士后研究人员：一方面，要积极吸收古今中外各种学术资源，坚持古为今用、洋为中用。另一方面，要以中国自己的实践为研究定位，围绕中国自己的问题，坚持问题导向，努力探索具备中国特色、中国特质的概念、范畴与理论体系，在体现继承性和民族性，体现原创性和时代性，体现系统性和专业性方面，不断加强和深化中国特色学术体系和话语体系建设。

新形势下，我国哲学社会科学地位更加重要、任务更加繁重。衷心希望广大哲学社会科学博士后工作者和博士后们，以《文库》系列著作的出版为契机，以习近平总书记在全国哲学社会科学座谈会上的讲话为根本遵循，将自身的研究工作与时代的需求结合起来，将自身的研究工作与国家和人民的召唤结合起来，以深厚的学识修养赢得尊重，以高尚的人格魅力引领风气，在为祖国、为人民立德立功立言中，在实现中华民族伟大复兴中国梦征程中，成就自我、实现价值。

是为序。

王京清

中国社会科学院副院长
中国社会科学院博士后管理委员会主任
2016 年 12 月 1 日

思想家列夫·托尔斯泰

（代序）

列夫·托尔斯泰（1828—1910）是 19 世纪俄罗斯文学中的一座巍巍高山，他为俄国和世界文学留下了丰饶的遗产，同时也为自己树立了一座"非人工"的文学丰碑。迄今，在世人心目中，托尔斯泰与歌德、莎士比亚、塞万提斯、马尔克斯等伟大的文学家一样，成了一国文学的标志性人物和文化符号。

但托尔斯泰的精神遗产是多面的。他不独创作了《战争与和平》、《安娜·卡列宁娜》、《复活》等闻名于世的文学长编及大量的中短篇小说，而且也写出了《忏悔录》、《我的信仰何在?》、《论生命》、《天国在你心中》等在俄国思想史上划时代的作品。不过后者这些政论作品在国内尚少有人知晓，在学界也鲜有研究。其实，在一生当中，托尔斯泰在文学写作这片园地不辍耕耘的同时，亦对宗教、哲学、教育、美学、社会等问题探赜索隐、钩深致远，构建了自己的哲学、伦理思想大厦。因此，托尔斯泰作为思想家的身份认同，一方面同一些文学大家一样，缘于其文学创作；另一方面，与那些同被称为思想家的文学家相比，托尔斯泰则是著作等身的思想家和哲学家。

一

对人本身的认识及对生命意义的探索，可以说，是思想家托尔斯泰道德学说的核心。别尔嘉耶夫曾表示，在对人的本质理解方面，托尔斯泰与莎士比亚、陀思妥耶夫斯基等人并肩，他们比通常意义上的哲学家贡献更大。相较于别尔嘉耶夫，车尔尼雪夫斯基则从文艺学的角度论及托尔斯泰早年创作的特点，认为"心灵辩证法"和"道德感情坦率无隐的真诚"为托尔斯泰的作品增添了独特的风貌。事易时移，虽然车氏的文艺思想时下在很大程度上已失去了昔日耀眼的光环，但他对托尔斯泰早年创作特征的独到概括仍以其远见卓识的才具和敏锐的洞察力给人留下深刻的印象，这一论断时至今日仍不失其经典意义。在很大程度上，"心灵辩证法"可谓是托翁写人摹情的"方法论"，而"道德感情坦率无隐的真诚"则反映了作家知人论世的价值观。两者彼此结合，相得益彰，为托翁笔下人物的形象体系和作品题旨的建构确立了一种导向。

在托尔斯泰的文学作品中，除了性格情态各异的人物，更有林林总总的社会场景。通常而言，作家对有道德追求或者自身充溢自然善的人往往持正面评价态度，但对大小战争、沙龙活动、法庭审判、宗教事务等"人事"则充满嘲讽和抨击口吻。这缘于作家认为"人世间的斗争是卑鄙的"观念。由之，作家不仅在文学文本，也在其政论创作中对人们的各种肉体欲望、邪念和迷信观念等从不吝啬批判文字。可以说，托翁正是基于其"道德感情坦率无隐的真诚"，表达了对理想人格的设想及对美好社会的期望。这种褒贬臧否的态度，所反映的是作家知人论世的"道德准则"，这一德性伦理观则是托翁对人本身思考的出发点和落脚点。

托尔斯泰认为，人是"拥有精神意识的存在物"，我们生命的本原存在于爱中，它是我们安身立命的精神法则。换句话说，人的本质体现在爱这一精神本原之中，身上没有爱，便没有了真正的生命。同时他也认为，人人同一灵魂，亦即人人在精神层面上都是平等的，所以任何人都没有支配他人的权利。显见，托翁对人本身的认识乃为一种"唯物"而非唯神的思想，它无疑是对教会千百年来所灌输的人的观念的反拨。

"道德自我完善"是托尔斯泰"人学"中所倡导的一种积极的行为伦理。它近似于我们古语所谈及的"见贤思齐、反躬自省"，但托尔斯泰把道德自我完善看作一个人的应然行为，而与外在各种力量的推动无关。托尔斯泰秉持人性本善思想，不过他认为这种原初的善只出现在一个人的童年，随着人进入社会，被文化，则其会逐渐习染由社会所带来的恶，所以人要祛除自身的恶，向生命的神性即完美、完善回归，这是一种生命渐近线的运动。在这一过程中，虽然任何人都无法达到这种完美，但他应为之做出持之不懈的努力，以达到最大限度的完美，这样才能实现其人生的意义和价值，并获得生命的不朽。

有关生命意义或者幸福观的问题，托尔斯泰在其不同时期的文章中着墨相当多。他曾在《忏悔录》中发问："在这无限的世界中我这有限的存在有什么意义？"作家对这一设问的思考耗费了一生的光阴。托翁认为，人们活着需要宗教信仰，只有在宗教信仰中才能找到生命的意义和生存的可能性。但这种宗教信仰不是对某一教会（基督教会等）的皈依。托翁曾以《谢尔盖神父》为例，说明真正的信仰并不需要教会这一中介，它并不能为信仰者带来灵魂的救赎。在托翁看来，宗教信仰是对人类生命意义的认识，它"赋予人的有限存在以永恒的意义"。托翁认为，人的肉体生命是会死的，但肉体的死亡并不表示生命的中断，因为人的灵魂生命是不灭的，人应当在有限的肉体生命中追求灵魂生命，以获得生命的不朽，其途径就是爱他人、爱上帝（此上帝为托翁从基督教中上帝观念化身而出的同名称谓，是具有至善完美意象的精神本体——作者注）："如果人能够把自己的幸福置放到他人的幸福中，就是说爱他人胜过爱自己，那么死亡对他而言就不再是生命和幸福的终结。"不难看出，在这里，托尔斯泰以一种大胆质疑的勇气和理性主义的思维方式，通过对宗教信仰、上帝等观念的再诠释，借助爱的观念阐发了其幸福观和人生价值观。

二

虽然思想家托尔斯泰的一些学说总被人们冠之以空想，但他从来不是空谈家，他的每一个思想的提出，都是对身边生活和现实社会深入观察和思考的结果，并有的放矢地提出解决之道。他的社会政治思想尤是如此。在这一思想当中，"平民化"和"不以暴力抗恶"的观念影响了几代人，并且今天在世界范围内的许多人的思想意识中仍在发挥着作用。

时下在俄罗斯，人们谈及托尔斯泰，很多人首先想到的是他曾为"平民化"思想的倡导者。所谓"平民化"是指过一种普通劳动人民的生活。促使托尔斯泰萌生"平民化"思想的原因在于其对俄国农民的认识。托翁一生中大部分时间在乡下庄园度过，平时与农民往来密切，他也曾自述其世界观深受两位俄国农民的影响。托翁曾表示："创造生活的劳动人民的行动在我看来是唯一真正的事业。我明白了，这种生活所具有的意义是真理。"所以，在生命的后半期，托翁一直以农民的生活方式要求自己。另外，托尔斯泰倡导"平民化"思想的根本原因还在于，他认为贵族和富有的上层人士不劳而获，缺乏爱心，他们过的是一种不正当的、毫无道德的寄生生活，这也正是靠双手养活自己的农民在精神上和道德上高于有闲阶层的地方。托翁在《安娜·卡列宁娜》中曾谈及康斯坦丁·列文："他始终觉得他自己的富裕和农民的贫困相比之下是不公平的，现在他下决心为了使自己心安起见，虽然他过去很勤劳而且生活过得并不奢侈，但是他以后要更勤劳，而且要自奉更俭朴。"这种情形其实也是托翁本人的真实写照。

不难看出，"平民化"是托尔斯泰在追求自身生命意义过程中的一种探索，他进而把它作为一种生命意义的普遍价值而加以倡导。由于托翁在俄国社会享有极高的声望，他的这一思想后来演化为了一场平民化运动。在托翁生前和身后，一些托尔斯泰主义的追随者按照托翁"去像农民一样，和农民生活在一起"的呼吁，组织了一些"托尔斯泰垦殖队"和村社，但它们大都没有获得成功。不过时至今日，这一思想仍然在一些地区和国家发挥着影响。

"不以暴力抗恶"的思想为托翁学说中最负盛名的一种。它源出于圣经"不要与恶人作对"之语，不过托尔斯泰对之加以化用并赋予了更为丰赡的语意。在生前，托尔斯泰对其宣扬得最为用力，它是其在《我的信仰何在?》、《天国在你心中》、《基督教学说》和《暴力法则与爱的法则》等著名作品中集中阐发的思想。

学界也常将"不以暴力抗恶"称为"非暴力"。一直以来，人们总以为托翁宣扬的是不抗恶。事实恰好相反，托尔斯泰对各种形式的恶都深恶痛绝，并且也希望把它们消除殆尽。但是，一方面，他认为，任何人都不是完美的，同时任何人在精神层面都是平等的，所以任何人都没有权利去支配或者裁判他人，唯一能做的就是做好自己，完善自己；另一方面，他也明确指出，暴力就是"做那些被施以暴力的人所不喜欢的事情"，"任何一种暴力都是恶"，所以"不以暴力抗恶"就是不应以恶制恶。不过，虽然摒弃了"不以暴力"的方式"抗恶"，但人们仍然可以以"爱"为武器"抗恶"，这也是唯一所能采用的手段。托翁认为，只有通过这种感化的办法才能化暴力于无形，"化干戈为玉帛"，因为在他看来，"爱会唤起爱。

这一点绝不会改变，因为上帝在你的身上醒来之后，也会在另外的人身上唤醒自己"，所以即便是最为怙恶不悛、十恶不赦的人物，他内心中仍会保有善的情感，也能被感化，在托翁看来，这样便会防止无谓的牺牲和更多的流血，而"以暴制暴"则会制造更多的暴力和仇恨。

托尔斯泰把"不以暴力抗恶"看作一种绝对的法则。不抗恶就是在任何时候、任何情况下都不要抗恶。这一法则所反映的是人与自然之间、人与人之间、人与社会之间的关系。具体而言，对自然中的生命我们不应去伤害，在托翁看来，"'不杀生'不仅指的是对人，而且指的是对一切有生命者"。对于别人带给自己的伤害，我们应当报以宽恕的心态。对于来自社会层面的恶（比如与暴力有关的一切组织形式），要努力不参与。对于这种"爱的法则"的成效，托翁寄希望于可以燎原的星火，他认为："生活的理想，由人们的团结一致所构成。在现存秩序和生活理想之间，存在着无数的阶梯。人们只有逐渐地日益摆脱参与暴力、使用暴力和对暴力的习惯，才能近于这一理想。"

托尔斯泰的"不以暴力抗恶"思想，在作家的生前和身后，一直争议颇多。托尔斯泰自己也承认，"现存的社会制度和人们的性格特点，要真正走这一步是有困难的。可是这与个人义务毫不相干。问题不在于难易，而在于正确。在现代的社会制度中和人们的性格中，任何不能触动的或完全牢不可破的东西是不存在的。这种社会制度和人的性格，是人的活动的结果，因此，只有人能够改变他们。我相信，应该改变它们，我正为此尽我所能"。事实上，众所周知，甘地在印度民族解放运动中所倡导的"非暴力不合作"运动直接得益于托翁的这一思想，并获得了成功；之后美国黑人运动的领袖马丁·路德·金在美国领导的黑人运动同样也受到了托翁这一思想的影响。因此，托翁这一学说并不是一些人所理解的乌托邦。当今，人们对战争中屠戮行为异口同声的谴责，一些国家废除死刑的观念深入人心，以及各种环保组织的兴起等，总能多多少少窥见托翁这一思想中所呼吁、所宣扬的理念的影子，让人感觉到托尔斯泰的这一思想仍然焕发着活力。

三

　　学界常把托尔斯泰的学说称为宗教哲学思想，看得出，宗教思想也是托尔斯泰学说的重要构成部分。不过，托翁的宗教思想与官方东正教会的宣传存在极大的分歧，在一定意义上抑或可以说托尔斯泰的"宗教"与后者并无相同之处。

　　托尔斯泰在他的《忏悔录》（1879—1882）中曾表示，"由于我很早就开始大量阅读和思考问题，我对教义的否定早就是自觉的。我从十六岁开始不作祷告，自己主动不上教堂，不作斋戒祈祷"。联系到托翁早年（1855）在日记中所述："昨天关于上帝和信仰的谈话使我产生了一个及其伟大的思想，我自信能够以毕生的精力去实现这个思想，即创立一种与人类的发展相适应的新宗教，是剔除了盲目的信仰和神秘性的基督的宗教，是不应许来生幸福，却赐予现世幸福的实践的宗教。"可以看出，托翁在自我意识中与官方教会信仰的批判性对话出现得异乎常人的超前。

　　与早年有关对宗教的认识相一致，托尔斯泰在其《我的信仰何在？》中表示，任何宗教信仰都包含伦理思想和形上思想：前者所指的是有关人们生命的学说，即每个人和所有的人该如何生活；后者所谈的则是人们为什么应该这样生活。但是当今的教会并没有留下任何关于生命的学说，它"除了教堂、圣像、法衣和经文，什么都没有留下"。托翁通过教会在历史上斑斑劣迹阐明，虽然它"在口头上承认基督的学说，但在生活中却毫不掩饰地否定它"，所以托翁认为，官方教会所信守的一切已经与真正的基督教思想相背离。

　　阅读《复活》，不难看出托尔斯泰对官方东正教会的无情抨击。在小说中，他指出教会礼拜活动是"最大的渎神行径"，那些试图让人们相信法器、十字架等拥有神秘力量的教会仪式，"完全是一种骗局"。这种对官方教会所宣扬的神迹说的嘲讽和否定其实是托翁一直以来的立场。除了对宗教仪式的否定，托尔斯泰更对"道成肉身"、"三位一体"、"基督复活"等这些基督教信仰中的核心观念提出质疑。托尔斯泰明确表示，"任何一种宣扬靠赎罪和仪轨拯救的教会学说，都是与真正意义的基督教义格格不入的"。真正的教会，托尔斯泰认为，"永远是一种内在的教会"，天国在你心中。而真正的信仰，"不在于礼仪，不在于牺牲"，也不在于记住何时斋戒、何时去教堂，而在于"并非一定在节日，而是永远让人在与所有人相爱之中保持善的生活，永远像希望他人待你那样去对待你的邻人"。

除了否定神迹说，托尔斯泰也否定官方教会的"上帝"观念。当然，官方教会中的上帝，在托尔斯泰看来，亦是神迹说中的一种。主教公会革除托尔斯泰教籍的重要原因之一，就是认定其"否定上帝；否定我主耶稣基督；否定他为人类而忍受痛苦，为拯救人类死而复活"。何为真正的上帝？托尔斯泰认为，"上帝是一种精神"，上帝是至善、完美，是爱和善。每个人身上都存在上帝，无需去别处寻找。"走近上帝只能靠善行，一个人越习惯于善的生活，就越会深入地了解上帝。"显而易见，这种对上帝的认识与官方教会宣传的同一观念已貌合神离，差之千里。

1901 年，在俄罗斯社会生活中发生了一个重大事件，在这年的二月，主教公会发布决议，革除托尔斯泰的教籍，使得托尔斯泰成为继俄国农民起义领袖叶梅利扬·布加乔夫（1775 年）之后又一个在东正教会史上为数极少的被革除教籍的人。托尔斯泰在给主教公会的答复中用大量篇幅再次否定教会的神迹说，同时也清晰阐明了自己关于宗教的立场："我信仰上帝；依照我的理解，上帝是一种精神，一种爱，是万物的基础。我相信我身上有他，他的身上有我。我认为把耶稣理解为一尊神，把他当作神来向他祈祷，是最严重的亵渎。"

其时，把闻名于世的作家托尔斯泰革除教籍，即便教会内部也有不同意见，甚至有对托尔斯泰的同情者，而在这个绝大部分人都信奉东正教的俄国，托尔斯泰非但没有受到民众的声讨，反而声望更高，更受到拥戴，这在很大意义上说明托尔斯泰的学说得到了人民的认可，而官方教会的立场并不得人心。

四

当然，托尔斯泰的哲学伦理思想较为繁复，它们并不只是局限于前述的三个方面，即便在这些方面，我们也仅择其要者而述，并没有充分展开。限于篇幅，我们也没有谈及作家的历史观、教育观，以及美学、文化思想等，它们同样为托尔斯泰主义的重要组成部分，并且在相关领域影响深远。

纵观托尔斯泰的一生，不拘成规、勇于质疑、挑战权威是为其典型的精神特征。他的《战争与和平》破除了盘踞人们意识当中的主流历史观，他的《哈吉·穆拉特》否定了对高加索地区农民起义领袖的官方反面宣传，他的《安娜·卡列宁娜》则一反师法西欧文学的传统叙事模式，引领俄国文学以成熟的姿态走向世界。在社会生活中，他向"神权"、"政权"提出质疑，把"上帝"拉下神坛，把矛头指向社会不公，批判国家制度、不平等、私有制等人们习而不疑的观念。但托尔斯泰是真正意义上的实践家和理论家，他的贡献不仅在于所"破"，更在于其所"立"。实质上，他破除旧意识的目的就在于确立新观念，后者汇集在一起就是今天的托尔斯泰主义，亦有称托尔斯泰的宗教哲学思想抑或哲学伦理思想。

托尔斯泰生前在俄国，甚至在全世界拥有广泛而深远的影响力，相对于末代沙皇，有人把他称为可以与后者比肩的俄罗斯思想界的沙皇。或正因为托尔斯泰思想为人们所带来的精神上的冲击和震撼，西方学者斯宾格勒称其为革命家，当代俄罗斯哲学家侯赛因诺夫也认为，相较于通常意义上的革命，托尔斯泰的学说更具有革命性，"通常意义上的革命寻求人的地位、政权和所有权的变革，托尔斯泰的革命则聚焦于生活精神基础的根本性变化，它把化敌为友作为目标"。在一定意义上，这句话或也恰好揭示了托尔斯泰哲学伦理思想的本质及其在俄罗斯思想史上的意义。

拙著原请一位自己所尊敬的师长作序，但因各种事情杂凑，商之老师较晚，后其又因琐事缠身，无法成文，而自己看着扉页后的"空白"，总觉有些缺憾，只好不揣谫陋，临阵捉刀，写下上述与本书并无直接关系的话，持论或失公允，敬祈学界专家、同道和读者不吝指正！

张兴宇

2016 年 8 月

摘　要

　　"生命的自然性"这一看似陌生的概念，其实在中外哲学史上并不鲜见，且屡屡为一些哲学家所提出并倡导。这一概念所指的就是按照自然的方式去生活，换句话说，就是按照符合人的自然本性的、人之所以为人的方式去生活。列夫·托尔斯泰本人在生活中便秉持这一生命观。在他看来，大自然是一种至善，人是大自然的一部分，所以在人的身上同样具有完美和完善的本性，但这种完美只体现在人生的童年，人一旦进入社会，他身上的这种完美的本性会被逐渐地磨蚀掉，而随着这种本性善的流失，人也就慢慢地习染上由社会文明所带来的恶。

　　列夫·托尔斯泰的这一生命观充分地反映在了其小说中，从而使之呈现出浓郁的自然生命主题。在其笔下，生命的自然性与大自然密切相关。受大自然的濡染熏陶，人的身心可以变得和谐自然，而且大自然也激发人们过一种远离恶的自然的生活。在某种意义上，与大自然接近与否，成为作家评判笔下人物的一种尺度。所以我们从作家小说中那些与大自然相接近的贵族女性身上，往往能看到这种生命的自然性。另外，作家在笔下也常常带着极大的好感反映俄罗斯的下层人民，他们主要是乡村农民，但也包括一些本身即为农民的士兵和贵族家庭中的奴仆。勤劳、质朴而又富有爱心是这些人物身上共同的精神质地。与那些和大自然相接近而洋溢着生命的自然性的贵族女性一样，托尔斯泰笔下的下层人民自身也往往更多地保有而非流失生来即有的、本性的善，所以我们把他们身上所呈现出的这种生命的自然性特征称为自在自然。另外，在托尔斯泰的小说中，也有一类人物形象，亦即"思想"的人物，他们时时

"思想"自己的生命意义何在，自觉地追求一种有价值的生命，并最终在爱他人、爱上帝中看到了其生活的意义，从这一点上说，他们所追求的是一种道德生命。但是，就在这种追求中，他们清醒地看到了城市上流社会中的恶，从而把自己的生活置放在乡下，并身体力行地参加农业劳动，与农民和大自然相接触，自觉地接受他们的影响，因之，在他们的生命质地中也呈现出一种生命自然性的色彩，我们把这类人物身上所体现出的生命自然性特征称为自为自然。

从前述可以看出，在托尔斯泰的小说中，自在自然体现为一种生命的"无意识"。亦即具有这种生命特征的人，并不是自觉地去追求一种生命的价值，但他自身的生命价值已经通过其自我存在而彰显出来，这种价值就是他们身上的那种生命的自然性。而自为自然则是通过有意识地追求一种符合人的自然本性的生活方式，使自己的生命透露出一种生命自然的内里。

本书主要由绪论、正文、结束语等组成。

绪论部分主要介绍了选题的缘由以及本论题的研究对象、任务及研究方法等问题。

正文第一章介绍了哲学史上的作为人的生命存在范畴的自然观念的内涵及其演化、发展；同时也论述了托尔斯泰的自然生命观的内容及这一观念在作家那里出现所受到的外在和内在的影响。该章的最后一部分介绍了托尔斯泰的自然生命思想与其小说创作的关系。

正文第二章主要介绍列夫·托尔斯泰笔下的大自然对其小说中人物生命的自然性的质地的影响，具体分析了促使这种影响出现的成因，同时分析了深受大自然影响的托尔斯泰小说中的几位典型的人物，他们分别为娜塔莎及其同貌人，以及中篇小说《哥萨克》中的自然之子及奥列宁等。

正文第三章主要介绍了托尔斯泰笔下体现自在自然这种生命特征的形象：农民。他们主要有乡村农民，也有出身为农民而在为贵族家庭服务的仆人以及士兵（主要介绍了卡拉塔耶夫这一人物形象）等。

正文第四章所谈及的则是托尔斯泰笔下体现出生命自然特

征的正面贵族形象。就生命质地而言，这类人物形象身上所呈现出的是一种自为自然的生命特征。笔者在这部分谈及了两篇小说：《家庭幸福》和《安娜·卡列宁娜》，主要分析了这两部小说中的城市生活和乡村生活的对比内容以及这种结构对比的主旨。同时，在该部分内容中我们亦介绍了一正一反两位人物：康斯坦丁·列文和安娜·卡列宁娜。前者是体现为自然生命特征的典型形象，而后者则是自身缺少生命的自然性而导致其人生悲剧的典型。

结束语部分介绍了托尔斯泰笔下人物所具有的生命自然性质地的总特征，同时也谈及作家小说中生命自然性的内蕴仅仅是其小说整个生命主题的一个方面，仅就托尔斯泰小说创作的生命主题而言，尚有其他的方面，甚至包括本论题所谈及的生命自然性主题在内亦需要今后进一步去开掘。

本书的主要创新之处在于：其一，它在总结和借鉴托尔斯泰学既有成果的基础上，深化并大大拓展了对托尔斯泰生命观在小说中的审美表达的研究，并提出了一些新的思想发现；其二，揭示了托尔斯泰小说中所体现的自然生命观的超越时代的现实意义，对当今的现实生活和人的生存伦理的启示作用和借鉴价值；其三，深化了对思想家和文学家托尔斯泰人文精神遗产的认知，提出了自然生命伦理乃是托尔斯泰主义的一个重要内蕴的思想，丰富并完善了托尔斯泰人文精神的思想建构；其四，本书对托尔斯泰自然生命观与我国传统生命观的比较分析，提供了一个认知托尔斯泰人文精神的新的中国视角。

关键词：列夫·托尔斯泰；生命主题；生命的自然性；小说创作；俄罗斯文学

Abstract

The concept of naturalness of life, which seems to be unfamiliar to people, is actually often put forward and promoted by some philosophers in the history of philosophy. It means living in a natural manner, in other words, in a manner that coheres with the naturalness of human nature, in which humans live as they are. Leo Tolstoy holds this view of life in his own life. In his opinion, nature is a form of perfect goodness. So humans, as part of it, bear a perfect nature, which, however, can be seen only during their childhood, then is chipped away after they enter the society. With the loss of the perfect nature, humans are gradually infected with evils brought by social civilization.

Leo Tolstoy's natural view of life is fully reflected in his novels, giving the novels a distinct theme of natural life. Here the naturalness of life is closely related to nature, which can make human body and soul natural and harmonious, and lead people to live a natural living far away from the evil. In some sense, for the writer, how close people stay to nature has become a measure of judging his characters. So the naturalness of life can often be found in the noble women in his novels who get close to nature. Besides, the writer tends to have a great affection for the Russian people of the lower class who are mainly farmers, some of whom have become soldiers and servants in noble families. They are hardworking, plain, and kind-hearted. Similar to those noble women close to nature and full of naturalness of life, Tolstoy's characters of the lower class preserve rather than lose the naturalness of the nature. Therefore the natural characteristic of life in such characters is called inherited naturalness. In addition, in Tolstoy's novels is another type of characters, i. e. the "thinking" people, who keep "thinking about" meaning of life and seeking a valuable life consciously, finally finding meaning of life in love for others and God. In this sense, they are pursuing after a moral life. But in the process, they find the evil in the urban upper society clearly, so they choose to live in the countryside, working on farms, getting close to and being influenced by farmers and nature consciously. As a result, there is also natural characteristic of life in them, which can be called acquired naturalness.

In a word, in Tolstoy's novels, inherited naturalness is embodied as "unconsciousness" of life, that is, people with such characteristic of life do not seek value of life consciously, but present their value through their own being. And that value comes from the naturalness of life in them. While acquired naturalness brings a natural essence to people's life via a conscious request for a life style harmonious with the naturalness of human nature.

This thesis is composed of introduction, main body, conclusion.

This thesis includes anintroduction, a main body and a conclusion.

The introduction explains reasons for choosing the subject, and the research object, task and methodology.

The introduction explains the motivation of this proposal, the objective and the task of this proposal and the methodology adopted herein.

Chapter one introduces the connotation, evolvement and development of the view of nature that belongs to the category of the existence of human life in the history of philosophy; discusses the content of Tolstoy's natural view of life and the inner and outside factors that led him to this view. The last part of chapter one states the relationship between Tolstoy's natural view of life and his novel creation.

Chapter two mainly introduces how nature in Tolstoy's works influences the naturalness of the lives of his characters, and what are the causes of this influence. Besides, this chapter gives an analysis of several typical characters deeply affected by nature in Tolstoy's novels, including Natasha and her soul twins appeared in other novels, son of nature in novella *Cossacks*, and Olenin.

Chapter three introduces the characters with inherited naturalness, namely, the farmers, including farmers in the countryside, as well as those who have become soldiers and servants in noble families (typically exemplified by the character Karataev from *War and Peace*).

Chapter four is on the positive noble characters with natural characteristic of life, which is, in essence, acquired naturalness. This part discusses *Family Happiness* and *Anna Karenina*, comparing the rural and urban life in the two novels and the purpose of this comparison. At the same time, two characters are introduced Konstantin Levin the positive and Anna Karenina the negative. The former is typical of acquired naturalness, while the latter typical of those who end up in tragedy for lack of naturalness of life.

The conclusion summarizes the general characteristic of naturalness of life in Tolstoy's characters. At the same time, it points out that naturalness of life is only part of Tolstoy's theme of life, while much of his theme of life as a whole, and even of the naturalness of life discussed herein, is remained undiscussed and needed to be explored.

The originality of this research lies in: firstly, on the basis of summarizing and consulting the related fruits of researches on Tolstoy, the thesis deepens and broadens greatly the research of the aesthetic expression of Tolstoy's view of life in his novels, providing some fresh discoveries; secondly, this thesis reveals the realistic meanings beyond times of Tolstoy's natural view of life expressed in his novels, which can be very inspiring and worth consulting to nowadays real life and human's survival ethic; thirdly, the thesis deepens people's understanding of the humanistic spiritual heritage left by Tolstoy, the thinker and writer, concluding that natural life ethic is an important content of Tolstoyism, enriching and refining the thought structure of Tolstoy's humanistic spirit; fourthly, through a comparison between Tolstoy's natural view of life and traditional Chinese view of life, the thesis provides a new Chinese perspective to see Tolstoy's humanistic spirit.

Key words: Leo Tolstoy, theme of life, naturalness of life, novel study, Russian literature

目 录

Contents

绪论:缘起、意图和方法

一

我就是道路、真理、生命。①

——《圣经·新约·约翰福音》

文学是生活的反映。所谓生活，就是"人的各种活动"或者"生存；活着"②，人生的图景就是由这些动态或静态的、作为现象的"生活"渲染、构建起来的。世上个人的、人与人之间的生活包罗万象，由此而来的每个人的人生图景也千差万别，正是它们构成了各类文学作品的丰富多彩的内容。魑魅魍魉、旦末净丑，在这个虚拟的空间里，你方唱罢我登场，演绎着一出出形形色色的生活剧，古今中外，概莫能外。

但是，一部文学作品让我们回味无穷的，不是它当中变幻多姿的各式生活，而是这些生活背后所折射、所聚焦的生命。通过阅读一部作品所得的假恶丑俗、真善美圣这些印象和感触所指向的都不是生活，而是生命，是对后者价值和境界的界定。从这个意义上说，生活是表象和现象，生命是内涵和抽象，换句话说，生活是形而下的，生命是形而上的，所以，我们也同样可以说，文学也是生命的反映。郭沫若在《生命底文学》一文中

---

① 该语为列夫·托尔斯泰在其作品《〈劝善故事集〉序》中所引用。参见《列夫·托尔斯泰文集》（第14卷），人民文学出版社2000年版，第59页。

② 夏征农：《辞海》（1999年版缩印本），上海辞书出版社2000年版，第2085页。

便曾述及："生命是文学的本质。文学是生命的反映。离了生命，没有文学。"① 而19世纪德国哲学家狄尔泰更是提出了"艺术是生命的集中表达式"这一认识艺术本质的命题。

文学是生活和生命的反映，或缘于此，生命（生与死）便也成了文学的永恒主题。② 但是，从生活的内涵上，我们可以看出，生命只有对人的追问才有意义，而动物的生命只是无意义的本能的生存。从这一层次上可以理解，"构成艺术与文学之最为重要的、那种总是占据支配地位的'超级主题'的，乃是人——以其种种不同身份出现的人"③。自古以来，人类社会都是一个人类中心主义的社会，所以，在小说这一假定性空间和虚拟的社会中，无论作家采取多么超脱的立场和撷取远离人类生活的题材，最终还是逃脱不了对人类生活的婉曲的反映，我们透过其笔下纷繁芜杂的事件、"人物"的各种命运和遭遇，总能看到其对人或人类的生命形而上的思考。

19世纪的俄罗斯文学是现实主义文学，更是一种表现生命的文学，确切地说，是一种为人生的文学。别尔嘉耶夫便曾说过，"关于生命意义、关于从恶与苦难中拯救人、人民和全人类之主题是这一时期俄罗斯文学创作中占优势的主题"④。而我国学者徐凤林先生也曾提及，"人生的意义何在？这是思想者们古往今来都在深深思索和苦苦追问的难题。因为人活天地间，生命有天年，虽有内心的自由意志，却又必须面对外在的必然世界。所以人要问这样的形而上问题：'我是谁？我从哪里来？我到哪里去？'——他要寻找自己在世界中的地位，试图认清自身存在的价值和意义。尤其是在社会震荡、文化价值更替或个人命运乖戾无常之时。19世纪后半叶的俄国就是这样的时代，所以对生命意义问题的极大兴趣成为当时俄罗斯伦理—哲学思想的特点之一"⑤。俄罗斯文学同样可以做哲学观，这是俄罗斯哲学的一个重大特色。如上所说的俄罗斯哲学上的这一对生命意义的关注正是贯穿列夫·托尔斯泰政论和哲学创作的一个核心基调。人的生命存在问题，或者说，生与死的问题是这位伟大作家终其一生孜孜不倦

---

① 郭沫若：《郭沫若谈创作》，上海文艺出版社1982年版，第204页。

② ［俄］哈利泽夫：《文学学导论》，周启超等译，北京大学出版社2003年版，第55页。

③ 同上书，第67页。

④ Бердяев Н. А., *Русская идея*, М.：Изд. АСТ, 2000, С.79.

⑤ 徐凤林：《索洛维约夫哲学》，商务印书馆2007年版，第309页。

探索不止的重要问题。

与 19 世纪俄国那些被视作哲学家的文学大家（如陀思妥耶夫斯基、普希金、果戈理、屠格涅夫等）不同，托尔斯泰虽然同样可以凭借其文学创作而当之无愧地获得哲学家抑或思想家的身份认同，但他更是一位著作等身的哲学家。对于后者，随着时间的推移和此间人们对其阅读、理解和认识的逐渐深入，会愈来愈获得普遍的认同和更加深刻的感受，虽然其重要性至今尚未为学界所充分地意识到。作为思想家，托尔斯泰对举凡宗教、哲学、道德、历史、文化、教育和艺术等这些人文领域的各个方面，无不纳入考察范围，同时对之均深有探究，穷原竟委，自成一家之言，构建了自己的宗教道德学说。不过，在托尔斯泰的各种哲学思想之中，尚没有哪个命题能像生命问题那样使其如此关注、思考、品味和审视，并且留下了那么多的文字。

即如前述俄罗斯哲学有关生命问题的设问，更是屡屡见诸作家本人的政论作品之中及其笔下的那些正面贵族人物形象的言语之间。比如，在《忏悔录》（Исповедь，1879—1880）中，他便曾同样提出与之相类似的问题："我活着为什么？从那渺茫的，逐渐毁灭的生命中能产生什么真正的、不灭的东西吗？在这无限的世界中我这有限的存在有什么意义？"①

值得一提的是，诸如上述托翁对于生命存在奥秘的追问和探索，在其长达 60 年间写下的日记中，俯拾皆是，处处可见。作为作家本人的一部翔实的"知行录"，这些在其 90 卷文集中累计多达 13 卷（第 46 卷—第 58 卷）的日记，对我们而言弥足珍贵，它们让我们真切地看到作家思想发展的轨迹，把握其文学创作与思想发展的关系。要知道，托翁本人的很多思想正是在日记中有了长时期的发酵而在其政论作品中得到了发微。如果把托翁在后者所阐发的观念与托翁在日记中的相关记述互为参照，我们不仅可以把握它们的来龙去脉，而且还可以从中得到更为真切和正确的认识。从日记中我们可以看到托翁对生命存在奥秘的追问有一个基本不曾间断的过程，甚至有长达数十年用心甚殷的阶段；而且在这一过程之中相关文字记述有由多到少、由偶记到专记的变化，当然更可以看出托翁对这一问题的看法前后细微的差别。特别需要指出的是，作家在其一生中的最后二十

① ［俄］列夫·托尔斯泰：《列夫·托尔斯泰文集》（第 15 卷），人民文学出版社 2000 年版，第 40 页。

年，几乎每日均记下了自己对生命存在意义的形而上的思考，有时甚或是长篇累牍，或者今日追记昨天生发的、未在当日完全记下的相关思想。所有这些让我们真切地感受到托翁在探求生命真理的过程中所呈现出的那种执着、孜孜以求和不倦探索的态度。应该说，这位伟大的文学家和思想家给我们留下的是一个一再完善的、开放的命题，更给我们留下了他所秉持的臻于完美、止于至善的精神。诚如托翁所说，精神生命是不朽的，那么，无可置疑，托翁在自身已实现了这一点：不独在俄罗斯，而且在全世界，现在和将来仍会有许许多多的人知道他、纪念他、研究他甚或是继承他。

除了在日记中记录下自己平时对于生命问题的思考之外，在长达60余年的创作生涯中，托翁亦创作了大量的哲学、宗教等方面的作品，以阐发其对生命问题具体的、形而上的思考，这其中就包括《论生命》（О жизни，1886—1887）、《天国在你心中》（Царство божье внутри вас，1890—1893）等传世名作。除前述两部政论作品外，在沉思生命和死亡的奥秘之余，托尔斯泰亦写下了《忏悔录》、《我的信仰是什么》（В чем моя вера？1882—1884）、《四福音书的汇编与翻译》（Соединение и перевод четырех евангелий，1880—1881）、《超越时空的未来生命》（О будущей жизни вне времени и пространства，1875）、《论在我们所了解和认识的生命之外的灵魂及其生命》（О душе и жизни ее известной и понятной нам жизни，1875）、《生命概念》（Понятие жизни，1887）、《论真实的生命》（Об истиной жизни，1889—1890）、《生命及其存在的形式》（жизнь，та форма жизни，1889）、《基督教教义》（Христианское учение，1894—1896）、《怎样生活以及为什么生活》（Как и зачем жить，1905）、《我们的生命观》（Наше жизнепонимание，1907）、《唯一诫命》（Единая заповедь，1909）等长、短篇论文来系统阐发自己的生命观思想。另外，为托翁所看重的《生活之路》（Путь жизнь，1910）在其垂暮之年一直被编纂、完善不已，直到托翁去世当年才得以完成。与前者同为语录体的三部作品《每日贤人语录》（Мысли мудрых людей на каждый день，1903）、《为了灵魂。各国和各世纪思想家语录》（Для души. Изречения мыслителей разных стран и разных веков，1909）、《每日必读：关于生命学说的箴言录》（На каждый день：учение о жизни，изложенное в изречениях，1906—1910）等亦是作家晚年煞费苦心编写辑定的作品，其中收录有作家本人的文字和经由作家改编过的不同历史时期重要思想家的箴言，其意于为人们的道德修养、行为操守提供有益的精神食粮。不难想见，这几部指导人们生活的书，同样也不乏作家本人关于生命的思想和论断。与此同时，在不同的时期，托翁在书信和札记中亦记录下了自己关于生命的大量的思考和体悟，这些并非在正式论文中闪现出的关于生命思想的火花和灵感，同样也是托翁生命观的重要组成部分，其重要程度并不亚于其在专门的论文中所阐述的关于生命的思想。这些在文学创作之外，于不同时期专门就生命问题写下的哲学、政论作品以及在日记、书信等当中所流露出的对生命问题的思考，直接明了地反映了思想家托尔斯泰的生命哲学思想，彰显出其看待生命问题的立场和观念。

由上述不难看出，"作为思想家的托尔斯泰始终关注两个问题：生与死"①。但是，也不限于此，更有研究者明确指出："生命和死亡——这是托尔斯泰哲学、政论和文艺创作中最为重要和互为依存的范畴。"② 文学本身已经在其内容中天然地表现了一种生命主题，但对于像托翁这样的具有明确、系统的生命观并且有意去表现这种观念的文学家而言，他小说中的这一主题基调便更加激昂。作家一生中创作出了一部三部曲、三部长篇小说和大量的中短篇小说。作家在日记中关于生命存在感性的甚或是形而上的思考，不但在不同时期的政论作品中得到集中和系统的阐发，被上升到一种理论的高度，而且这些生命哲学的观念也融释、发散在作家笔下的人物形象身上。罗曼·罗兰曾谈及，"最美的理论只有在作品中表现出来时才有价值。对于托尔斯泰，理论与创作永远是相连的，有如信仰与行动一般"③。罗曼·罗兰这一观点颇具见地。托翁笔下人物成为其生命思想的试金石或"传声筒"，他们在文学这一虚拟的现实中，那些具有自传性色彩的人物的心灵无一不为生命存在的价值而悸动，经受由之而来的惶惑和困扰，努力去寻求自己内心的安适与和谐。在这一方面，即如英国作家弗吉尼亚·伍尔芙在其《论小说与小说家》中所指出的，"生活支配着托尔斯泰，正如灵魂支配着陀思妥耶夫斯基。在所有那些光华闪烁的花瓣儿的中心，总是蛰伏着这条蝎子：'为什么要生活？'在他的著作的中心，总有一

---

① Набоков В. В., *Лекции по русской литературе*, М.：Издательство «Независимая газета», 2001，С. 221.

② Бурнашёва Н. И., *Л. Н. Толстой：энциклопедия*, М.：Просвещение, 2009，С. 466.

③ ［法］罗曼·罗兰：《托尔斯泰传》，傅雷译，商务印书馆1995年版，第82页。

位奥列宁、皮埃尔或列文，他们已经取得了所有的人生经历，能够随心所欲地对付这个世界，但他们总是不停地问，甚至在他们享受生活的乐趣之时也要问：生活的意义是什么，我们人生的目的又应该是什么"①。而除此之外的那些下层人民和正面的贵族女性形象，也无不恪守着生来即有的、本性的自然善，不经意地践行着自然质朴的生活观念，以自己的生命存在告诉人们什么是真、什么是善，启示人们生命的意义何在，使自己看似平淡的生命历程增添出几许亮色和温馨。

我国有位学者说："生命文学就是直接表现出一种生命境界的文学，在这种文学中，主体成了表现的对象，它不是停留在表现生活境界或自然境界上，而是表现出生命或生存本身。"② 这句话用来拟之于托尔斯泰小说创作的主旨，也恰如其分。亦即是说，托翁在自己的小说中并不是纯然地表现生活，而是带着"生命的意义何在"的立意去表现生活。如此一来，他的小说中的生命主题不仅仅隐藏在人物和情节的背后，而且也浮现在小说的字里行间，这在很大程度上可以看出，在托翁那里，其小说中的生命主题已经成为一种显性的存在。具体来说，托翁在自己的笔下不仅仅表现了"活着"，而且更表现了"为什么活着，什么是真正的活着"，这是他与同时代俄罗斯作家的创作显见的不同之处。当然，这里面体现着作家一种创作主旨的考虑，比如他在《〈劝善故事集〉序》中曾提道："一切文学作品之所以成为好的和需要的，不在于它们写过去有过什么，而在于它们指出应该有什么；不在于它们叙述人们做了什么，而在于它们对好与坏做出评价，向人们指出上帝要人们走的引向永生的窄路。"③ 其实作家通过自己的文学创作，所欲向人们指出的，也是一条"窄路"，亦即什么才是真正的、有意义的生命的道路。这种信念由其在该文所引用的一句话中可以体会出来："我就是道路、真理、生命。"④

通观托翁的小说创作，我们可以看到，作家在笔下集中表现了三种类型的人物形象：其一为"思想"的人物，或者说"忏悔的贵族"，他们与

---

① ［英］弗吉尼亚·伍尔芙：《论小说与小说家》，瞿世镜译，上海译文出版社2009年版，第248页。

② 钱志熙：《唐前生命观和文学生命主题》，东方出版社1997年版，第7页。

③ ［俄］列夫·托尔斯泰：《列夫·托尔斯泰文集》（第14卷），人民文学出版社2000年版，第59页。

④ 同上。原语参见《圣经·新约·约翰福音》第十四章第六节。

其先辈或同侪"多余人"不同之处在于，他们知道自己存在的使命，并为之"准备"或付诸行动；其二为那些来自下层的人民（乡村农民或者一些脱离农业劳动的仆人及士兵等）和一些正面的贵族女性形象；其三为浑浑噩噩地过着"类生命"①的人物形象。对于第一类人物而言，他们时时"思想""活着，为什么？"这类生命的终极问题，并最终为自己的生命赋予了一种道德的质地：爱他人，爱上帝，所以他们的生命体现为一种道德生命；第二类人物则以其自身无意识地流露出的纯朴天性而呈现出一种自然生命；至于第三类人物的那种生命特征，其实是一种为托尔斯泰所极力否定的肉体生命，他们的生命是一种物质的存在。

因为小说的生命主题与小说中人物及其生活息息相关，所以，在本书中，上述托尔斯泰笔下的第二类人物形象是笔者着重论及的对象。我们通过作家的小说文本所分析的，正是这类人物的自然生命的内涵和特征。当然，在托翁笔下的某些"思想"的人物身上，虽然他的总体的生命内里体现为一种道德生命，但他们在有意识地追求这一生命境界的过程中并不排斥一种体现为生命自然性的生活，本书同样也会对此类的相关人物进行专门的分析。至于小说中那种生活在"类生命"之中的人物，在作家笔下往往是以与前两种人物形象进行对比的创作手法而引入的，在本书中也会因为说明托翁笔下的自然生命主题的需要而略有涉及。

二

应该说，在当今托尔斯泰学（толстоведение）界，研究托尔斯泰生命观的作品自托翁在世时便屡有出现，且不乏重要的著作面世，这些论著大都着眼于托翁的政论创作，阐发其中所呈现出的生命观的特点及核心内容，而对托翁文艺作品中的生命论思想鲜少涉及，所以，这些研究成果往往体现为哲学读本，而非文艺评论性文字。另外，迄今为止，研究托翁文艺创作中生命主题的相关文字尚不多见（即主要依据文学文本而非依照政论创作去阐释前者所体现出的生命哲学思想），而把列夫·托尔斯泰小说

---

① 关于该语的具体内涵可见本书第一章第一节结尾处的注释。

中所体现出来的生命的自然性主题（或者与笔者在本书的这一提法不同，但所涉问题相近）作为一个专门的论题提出来并进行相关的系统研究在托尔斯泰学中更是殊难见到。即便如此，我们仍能读到一些零星的文字，它们对笔者从事本课题的研究给予了极大的启示，并使我们在立论和相关问题的诠释上得到某些依据和帮助。

在这里，首先应予提及的是与列夫·托尔斯泰同时代的车尔尼雪夫斯基（1828—1889）的那篇评论托翁早年创作的著名论文《童年与少年、战争小说集》。在这篇文章中，这位杰出的文艺家指出了作家托尔斯泰创作中两个极富特色的方面："心灵辩证法"和"道德感情坦率无隐的真诚"①，其实后者所谈的便是托翁小说笔下那些人物身上所体现的一种生命的自然性特征，有后世评论家正是从这层意义对之进行了别开生面的阐释。②

在对托翁文艺创作中生命自然性的认识上，绕却不过的是 B. B. 魏烈萨耶夫（B. B. Вересаев，1867—1945）的研究。这位与托尔斯泰本人相识的作家和学者对托翁文艺创作中的生命的特征进行了深入的思考，从而提出了"活跃的生命"（Живая жизнь）这一观念。在他的那部以该语命名的专著中，于"全世界万岁"（Да здравствует весь мир）部分专门论及托翁的创作。魏烈萨耶夫认为托尔斯泰对于生命的认识与法国哲学家柏格森有相通之处。根据柏格森的学说，魏氏认为，在对待善行的态度上和同样的善行中间，奥列宁、列文、瓦莲卡（《安娜·卡列宁娜》中人物）和涅赫柳多夫等人与要求让出大车以便运送负伤的士兵的娜塔莎以及拒绝了涅赫柳多夫求婚的卡秋莎·马斯洛娃不同，而且作家本人对他们的评价也有着天壤之别。其原因在于，"活跃的生命不可能由任何具体的内容去规定。什么是生命？它的意义何在？它的目的是什么？回答只有一个——是生命本身。……就像我们活着不是为了斗争、爱、吃饭和睡眠一样，我们活着也不是为了行善。我们行善、斗争、吃饭和爱，因为我们活着"③。也就是说，生命的花朵应该是自然而然地绽放的。真正的生命应该不带有任何功

---

① ［俄］车尔尼雪夫斯基：《车尔尼雪夫斯基论文学》（下卷第 I 册），辛未艾译，上海译文出版社 1982 年版，第 271 页。

② 具体参见本书正文第一章第三节。

③ Вересаев В. В.，*Живая жизнь：О Достоевском. О Льве Толстом. О Ницше*，М.：Республика，1999，С. 125.

利性，不应该刻意求之或以造作的态度对待，魏氏认为，这正是托翁本人对于生命的真正认识。

此外，别尔嘉耶夫（Н. А. Бердяев，1874—1948）和梅列日科夫斯基（Д. С. Мережковский，1865—1941）这两位俄国白银时代著名的哲学家在各自的著作中亦分别述及对托翁有关生命自然性思想的认识。前者虽然有专门论及托尔斯泰的两篇篇幅不长的论文：《列夫·托尔斯泰》和《Л. 托尔斯泰宗教意识中的旧约和新约》（Ветхий и новый завет в религиозном сознании Л. Толстого），但这两篇文章所述及的主要是作家的宗教道德思想，有关作家的生命自然的思想并没有涉及。他关于托尔斯泰思想中生命自然性观念的说法以言简意赅的论断性文字散见于其《俄罗斯思想》（Русская идея，1946）、《论人的奴役和自由》（О рабстве и свободе человека，1939）等论著中。虽然他所提出的相关论断往往是一种高屋建瓴式的、总体的观照，而非从托翁文艺作品中通过分析归纳出来，但这些论断性语言[1]中所蕴含的透辟、深刻的见解给我们诠释托翁生命自然性思想提供了一种重要的理据支撑。在自己那部著名的《托尔斯泰与陀思妥耶夫斯基》（Л. Толстой и Достоевский，1901—1902）中，梅列日科夫斯基谈及了托翁笔下的大自然对其作品中一些人物的积极影响，以及其创作中正面贵族形象的"平民化"和"回归人民"的方面，同时，这位哲学家在其论著中亦提出了对我们而言弥足珍贵的托尔斯泰爱"大自然中的自身和自身中的大自然"[2] 的观念。

赫拉普钦科（М. Б. Храпченко，1904—1986）为苏联时期研究托尔斯泰创作的重要学者，在他那部杰出的著作《艺术家托尔斯泰》（Лев толстой как художник，1963，1978）中虽然同样没有对托尔斯泰创作中自然生命的思想做专门的论述，但在这部文艺长编中，这位文艺家在述及作家作品中的人物及情节时，不时有与此相类似的观点出现。比如，他提及，"作家（即列夫·托尔斯泰——作者注）经常受到人的真实的、自然的感情的吸引，他描绘了这种感情的复杂的发展过程及其内在的相互联系。他同样也经常揭露一切伪装、一切模仿人的感受的崇高愿望的东西。

---

① 在本书正文中这些文字多有引用，此处不再详述。

② ［俄］梅列日科夫斯基：《托尔斯泰与陀思妥耶夫斯基》（卷一），杨德友译，华夏出版社 2009 年版，第176页。

他是一切虚伪和伪造的不可调和的敌人，并且通过完全真实地再现现实和人们的内心世界，暴露了这种虚假的和伪造的东西"①。在另一处，赫拉普钦科亦表示，"托尔斯泰始终强调在人的内心世界里所发生的过程的无意识性和自发性……托尔斯泰希望展示人的天性中的真正的东西，所以他把重心转到了揭示心情、情感和愿望的辩证法上"②。

在列夫·托尔斯泰逝世一百周年之际，俄罗斯出版了一部有关这位伟大作家的百科全书，对人们研究托尔斯泰的创作提供了较大便利。值得一提的是，在该书中，有一"自然哲学（философия природы）"词条，其中谈及托尔斯泰对于大自然的认识："对于托尔斯泰而言，大自然的美是大自然自身内在和谐的表现，这一和谐表明，生活在大地上的人也能够达到一种和谐的生活。"③ 除此之外，在该词条中，作者也谈及了与托翁相关的、反映其"自然哲学"思想的肉体生命和精神生命的观念以及托翁对生命死亡、妇女生育等方面的认识。

此外亦有两篇论文引起我们的注意。其一为学者法秋先科发表在《托尔斯泰与论托尔斯泰》专辑上的文章《Л. Н. 托尔斯泰创作中的生命的情感和生命的诗意（50 年代至 60 年代初）》。在该文中，基于作家创作的三部曲和《哥萨克》，作者指出，"没有了生命的情感，没有了肉体的快乐，人便是有缺陷的；因为生命的情感，这是诗意的、美的情感"④，这是通过三部曲中主人公的经历能够看得出来的；对于《哥萨克》，作者认为这是一部"关于生命力（亦即大自然的、人性的）的一部中篇小说"⑤，这部小说讲述的是，当生命的能量（энергия жизни）聚拢在强烈的道德光芒之中的时候，生命力（жизненная сила）在人的身上爆发出来的情形。同时，通过对作家的两种作品的分析，作者认为，"纵观托尔斯泰展现其生命思想（мысли о жизни）的全部创作，我们可以把它分为三个阶段：当在作家的创作中生命的情感和诗意的情感占上风时，'生命'便成其为完

① ［苏］赫拉普钦科：《艺术家托尔斯泰》，刘逢祺、张捷译，上海译文出版社 1987 年版，第 374—375 页。
② 同上书，第 493—494 页。
③ Бурнашёва Н. И., Л. Н. Толстой: энциклопедия, М.: Просвещение, 2009, С. 505.
④ Фатющенко В. И., "Чувство жизни и поэзия жизни в творчестве Л. Н. Толстого（1850 – е-начало 1860 – х гг.）", Толстой и о Толстом（Вып 3）, М.: ИМЛИН РАН, 2009, С. 15.
⑤ Там же. С. 18.

整的和美好的（целостная и прекрасная），这为第一阶段；当作家对这一情感有所怀疑时，生活的快乐被看作'美好'（прелесть），看作一种诱惑（соблазн），这为第二阶段；当有关生命的思想，对生命意义的探索遮住了生命的原初的感受（первичное ощущение），并且这些思想和探索内化为理论时，他感觉到了生命的价值，但这一价值已是另一番模样：他向自己揭示出了生命的层级（ступени жизни），寻求'过渡'到另一种生命，这为第三个阶段。在最后的阶段形成了托尔斯泰原创的神学：一种完全意义上的生活的宗教（религия жизни）"[1]。由上述内容可以看出，这篇文章与我们所要谈及的托翁创作中的生命的自然性主题关联性并不大，甚至此处作者所认为的那种"生命的诗意"和我们提出的"生命的自然性"有一定的对立的成分[2]，但正是这一点促使我们在所提出的观点方面有所开掘。同时，该论文的作者所提出的作家关于生命思想发展及其创作的关系也给笔者以极大的启发。另外，我们也看到切斯诺科娃所写的一篇文章《Л. Н. 托尔斯泰和 А. И. 库普林创作中个性的"自然状态"问题》，在这篇文章中，作者主要把库普林的《阿列霞》与托翁的《哥萨克》做了比较，她指出，"Л. 托尔斯泰看待'自然个性（« естественная личность »）'的观点是变化的。早年的托尔斯泰谴责文明并倡导人的健全、完整的自然本性（здоровая цельная человеческая натура，природа）……但晚年的托尔斯泰完全以另外的眼光看待'自然个性'。他把宗法制的农村村社理想化"[3]。

此外，近年亦有卢基扬涅茨撰文《欧洲自然景色问题与卢梭和 Л. 托尔斯泰笔下的风光》，谈及托尔斯泰创作中的大自然。在该文中，这位俄

---

[1] Фатющенко В. И. ，"Чувство жизни и поэзия жизни в творчестве Л. Н. Толстого（1850 – е-начало 1860 – х гг. ）"，*Толстой и о Толстом*（*Вып 3*），М. ：ИМЛИН РАН，2009，С. 21.

[2] 在我们看来，"肉体的快乐（телесная радость）"中的"肉体"体现为一种自然而然的善的方面时，比如感到春天的大自然给人带来的情感的温馨这种快乐，才体现为一种生命的诗意；而当"肉体"体现为一种本能的恶的方面时（比如《哥萨克》中奥列宁对玛丽亚娜的爱情或《复活》中加入军职后的涅赫柳多夫对马斯洛娃的情感等便隐约透露出这么一点），这种快乐绝无诗意可言，这是托尔斯泰早年起便一直秉持的一个观点。但此处所谈及的这一论文的作者对此似并未厘清，而是有所混淆。

[3] Чеснокова И. Г. ，"Проблема « естественного состояния » личности в творчестве Л. Н. Толстого и А. И. Куприна"，*Яснополянский сборник 1998*，Тула：Издательский дом « Ясная поляна »，1999，С. 210.

罗斯学者指出，不管是卢梭还是托尔斯泰，他们两人都常常把大自然与社会对立起来，不过，在他们那里这两者之间直接的对立显见更加复杂，因为"自然风物在他们两人那里是一个具有多重意蕴的符号体系（знаковая система с великим множеством обозначаемых）"①，"无论是卢梭还是托尔斯泰，两人笔下的大千世界都比自然风景为多，但在自然风景当中蕴含着一种对超越它的这一世界的认知的可能"。另外这位学者也述及，在这两位伟大人物那里，自然哲学（философия Природы）尚有一些其他相同之处，比如，对于他们两人而言，大自然都是某种重大、完整和不朽的因素；两人笔下的自然风景与其说是一种文化常识的遗存，不如说是一种个人考察的心得；在他们那里，对大自然感受的主观性并没有否定世界的现实性，在这一世界当中人绝不是造物的最终目的（конечная цель Создания）；更为经常的，在卢梭和托尔斯泰那里，大自然的景致具有一种崇高的色彩，这一崇高色彩不仅仅就其转义而言，也从其他的真正意义上而言。②

与此同时，俄罗斯学者波尔塔韦茨所撰写的文章《神话视阈下 Л. 托尔斯泰〈战争与和平〉中的大自然形象》以其独到的视角和充分的论证给人以耳目一新之感。在该文中，作者归纳了这部小说中三种类型的大自然形象：树木、果实和昆虫。虽然这篇文章整体内容与我们论题相关度不大，但其中谈及树木形象时指出，"在《战争与和平》中'树'的概念不仅与空间世界相关，而且也与彼此友爱的世界相关，同时也与托尔斯泰的万物相互联系的宗教、人与人之间团结和人与大自然（'蚂蚁兄弟'和木质的'小绿棒'的理想）相统一的宗教相关"③。这一论断对我们认识作家笔下的大自然与人的关系提供了一种有益的启示和新颖的视角。

西方学者斯坦纳在他那部专著《托尔斯泰或陀思妥耶夫斯基》中，看到了托翁笔下城市生活与乡村生活对比的基调。他指出："城市生活带有诸多问题，社会不公，两性行为规范矫揉造作，有人以残酷方式炫耀财

---

① Лукьянец И. В., "Проблема европейского пейзажа и пейзаж у Ж. - Ж. Руссо и Л. Н. Толстого", *Яснополянский сборник - 2008*, Тула：Издательский дом «Ясная поляна», 2008. С. 19.

② Там же. С. 17.

③ Полтавец Е. Ю., "Образы природы в «Войне и мире» Л. Н. Толстого：сквозь призму мифа", *Яснополянский сборник - 2008*, Тула：Издательский дом «Ясная поляна», 2008, С. 87.

富，城市的力量将人与生活活力的基本模式分离开来。另一方面，乡村的田野和森林中充满生气，让人身心和谐，将两性行为视为神圣的、创造性的，乡村生活的本能是构成存在的链条，将月亮的圆缺与人们的思维阶段联系起来，将农事中的播种与灵魂的复活联系起来。"① 这句话虽然有些玄奥难解，让人觉得所谈及的是否确实为托翁的创作，不过从这些话里可以看出，这位学者意识到了在托翁那里乡村生活对人的一种精神上的调适作用，它能使人的身心变得和谐、自然。另一位西方学者奥温则在其专著《托尔斯泰的艺术与思想：1847—1880》中指出，在作家 19 世纪 80 年代之前创作的《战争与和平》、《安娜·卡列宁娜》中，灵魂与肉体的统一以及它们的自我实现构成了这两部作品的高度的艺术成就。但 80 年代之后，作家不再秉持其之前对肉体的态度，随后也放弃了它对作为人的至善根源和体现这一至善组成部分的大自然的态度。"在 80 年代之后，即如在其政论作品《什么是艺术》或《复活》中的第一段那样，大自然能够是一种'欢快（«веселый»）'的大自然，亦即纯洁（безгрешный）的大自然，但无法成为一种道德的或者真正自我放弃的大自然。揄扬这种属于'最朴质的人类情感'之列的纯洁、无瑕的艺术是真正的艺术，但这种艺术对于'普适性'的或者'宗教'的艺术（«всеобщее» или «религиозное» искусство）而言是第二位的，而托尔斯泰是并不属于那种安于从事次要事情的人。"②

　　另外，对于托翁创作中所反映出的生命的自然性的特征，我国也有学者在相关研究中论及。易宋江在其文章《从托尔斯泰的自然观看其文艺观中的浪漫主义因素》中指出，"托尔斯泰的自然观概括起来就是：要求返归自然，过简朴的生活；尊重自我，尊重人的自然感情，强调情感真挚；爱慕大自然，渴望人与大自然的和谐，渴望在大自然中获得陶冶，把大自然作为净化人类心灵的天然启示者和永不枯竭的道德源泉，这是托尔斯泰自然观的内容，也是托尔斯泰世界观的重要内容，由此亦可窥见托尔斯泰

---

① ［美］斯坦纳：《托尔斯泰或陀思妥耶夫斯基》，严忠志译，浙江大学出版社 2011 年版，第 76 页。

② Орвин Д. Т., *Искусство и мысль Толстого 1847—1880*, Пер. с англ. А. Г. Гродецкой. СПб.: Академический.

文艺观中的浪漫主义因素"①。张中锋在其文章《论托尔斯泰创作思想的嬗变对其长篇小说结构形式的影响》中认为,"构成托尔斯泰思想内核的自然主义与道德主义的冲突,以及彼消此长的过程,影响了作者对文本结构形式的选择"②。他在此文中谈及的自然主义,"不是19世纪建立在实证主义和实验理论上的自然主义,即左拉式的自然主义,而是提倡要以自然为本,肯定人的自然欲望,张扬生命意志,强调人的主动性、能动性和创造性,是人本主义的'自然主义',这种自然主义更接近卢梭、尼采等对自然生命的肯定与张扬"③。根据作者的这一认识,他以《战争与和平》中的索尼娅为例,认为"在托尔斯泰看来,牺牲、忍让是靠压抑人的自然欲望为前提的,是违反自然人性的,是不符合自然主义的,这种表面上看似道德的行为,实际上是不道德的"④,同样,根据作者所提及的"自然主义"思想,他认为"安娜的自然生命力虽然使她光彩照人,但她也不得不服从自然法则,而自然法则在安娜身上起着两点作用:一是大自然赋予了安娜以旺盛的生命力,这种旺盛的生命力使安娜会自觉地追求真善美而远离假恶丑,这是托尔斯泰赋予自然本身的道德意义;另一方面作为女人的安娜又必须接受繁衍后代的自然义务"⑤。该文作者在其文章中所提及的诠释托尔斯泰创作的思路有值得借鉴之处,但笔者同时也以为,他所认为的托翁思想中那种"肯定人的自然欲望"的、"人本主义的'自然主义'"是否确实为托翁所有,尚应进一步商榷和求证。

由前述可见,在托尔斯泰学的历史上,生命的自然性并不是一个既定的认识,其内涵在不同的研究者那里也不尽一致,已有类似的名称或概念

① 易宋江:《从托尔斯泰的自然观看其文艺观中的浪漫主义因素》,《湖南社会科学》2007年第2期,第158页。

② 张中锋:《论托尔斯泰创作思想的嬗变对其长篇小说结构形式的影响》,《四川大学学报》(哲学社会科学版)2011年第3期。

③ 同上。

④ 同上。笔者对该处作者的提法持保留意见。笔者以为,托尔斯泰对索尼娅自动放弃对爱情的追求虽然不持正面的评价态度,但他并不是从索尼娅压抑个人的欲望这一角度去看待这一形象的,而是认为,对于人本身,缔结婚姻、组建家庭并抚育后代是一种自然而然的本性,不组建家庭便是对这一自然本性的破坏。另外,如果按照作者此处所要表达的意思,似乎便是,在托尔斯泰看来,人不宜压抑自然欲望,这其实是与作家本人的思想相背离的,如果以此处作者的理解,那么《克莱采奏鸣曲》、《魔鬼》等作品似乎便不太好解读。

⑤ 张中锋:《论托尔斯泰创作思想的嬗变对其长篇小说结构形式的影响》,《四川大学学报》(哲学社会科学版)2011年第3期。

虽然表面上与本书所要探讨的相仿佛，其实与之全然不同，实不相涉。同时，从以上的材料也可以看出，在对托尔斯泰的生命自然性思想的认识上，虽然也有学者提出了与本书相类似的观点，但限于其论著或文章整体的研究思路，大多并没有就这一问题深入展开，尚缺乏结合作家本人的大量的文艺性著作进行系统、具体的分析。另外，从已有材料看，大部分研究者尚没有把作家的政论创作与文艺创作做到有机的结合。其实，思想家托尔斯泰与艺术家托尔斯泰是在其创作道路上同行并进、合二为一的巨人，二者彼此相携、互为依附。托翁曾表示："如果我的文艺作品有某些优点的话，那仅仅是因为它宣传了其中的思想。"① 因此，从思想主题的角度研究托尔斯泰的文艺创作，应把其与作家的政论文字结合起来，尽可能地互为依傍，彼此阐发，这样才具有说服力，立论也才能持中。

综上，就"生命的自然性"这一概念而言，既有对托尔斯泰创作的研究虽有类似的观念提出，但与本书研究主旨相关的资料是极其匮乏的，且大多数的研究并不深入，这无疑为我们对研究课题的提出和进行相关分析构成了一定的困难；同时，从另一个角度而言，也让我们意识到对这一论题进一步研究的必要。这一必要性主要体现在如下一些方面。

其一，进一步深化并努力拓展对托尔斯泰生命观在小说中的审美阐释的研究，以弥补相关研究的不足。

其二，揭示托尔斯泰小说中所体现的自然生命观的超越时代的现实意义。通过对托尔斯泰生活和创作的研究，我们可以发现，这位伟大作家的一思一行往往并不是与现实相脱离，而是紧密地贴近现实的。他在政论作品中所提出的一些问题，在自己笔下通过文艺创作所反映的一些现象及问题往往是他对现实进行紧张思考之后的结果。即如他对生命自然性的认识及其在其小说中的反映，也是如此。托翁正是看到了现代文明的消极面，看到了它对人性的腐蚀作用，所以他总是想寻求一种解决的方法。至于这种方法是否为万全之策，可由历史去评判。②

---

① 倪蕊琴主编：《俄国作家批评家论列夫·托尔斯泰》，中国社会科学出版社1982年版，第389页。
② 俄罗斯哲学家弗兰克曾提及："对生命意义的信仰，渴望这样来建立和体验生命，让它有绝对的意义，使其中的每个瞬间都发出永恒之光，这种信仰和渴望渗透在托尔斯泰的全部学说中，无论他在其中表达自己的学说的那些抽象的理论是多么令人不满。如果我们爱托尔斯泰的话，那么我们就应该接受和喜欢这个学说的精神自身。"该语参见 C. 弗兰克《悼念托尔斯泰》，张百春译，《俄罗斯文艺》2010年第3期，第84页。

其三，通过对这一论题的研究，我们在一定程度上可以深化对思想家和文学家托尔斯泰人文精神遗产的认知。

三

有关生命这一命题是贯穿列夫·托尔斯泰全部文艺创作的一个最基本、最核心的主题，在托尔斯泰创作的研究史上，这一观点虽不时为一些学者所提及，但一直以来，其实并没有多少研究者从这一方面入手，对托翁的创作进行系统的研究。我们在本书中所提出的作家小说中的生命的自然性主题，也仅仅是托翁创作所反映的全部生命主题的一个方面。

在对本论题的研究中，笔者将把视野放诸托翁的全部小说创作，同时撷取那些充分反映这一主题的作品及其中的人物进行具体分析。因为小说中的生命主题与其中的人物密切地联系在一起，所以我们在具体的分析方法上，以分析小说中的典型人物为主，把这一方面作为论题展开的轴线，同时兼及小说创作的历时分析。从上述可以看出，在对该论题的研究上，我们将主要采取文本分析的方法。解读文艺创作，从文本入手是题中应有之义，我们将严格遵循这一传统的方法。同时，为使我们的分析具有说服力，在对相关具体问题的论述中，也将引入作家的相关思想观念，以给本书的立论提供理据的支撑。

在对论题的研究过程中，本书同时也采取如下一种立场看待托尔斯泰的小说创作，即它们当中所贯穿的主题思想，在很大意义上即是其本人世界观的一种体现。这种看待作家作品的态度并不全然有效，但对托尔斯泰及其创作而言，确实最为典型。在历史上对托尔斯泰创作的研究中，已经不乏学者指出其作品中若即若离的自传性因素，所以，作为一种研究方法，把作家思想与作家创作相结合，也被笔者纳入到了本书之中来：用作家本人的思想来论证作品中的系列事例；同时通过作品的一些内容来说明作家的一种思想。

第一章 自然至善：列夫·托尔斯泰 生命观的底色

> 无论何物，只要出于自然的创造，都是好的，一经人手就变坏了。[1]
>
> ——卢梭

> 我们有一个，并且只有一个永远不犯错误的指导者——主宰全世界的神明；他渗入到我们大家和每一个人心中，给每一个人灌注对一切应有的事物的渴求；正是这个神明叫树木向着太阳生长，叫花卉在秋天里投下种子，并且叫我们本能地互相亲近。[2]
>
> ——列夫·托尔斯泰

生命的自然性指的是生命的本性，或者说生命之所以为生命者。中西方哲学史上，自然作为生命存在的一个范畴，先后为不同的思想家和思想流派所倡导。他们大部分把生命的自然性作为一种德性，认为人应当顺任这种自然性，恪守生命的本真，拒绝异化和远离那些由习染而得的恶，其实这些也正是他们各自的自然生命观的基本内容。在本书中，我们也正是从作为德性而言的自然性这一内涵上，试图对列夫·托尔斯

---

[1] 参见卢梭《社会契约论》，何兆武译，商务印书馆 2003 年版，第 4 页。何先生在该处以译注的形式提及这一句话。其实，此语出自卢梭著《爱弥儿》第一章，李平沤教授把该语译为"出自造物主之手的东西，都是好的，而一到了人的手里，就全变坏了"，此种译文可参见其所译《爱弥儿》上卷，商务印书馆 1978 年版，第 5 页。

[2] 该语出自列夫·托尔斯泰所著短篇小说《卢塞恩》，参见《列夫·托尔斯泰文集》（第 3 卷），人民文学出版社 2000 年版，第 28 页。

泰笔下的生命的众生相所体现的生命理境进行形而上的概括,对其小说中那些朴实、率真的人物背后所透露出的积极的生命特征进行类型学上的、总体的观照。

因此,在这里,从现代意义上的善恶观而言,对作为生命的善的本性而言的生命的自然性并不是那种容易生发联想到的生命的本能,或者说生命的肉体性,虽然从这个角度去看待生命的自然性在哲学史上也大有人在,不过,它也并没有构成这种生命范畴的主流。托尔斯泰一生倡导一种积极的生命取向,实际上,他不遗余力所反对的正是这种生命的肉体性,在很大程度上,这种消极的生命态度在其文艺作品中恰恰是作为生命的自然性的对立面出现的,因而从小说的创作题旨而言,托尔斯泰的文艺作品里所张扬的正是这种生命的自然性主题。

具体而言,列夫·托尔斯泰小说中所洋溢的生命的自然性主题,实际上是对人的自然的、善的本性的推崇和对一种合乎自然的生活方式的倡导。在托尔斯泰看来,客观存在的大自然本身代表着一种和谐与完美,人是大自然的一部分,所以在人的身上同样具有完美和完善的本性,这种本性体现在孩子那里,而随着其步入社会,他身上的这种完美的本性大多会逐渐消失。因此,托尔斯泰小说中所倡导的生命的自然性,就是按照大自然的完美的本性而生活,对于人来说,就是按照其人之所以为人的、善的本性而生活。所以在托尔斯泰那里,生命的自然性与大自然有着密不可分的联系。

其实,托尔斯泰文艺创作中所蕴含的生命的自然性主题在很大意义上也与作家的自然生命观密不可分,它们是一种内隐和外显的关系,这里面隐藏着若即若离的作者形象。

第一节　自然为本:生命存在的要义

在西方,"自然"(nature)是一个古老的概念,具有相当丰富的语意和内涵。在哲学发展史上,"自然"往往指的是"自然界、自然物",亦即其大多是从"实在、客体化的存在"① 这一层面上而言的，所以谈到历史上的自然观的演进，往往指的是宇宙论思想的嬗变和发展。即如英国哲学家罗宾·柯林武德（另有译科林伍德）所著的那部较为知名的《自然的观念》（1945），便对自然作如是观。

不过，"自然"既指自然物本身，又可以用来指称自然物本身的属性。古代的西方哲人亦从这一语义来理解和运用"自然"一词，比如在古希腊的爱奥尼亚哲学家那里，"'自然'对于他们从没有意味着世界或者意味着那可以组成世界的诸事物，而总是指本质上属于这些事物的、使得它们像它们所表现的那样行为的某种东西"②。

罗宾·柯林武德在考证"自然"一词的含义时指出，就像白蜡树的本性是柔韧，橡树的本性是坚韧一样，古希腊人所使用的"自然"一词有时意指"本源、本性"③，亚里士多德（前384—前322）亦如此诠释"自然"一词。他在其所著的《形而上学》中，赋予"自然"七种含义，其中即有"自身具有运动源泉的事物的本质"的释义。④ 国内有学者指出，亚氏所认为的"自然"，"首要地意味着存在者的本质，它在自身内把持着自己的运动的本原和法则"⑤。在现今的西方语言类词典中，"自然"一词大多具有此意，亦即"自然"可以意指"本性"，蕴含"是其所是"的意思。

既然"自然"可以用于指事物本身的属性，那么，它便可以用在对人之生命存在状态、性质的规定上，表达一种生命论思想和对人生观的认识，从而也成为生命存在的一种范畴。而作为生命范畴的自然也有着悠久的历史，在不同的历史时期屡屡出现在一些西方著名思想人物和派别的作品中。

古希腊的赫拉克利特（约前544—约前483）说："智慧就在于说出真理，并且按照自然行事，听自然的话。"⑥ 这里面或许已经孕育出了生命自

① 冯契、徐孝通主编：《外国哲学大辞典》，上海辞书出版社2000年版，第303页。该处较为详细地列述了哲学史上不同思想人物和流派的自然观。
② ［英］柯林武德：《自然的观念》，吴国盛、柯映红译，华夏出版社1999年版，第49页。
③ 同上书，第47页。
④ 同上书，第87页。
⑤ 先刚：《永恒与时间——谢林哲学研究》，商务印书馆2008年版，第161页。
⑥ 北京大学哲学系外国哲学教研室编译：《古希腊罗马哲学》，生活·读书·新知三联书店1957年版，第20页。

然思想的萌芽。

自此之后，古希腊的犬儒学派可以说是较早提出顺应自然而生活的思想并身体力行的一个哲学流派。这一学派中的知名代表人物第欧根尼（前404—前323）就像俄国历史上的圣愚，平时身上衣衫褴褛，以乞讨为生，过着极少物质需求的粗朴简单的生活，以之为顺应自然。他认为文明和人为规范造成了人的堕落和罪恶，应当向失落的自然回归，返璞归真。① 不过，整体来看，犬儒主义的生命自然似乎更多的是外在行为表象的自然，是一种向自然（界）无为的回归，而在精神深处却附着一层造作故意，与人之真善的本性并不尽相符合。

也同是在古希腊罗马，持续存在长达600余年的斯多亚学派意识到，符合自然的必然性，按照自然的逻各斯行事，才有自由。② 他们认为人性本善，德性是人的自然本性，宣扬人顺应自然的生活，从而形成了自然主义伦理思想。这一学派在历史上分为早、中、晚三个时期。早期斯多亚派受犬儒派思想的影响，提倡顺应自然，鄙弃社会文明的生活方式。他们提出"德性的生活就是和自然相一致的生活"③ 这一命题。此处所说的自然，是斯多亚派思想中世界本性（或必然性）和人的理性。这一命题可以借用该派这一时期的代表人物之一克律西普（约前280—前209年）的话来解释和彼此参照，他曾表示："因为我们个人的本性都是普遍本性的一部分，因此，主要的善就是以一种顺应自然的方式生活，这意思就是顺从一个人自己的本性和顺从普遍的本性。"④ 中晚期的斯多亚派也秉持这一天命观，比如罗马斯多亚派的代表人物之一塞涅卡（前4—65）曾谈及：人就是被理性赋予的生命物，而理性要求一个人按照他自己的本性生活；这就是人生追求的目的即幸福，也就是顺应自然的生活。⑤

18世纪法国启蒙运动思想家卢梭（1712—1778）在哲学史上提出人的"自然状态"之说，极力倡导生命的自然性。他认为，自然状态是人类

① 姚介厚：《西方哲学史（学术版第2卷）·古代希腊罗马哲学》，凤凰出版社2005年版，第548页。
② 同上书，第999页。
③ 同上书，第955页。
④ 邓晓芒、赵林主编：《西方哲学史》，高等教育出版社2006年版，第73页。
⑤ 姚介厚：《西方哲学史（学术版第2卷）·古代希腊罗马哲学》，凤凰出版社2005年版，第991页。

发展的最初阶段，那时候，人们除了在年龄、体质等方面的差别外，人人享有自由平等，并充分展现出其天赋的善良本性。但文明的到来，把人类这一自然的、淳朴的风俗逐渐侵蚀掉了。因此，卢梭表示，"无论何物，只要出于自然的创造，都是好的，一经人手就变坏了"①。他认为，"由于渐渐地脱离了原始状态，环境和社会的进步改变了人的灵魂，我们再也见不到一个始终不违背自己的性情而做事的人"②。"人是生而自由的，但却无往不在枷锁之中"③，卢梭这句耳熟能详的警句即是表明，人们在接受文明的同时，也成为文明的奴隶。因此，卢梭主张顺应自然的教育，"真正的教育不是用种种规范加以束缚，而是要顺其自然"④。他那部著名的《爱弥儿》就是根据这一思想写成的小说。

与卢梭同时代的法国另一位哲学家拉美特利（1709—1751）同样在其著作（诸如《人是机器》、《心灵的自然史：心灵论》等）中张扬生命的"自然性"。他认为"强制自己，戕贼自己，反乎自然之道"⑤。但是，他这里所谓的"自然"，其实是"眷恋各种爱好、乐趣、肉体快乐"，是他所说的"自然的道德（因为自然而有他的道德）"⑥，而把现代意义上的道德善恶或者说宗教的道德和政治的道德搁置在一旁。究其实，这种自然是一种感官的自然，身体或肉体的自然，或者说是自然本能。这种自然并不同于斯多亚主义或者卢梭思想里的人之自然的、善的本性，而恰恰是它的反面，亦即是他们所摈弃的一种恶、反自然，当然也更不是自由。

值得一提的是，德国哲学家海德格尔（1889—1976）在其晚年也倡导一种走向自然的生命哲学。海氏在他的大量著作中探讨了哲学上的一个终极问题"在"，这一概念的基本含义就是意识对象在意向活动中的显现。人是领悟自身之"在"的在者，是"此在"。"此在"是自我意识的主体，它（他）将自身置于时间之中，并在时间中寻找其实存的意义。人因为有

① ［法］卢梭：《社会契约论》，何兆武译，商务印书馆 2010 年版，第 4 页。
② 尚杰：《西方哲学史（学术版第 5 卷）·启蒙时代的法国哲学》，凤凰出版社 2005 年版，第 264 页。
③ ［法］卢梭：《社会契约论》，何兆武译，商务印书馆 2010 年版，第 4 页。
④ 尚杰：《西方哲学史（学术版第 5 卷）·启蒙时代的法国哲学》，凤凰出版社 2005 年版，第 298 页。
⑤ 北京大学哲学系外国哲学史教研室编译：《十八世纪法国哲学》，商务印书馆 1963 年版，第 187 页。
⑥ 同上。

领悟自身之"在"的能力而成为显现万物（在者）的澄明之所，澄明即真理，其特性表现为"存在本身"自由地存在，而这种自由就是"让存在者成其为所是的存在者"。但从人的角度（在者包括天地万物）而言，追寻其"是其所是"的存在，正是其实存的意义的体现①，从这里可以看出，海德格尔在其哲学中也倡导一种生命自然的理想境界。

现在不妨把视角转向我国传统文化思想里的生命自然范畴。学贯中西的著名哲学家牟宗三先生曾表示："中国哲学的主要课题是生命，就是我们所说的生命的学问。"② 循此话题，那么在这一"学问"里，"自然"应是一个重要的范畴，在很大程度上可以说，它是我国自古迄今传统生命观里的重要思想之一，就其历史赓续和受到重视的程度而言，它有着较西方同一范畴更为悠久的传统。

我国哲学史上的"自然"一词最早由老子（约前580—约前500）提出，初始的含义便为"自己如此，自然而然"③。这一语义与西方哲学语境里的"本性、本源"或者"是其所是"基本同义，都是表示未经预设的、非人为的主体行为意识，是本性的使然和显现。

在我国传统的古典文化思想里，"自然"和"无为"是一类重要的概念，这是始由老子提出的道家的重要哲学思想。"道法自然"、"无为而无不为"这些众所周知的文字，其中所蕴含的便是道家生命论思想里的核心观念。有学者指出，老子的"自然"和"无为"内涵并无区别，"'自然'从肯定面讲，意思是自然而然，依其本性来发展。'无为'从否定面讲，意思是不妄为，不包含任何人为的成分。两者合起来构成老子人生哲学和政治哲学的一个最基本的观念，也是后来道家各派多共同追求的理想"④。除了"自然"、"无为"，老子还提出了一个与之同义的观念，就是"朴"，以之形容人敦厚纯善、本我无伪的天性，比如老子说"见素抱朴，少私寡欲"（意即"保持朴质，减少私欲"）⑤ 中的相应文字便可作此理解。老子

---

① 该处内容据自冯契、徐通锵主编的《外国哲学大辞典》之《海德格尔》词条的相关内容（参见该书第728页）及安东尼·肯尼主编的《牛津西方哲学史》（中国人民大学出版社2006年版）第四章有关海德格尔的文字（参阅该书第216页）。

② 牟宗三：《中国哲学十九讲》，上海古籍出版社1997年版，第14页。

③ 方克立：《中国哲学大辞典》，中国社会科学出版社1994年版，第282页。

④ 冯达文、郭齐勇：《新编中国哲学史》（上），人民出版社2004年版，第55页。

⑤ 陈鼓应：《老子今注今译》，商务印书馆2003年版，第147页。

倡言"抱朴"、"返樸"就是主张保持人的先天本然之真，也只有"返樸归真"，才能在社会上不会被异化，失去本然的禀性，其中原因在于，在道家生命思想里，文明与自然是彼此对立、冲突的，"老子深深地感到人们攻心斗智、机诈相见是造成社会混乱的根本原因，所以他极力提倡人们应归真返朴"①。继承老子思想衣钵的庄子（前369—前286）同样也张扬生命的自然性，并使之发扬光大。比如庄子说："汝游心于淡，合气于漠，物顺自然而无容私焉，而天下治矣。"② 这里的"物"兼指人与物，表示二者均有其自然。较之于老子常言"朴"，庄子更多的是谈"真"。"真"赋之于人，则表示人之固有的本真。庄子表示，"真者，所以受于天也，自然不可易也。故圣人法天贵真，不拘于俗"③。亦即，在庄子看来，"真"是生命的内在，是生命存在最本质的东西。人一旦失去了"真"，为外物所役，就会招致人性的异化，失却生命的本真，所以他提出"贵真"的思想。其实所谓的"贵真"，也即是崇尚自然，追求个性及个体的自由。或缘于此，李泽厚先生曾表示，庄子是中国"最早的反异化的思想家，反对人为物役，要求个体身心的绝对自由"④。老庄以后，东汉的王充（27—约97）、魏晋时期的王弼（226—249）、阮籍（210—263）、嵇康（223—262）等均继承并发展了他们二人的生命自然思想，比如王弼提出"任自然而行，不造不始；因物自然，不设不施"⑤，而嵇康也倡言"越名教而任自然"⑥，主张抛弃功名利禄、个人欲望得失，顺任自然之道，恢复人的自然本性。张岱年先生说，自唐宋以后，便没有新的"自然"观念出现。⑦ 不过，显而易见，历史上道家生命自然的思想在当下也有着深远广泛的影响，渗透在我们日常纷繁的生活之中。

---

① 陈鼓应：《老子今注今译》，商务印书馆2003年版，第16页。
② 这句话的意思是说，"游心于恬淡之境，清净无为，顺着事物自然的本性而不用私意，天下就可以治理好了"。原文及解释参见陈鼓应所著《庄子今注今译》，商务印书馆2007年版，第251、253页。
③ 此语见《庄子·渔夫》。
④ 李泽厚：《中国古代思想史论》，人民出版社1985年版，第4页。
⑤ 陈鼓应：《庄子今注今译》，商务印书馆2007年版，第360页。
⑥ 语出《释私论》："矜尚不存乎心，故能越名教而任自然；情不系于所欲，故能审贵贱而通物情。物情顺通，故大道无违；越名任心，故是非无措也。"参见戴明扬《嵇康集校注》，人民文学出版社1962年版，第234页。
⑦ 张岱年：《张岱年全集》（第四卷），河北人民出版社1996年版，第536页。

历史上的道家学说是一种出世的思想，而在中国几千年的文明史上占据思想意识主导地位的儒家学说则讲求"修身、齐家、治国、平天下"，表现出一种强烈的入世姿态和积极的生命追求。道家人物旷达疏放、洒脱不拘的形骸下所隐含的抱朴归真、致虚守静的修养功夫及其人生哲学，反映出了他们对生命自然的崇尚和皈依。而儒家人士在其内敛持中、悲天悯人或沉潜自得的气象下，践履的却是内圣外王、诚心正意、格物致知之道，眷念不忘的则是求仁得仁的道德生命。在某种意义上说，"道德"与"自然"是两个对立的概念，讲道德即意味着要付出理性，而有理性意识存在，生命的那种自然无意识便会遁形。虽然如此，并不能说儒家的生命思想和人生哲学与生命的自然价值与境界绝缘。其实，在儒家所倡导的生命的道德价值落脚处，躬身践行的却是一套循天理（与"人欲"相对）而行的生命自然观念。譬如，张岱年先生在其《中国哲学大纲》中指出，"孔子的学说实以人为本，而又以'则天'与'无为'为理想境界。孟子的思想，与孔子甚相类似。后来的儒家，大都宗述孔孟的见解，一方面注重人为，一方面又尊天"[1]。

钱穆先生在其一篇文章中曾谈及，"中国人把一个自然，一个性字，尊之为神，正是唯物而唯神"；并表示，"道家不喜言心，儒家爱言心，但更爱言性"[2]。简短两句话便精当地切中了儒、道两家哲学思想的极致及其人生观念的细微差别。如果略读古代典籍及后人有关的论著，不难发现，我们古人关于"性"的言说要较之于谈"自然"处多得多，对前者理解起来也比后者繁难复杂得多[3]，而"性"的内涵在不同的儒家思想家那里也多有不同，有的表示"生来而具"，有的含有"人之所以异于禽兽者"之义。依据后者，"人之性"也可说成"人之所以为人的本性"。冯友兰先生按照各代儒家所谈的性，提出"人所有之性"，以与"人之性"相区别。[4] 生物之性，动物之性，在人身上亦有，但均不是"人之性"，而是"人所有之性"，比如就感情、欲望而言，便是"人所有之性"。宋代儒家

---

① 张岱年：《张岱年全集》（第二卷），河北人民出版社 1996 年版，第 447 页。

② 钱穆：《人生十论》，生活·读书·新知三联书店 2009 年版，第 17 页。

③ 应当说，儒道两家均言"自然"和"性"，只是道家远较儒家谈"自然"为多，而儒家又更较道家谈"性"为多，因此后文谈"性"处据儒家思想而言。儒家所谈的"性"，大都是指人性，即人的本性。

④ 可参见冯友兰先生著《新理学》中的《性心》篇及《新原人》中的《心性》篇。

认为"人心"来自人的"人所有之性"，道心则是从"人之性"而来，而"人欲"则是人心之带有损人利己的成分者，所以凡"人欲"均是恶。由此可以看出，儒家所说的"人之性可以说是，彻头彻尾地'无不善'"①。冯友兰先生认为，在道家那里"人若顺其自然，则自有道德底、社会底生活，不必人讲道德，提倡道德"②。而按照儒家思想，"人之社会底生活，道德底行为，是顺乎人所有之人之性之自然底发展"③。由此可以看出，在儒家所追求的生命的道德理境里面，并不缺乏自然、率真的情感和思想。比如《中庸》的开篇便鲜明地表达了这一立场："天命之谓性，率性之谓道，修道之谓教。"④ 这一情感和倾向从有名的典故"揠苗助长"⑤ 的故事也可体味出来。孟子（约前372—约前289）述及此事时曾如此表达自己的态度："必有事焉而勿正，心勿忘，勿助长也。"⑥ 这里虽然是就"义"（即文中的"事"）而言，要求对之不应去做不必要的预期，也不应违背规律去助长它。但"勿正勿助"所反映的其实正是一种顺任本然的心态和生活原则。

此外，值得注意的是，在儒家思想中也有一个"诚"的观念，同样也反映了其对生命自然性的追求和认识。"诚"这一字眼在儒家典籍中出现得较早，并且自《中庸》和《孟子》起，它便成为儒家思想中的一个重要哲学范畴，后世儒家对之议论也极多。⑦《中庸》把"诚"提到一个无与伦比的高度，其中说："诚者天之道也；诚之者人之道也。"⑧ 也就是说，天道即"诚"⑨，人应把天道内化为人道，去践行"诚"，努力做到"诚"，"不欺人，也不自欺"⑩，就人本心而言，"求真务实"，这是一种为人之道。细究起来，这里面既内蕴着"顺任"诚，也包含着"力为"诚，因为

---

① 冯友兰：《三松堂全集》（第四卷），河南人民出版社 2001 年版，第 91 页。

② 同上书，第 94 页。

③ 同上。

④ （宋）朱熹：《四书章句集注》，中华书局 1983 年版，第 17 页。

⑤ 该典故出自《孟子·公孙丑上》："宋人有闵其苗之不长而揠之者，茫茫然归，谓其人曰：'今日病矣，予助苗长矣。'其子趋而往视之，苗则槁矣。"

⑥ （宋）朱熹：《四书章句集注》，中华书局 1983 年版，第 232 页。

⑦ 张岱年：《张岱年全集》（第四卷），河北人民出版社 1996 年版，第 554—558 页。

⑧ （宋）朱熹：《四书章句集注》，中华书局 1983 年版，第 31 页。

⑨ 朱熹把此处的"诚"释为"真实无妄"，该释义出处参见上书，第 31 页。

⑩ 这是冯友兰先生在《新世训·存诚敬》中对儒家"诚"的含义的解释。参见《三松堂全集》（第四卷），河南人民出版社 2001 年版，第 441—449 页。

"诚者自成也，而道自道也。诚者物之始终，不诚无物"①，"诚"和"物"紧密地结合在一起，"物"本身之中便有"诚"；而"唯天下至诚"②，这是一种最高理想和境界。而"诚之"或"为诚"的方法则是："不明乎善，不诚乎身矣。"③ 意即要发扬自己内心的善性。从这里可以看得出来，在"诚"的思想里，其实也蕴含着顺应生命的本真，以求达到生命的自然（自由）之境的生命思想。

国内中西方哲学研究专家张世英先生曾指出，中国古代哲学中有着两种"为道"的传统："一是道家的无道德意义的'道'；一是儒家的有道德意义的'道'"④。这种观点颇有道理。总体上看，道家的人生观更多地体现出的是一种自在自然，它认为自然在人的身上初始便是至善，所以在日常所应做的主要是顺其自然。而儒家所体现的则是一种自为自然，它并不否认人本身的善性，但更注重后天的教化和培养，以使这种善达到至善，达到天人合一的境界，所以儒家平时所注重的是力为，这里面所体现的正是儒家的道德形而上的生命观，但可以看得出，儒家也并没有排斥，而是极为重视生命的自然性方面，这反映在其对生命境界追求的过程之中，也表现在对这一生命境界所追求的结果上。譬如孔子（前551—前479）所说的"从心所欲不逾矩"便是这种生命境界所应达到的目标的体现。当然，这里面的自然也恰是一种内在的精神自由。或许这两个方面也正反映了儒、道两家入世和出世的特点。

综观古今中外思想家及思想流派对于生命自然的认识，我们不难发现，他们大都持人性本善的观点，认为人处社会中，其身上的这种本性会发生变化，这种变化来自社会文明对人的消极影响，所以，无论他们具体采取什么方式和手段去避免或者减少这种消极影响，但去除那些由习染而得的恶，保持内心善的本性澄明而不被遮蔽，大都是哲学史上的生命自然范畴的共性的追求和认识。

其实，虽然哲学史上关于生命的自然范畴的论说不乏深奥难懂之处，但就这一范畴所谈及的生命自然性的内涵本身而言，并不费解。我们日常生活中所说的返璞归真、返元还本等在很大意义上所讲的就是与之相类似

---

① （宋）朱熹：《四书章句集注》，中华书局1983年版，第33—34页。
② 同上书，第32页。
③ 同上书，第31页。
④ 张世英：《天人之际：中西哲学的困惑与选择》，人民出版社1995年版，第145页。

的问题，这些词语中的宾词所指的即是人之为人的本然的东西，由此我们也更加明确地看到，我们每个人身上均有一种生来即有的善的本性，同时身处社会中也面临保持和保全这种生命自然性而不致迷失自我的一种现实任务，因此，生命的自然性既体现为一种生命的品格和生活的态度，也体现为一种生命的意义和价值。

通过简要地考察历史上作为生命存在范畴的"自然"的发展、变迁及其内容的具体方面，我们或可以认识到，对于生命的自然范畴而言，它有着历史继承性，也就是它后来的出现往往是对前期这一思想的一种反拨和再发展；同时，这一范畴也具有跨民族的特征，它在不同的国家和民族那里均得到了一定程度的倡导和推重，从中可以看出，求真存善是人类净化自我的共性的愿望和要求。因之，从历史的角度来看，本书所要谈及的列夫·托尔斯泰思想中的有关生命的自然观（不独表现在其政论作品中，而且也鲜明地体现在其小说中）并不是兀自出现、毫无来自的。实际上，他对生命自然性的认识既具有鲜明的个人独具的方面，而且同样也具有历史上这一范畴的共同特征，在下文中我们可以看到。

第二节　自然至善：生命观的底色

在天命之年，列夫·托尔斯泰以惊人的记忆力在《我的生平》（1878）中写下了自己儿时的回忆：

> 我被裹在襁褓里。我想把两只手伸出来，始终办不到。我又哭又喊……我不明白而且始终弄不明白这是什么时候的事：当我还是个吃奶的孩子时把我裹在襁褓里，我总想把手伸出来，还是等我长到一岁以后把我的手裹起来免得去把疱疹搔破，还是我在回忆时把许多印象混杂在一起，好像做梦时常常发生的情况那样。不过有一点是确凿无疑的，即以上所说的是我一生最早记得也是最为深刻的印象。我已不记得我的哭喊声和我身受的痛苦了，留在记忆里的只是一个复杂而矛盾的印象。我想要自由，它不妨碍任何人，我为此却吃了许多苦头。他们疼爱我，他们把我裹起来，我呢，让我怎么办都是必要的，我是

弱者，他们是强者。①

我们虽然不是命定论者，但从托尔斯泰本人所叙述的这个"襁褓故事"中，却分明可以看到其中所隐含的日后托尔斯泰个性中的一些特征，那就是对人为约束的憎恶，对暴力的排斥和对弱者的同情等。尚在襁褓中的托尔斯泰就能感受到这种约束是不自然和不必要的，可见，在他的天性中便已经埋藏下了那种日后对至真至纯生命的渴求的种子。

在《战争与和平》中，列夫·托尔斯泰曾谈及，俄国人天性中有一种情感，即"蔑视一切虚伪的、不自然的、人为的东西，蔑视一切大多数人认为世界上最好的东西"②。如果此处所言有其合理性的话，那么，在托尔斯泰本人身上，从其一生的经历来看，结合其前述对儿时的回忆，这种情感应当说体现得尤为鲜明，在很大程度上它正是其个性的恰如其分的写照，也是其自然生命观的内在精神基础。与托尔斯泰的后人多有结识的文学家布宁曾在他那部知名的小书《托尔斯泰的解脱》中对托尔斯泰的精神个性有过类似的描述，他认为，"托尔斯泰像大自然一样，总是'认真的'，而且无比'真'"③。

与此同时，我们从托尔斯泰的同时代人对他的评价中，可以深切地感受到托尔斯泰个性中的这种天性。作为托尔斯泰在文学上的引路人，涅克拉索夫对之深有所知，他认为托尔斯泰"有个坚强而诚实的个性，不藏秘密，不怕羞涩"④。托尔斯泰的这种天性，也充分地应和了其生命中的那种较"真"意识，即安常习故、拘于成规在很大程度上是与他的禀性绝缘的，不从众、不盲从是他的典型的精神特征。大诗人费特是为数不多的一位与托尔斯泰终生保持着频繁沟通和良好关系的友人，他在一开始与托尔斯泰结识时，便敏锐地发现了这位刚刚崭露于文坛的作家身上此种与众不同之处。⑤ 为托尔斯泰谱传的作家艾尔默·莫德也看到他有一种特别的性

---

① ［俄］列夫·托尔斯泰：《列夫·托尔斯泰散文选》，百花文艺出版社2003年版，第36页。

② 参见《列夫·托尔斯泰文集》（第7卷），人民文学出版社2000年版，第1187页。本书后文出自该版文集（第1—17卷）的引文，均在正文所引语句后用括号标出，括号内前一数字表示卷别，后一数字表示所出自该卷的具体页码。

③ ［俄］布宁：《托尔斯泰的解脱》，陈馥译，辽宁教育出版社2000年版，第87页。

④ ［英］艾尔默·莫德：《托尔斯泰传》（上），宋蜀碧、徐迟译，北京十月文艺出版社2001年版，第211页。

⑤ 同上书，第166页。

格，"这种性格是从小就有，直到老年还没有改变过来的，即是，否定流行的意见，准备反对权威的论调，依赖他自己的判断"①。在早年时，托尔斯泰与那时先于其赢得文坛声名的涅克拉索夫、屠格涅夫②、德鲁日宁等都相处得不是很融洽和谐，抑或就是他的这种性格使然。

　　不难想象，正是这种崇尚自然、鄙弃虚伪和唯真唯实的个性，一方面，使得托尔斯泰与他人相处时总表现得落落寡合，不为众人所接受；另一方面，也使得托尔斯泰对那些与自己心灵相契合的事物表现出异乎寻常的赞赏和推重。在这里，法国启蒙思想家卢梭的著作当属于后者，托尔斯泰早年在对之潜心阅读中获得了一种心灵上的共鸣③，认为找到了其思想上的同路人，从而为自己潜意识中的看待生命的自然思想寻得了精神的支撑。④ 因此，托尔斯泰日后之所以接受卢梭，喜爱并备受卢梭的影响，有着其对之惺惺相惜的一种因素。在很大程度上，就托尔斯泰生命观的形成，特别是其中关于生命自然的认识所受到的外来影响而论，卢梭具有无可替代的地位。对于从卢梭那里得到的教益，托尔斯泰从不讳言，他曾表示："我读过卢梭所有的作品——他的全部二十卷作品，包括他的《音乐词典》。我不只是对他非常热情，我还崇拜他。我在十五岁的时候，贴身佩戴了一个有他的肖像的纪念章，来代替正教的十字架。他的作品中有很多地方我都那样熟悉，以至于我以为一定是我自己写的了。"⑤ 如果考虑到托尔斯泰日后在《忏悔录》中所说："由于我很早就开始大量阅读和思考问题，我对教义的否定早就是自觉的。我从十六岁就不做祷告，自己主动不上教堂，不作斋戒祈祷。"（15：6）那么不难推知，托尔斯泰在此处所谈及的行为和年龄正好发生他"信仰"卢梭主义而把对宗教的信仰排挤出

① ［英］艾尔默·莫德：《托尔斯泰传》（上），宋蜀碧、徐迟译，北京十月文艺出版社 2001 年版，第 211 页。
② 托尔斯泰的各种传记中曾描述过其与屠格涅夫在 1861 年年初发生的一起冲突，这场冲突的缘起在于屠格涅夫谈及他的养女亲手为穷人补破衣服，托尔斯泰认为这种行为是不诚实的，像一出滑稽戏。从这里约略可以看出托尔斯泰对"真"、对"自然"的态度。
③ 列夫·托尔斯泰在 1852—1854 年间在高加索服役期间系统地阅读了卢梭的作品。
④ 托尔斯泰一生读书甚多，对东西方的思想文化深有了解，这从他自己的文学、政论文字及日记、札记等中的记录中均可以看得出来，因此就托尔斯泰生命自然观的形成受到的思想影响来源而论，应该说这种生命观是多种思想辐辏的结果，但总体而言，托尔斯泰从卢梭那里所受到的影响显然更为突出。
⑤ ［英］艾尔默·莫德：《托尔斯泰传》（上），宋蜀碧、徐迟译，北京十月文艺出版社 2001 年版，第 56 页。

去的阶段，由此也可以看出，卢梭对托尔斯泰思想的影响非同寻常。其实，在晚年（1905 年），托尔斯泰还一再谈及他的卢梭情结："自我十五岁起，卢梭便成为了我的导师。卢梭和福音书是我一生中所受到的两个最大和最为有益的影响。卢梭的思想不会过时。就在不久前我还重新浏览了他的一些作品，并从中再次感受到早年阅读时那种兴奋和为之叹赏的感觉。"① 从日后托尔斯泰所张扬并身体力行的一些生命自然的观念中，不难想见，托尔斯泰正是从卢梭那里吸收了人与人之间的平等、人与大自然应相和谐统一以及批判性看待文明和城市生活等思想。②

另外，亦不乏研究者指出，托尔斯泰的生命观思想中有来自中国道家老子的学说影响。托尔斯泰最早接触《道德经》是在 19 世纪 80 年代初，那时这本书刚刚有英、法、德等语言的译本在欧洲出版，之后托尔斯泰在1893 年读到了这本书的俄译本。托尔斯泰从一开始领略到老子的思想，便对其做出了极高的评价，并对老子的思想终生保持着浓厚的兴趣，还写下有关老子思想的文章。但应该说，托尔斯泰从老子那里所汲取的更多的是其思想中的道德观念，它在某种形式上丰富了托尔斯泰生命哲学中的道德观，因为这毕竟是托尔斯泰有关生命思想的核心。就生命的自然观而言，托尔斯泰借鉴了老子的无为（недеяние，неделание）思想，认为人类的科技进步是非道德的和无益的。在托尔斯泰看来，"如果知识是那种仅仅为了获取而去习得的知识，那么知识便会带来虚荣、骄傲和欺骗，使得它们甚嚣尘上。而且，这些弊病不仅仅体现在个体的人身上，而且也体现在整整的一个民族和多个民族那里以及历史上的某些时代的风习中"③。有学者指出，这便是为什么托尔斯泰对科学技术重大进步较少正面评价的原因。

值得一提的是，托尔斯泰的这种思想既有从东西方文明中所汲取的成分，也受到了来自本国民间人士的影响。托尔斯泰在其所著的《那么我们应该怎么办》（Так что же нам делать? 1882—1885）一文中曾附带表示，"在我的一生中有两个很有思想的俄罗斯人对我起过极大的道德影响，他们丰富了我的思想，使我明确了我的世界观。这两个人并不是俄罗斯的诗

---

① Толстой Л. Н. , *Полное собрание сочинений в 90 томах*, *Т. 75*, М. : Государственное издательство художественной литературы，1956，С. 234.

② Сухов А. Д. , Яснополянский мудрец: *традиции русского философствования в творчестве Л. Н. Толстого*，М. : ИФРАН，2001，С. 19.

③ Рачин Е. И. , *философские искания Льва Толстого*，М. : Изд-во РУДН，1993，С. 160.

人、学者或传教士，而是两个现在还活着的杰出人物，他俩一生都从事庄稼汉的劳动，就是农民休塔耶夫和邦达列夫"（15：261）。托尔斯泰一生与这两个有着分裂教派信仰的农民保持着交往，他们使作家进一步认识到自己占有他人的劳动的生活是多么的不合理、不自然，财富并不会使一个人生活得更好。特别是后者的"为糊口而劳动"的思想让托尔斯泰更加认识到，对一个人而言，身体力行的劳动对一个人生存的必要性。同时他们二人身上所体现出的纯朴善良、勤俭隐忍的品质也都激起了托尔斯泰由衷的赞赏。更为重要的，就如艾尔默·莫德所说，他们当中的休塔耶夫对托尔斯泰的影响，"并不在于他说的，而在于事实，就是他改变了他的生活，使它符合于他的是非观念，这正是托尔斯泰感到做起来极其困难的"①。

托尔斯泰生命自然观的形成除了具有自身的个性因素和外部思想的影响之外，其实也与作家自身的人生经历和生活实践分不开。在很大程度上，托尔斯泰生命观中的这种自然性思想也充分体现了他对生活的全面省察、谛视和对生命的深刻凝思、体悟。在作家23岁那年（1851），他跟随大哥尼古拉去了高加索并在那里加入了部队。随后，在这个远离文化中心、远离都市的"荒蛮之地"度过了两年多的时光。高加索瑰丽、雄伟的大自然，严酷的军旅生活，以及与来自人民的士兵、高加索人和山民的接触，凡此等等，在丰富作家阅历的同时，无疑也在陶冶作家的内心，促使其思考人生的意义和生命的真谛等问题。比如托尔斯泰那时在写给姑妈的信中曾表示，在高加索他非但不感到寂寞，而且还能"领略到一种比社交活动所能提供的快乐更为美好，更为崇高的快乐"，那就是"良心安宁、深思内省和意识到有成绩、意识到自己心中有一种善良宽厚的感情在觉醒时产生的满足感"（16：4）。虽然我们没有充分的证据表明托尔斯泰在高加索的人生经历对其自然生命观有着多么直接和重要的影响，但从他笔下关于高加索的作品中，我们所看到的则是他对普通人的朴素自然的人性予以格外的关注和赞美。正是在这里与普通人的交往，托尔斯泰天性中的敏感和敏锐的观察力，使得他总能捕捉到自己身边普通人身上生命的美或者他以为美的东西，在这种美之中，托尔斯泰笔下所属意凸显的便是一种纯朴自然的生命质地，比如他在这一时期写下对俄罗斯普通士兵的观察，认

---

① ［英］艾尔默·莫德：《托尔斯泰传》（下），宋蜀碧、徐迟译，北京十月文艺出版社2001年版，第653页。

为他们的勇气是"不容易激励，也同样难于气馁的。他们不需要装模作样的鼓动、言说、雄壮的呐喊、歌曲和军鼓；相反，他们需要的却是安静、秩序，不做任何不自然的事。在俄罗斯士兵身上，在真正的俄罗斯士兵身上，您永远不会看到吹牛、蛮干，危险临头时发愁、急躁；相反，他们性格的特征却是谦逊、纯朴，能把危险置之度外，而从中看到完全别的东西"（2：89）。

托尔斯泰一生中经历了两次精神的危机，第一次出现在五十年代末，这时候初登文坛便获得盛名的托尔斯泰认为自己出于"虚荣、自私和骄傲"（15：8）而从事的写作毫无价值可言，由于"那种把创作看成对社会有益的意识不再存在，并且在为寻求道德真理而从事写作的道路上迷失了方向"①，年轻的托尔斯泰放弃了写作。随之而来的对欧洲的游历，结果却发现那里高度发达的文明背后所隐藏的虚伪和毫无人道，使得托尔斯泰再一次返回到自己远离尘嚣的庄园，专心一致从事对农民子弟的教育事业，准备改造自己的生活和人民的生活，并在这期间承担了地主和农民之间的"和平调解人"的工作（1861 年 6 月—1962 年 5 月）。所有这些使得托尔斯泰与下层人民有了更多的密切联系，并使他深刻地意识到在他们身上所呈现出的更符合人的本性的朴实的美和自然的善。也就是在这一时期，托尔斯泰为治疗自己的疾病而有机会去了萨马拉大草原（1862），一下子被那里的自然和谐的淳朴民风所吸引。② "对托尔斯泰来说，农民生活，或者巴什基尔人的半野蛮的生活，是一种充满诗意的生活；欧洲的日常生活则是没有诗意的不道德的生活。尽管看到农村落后，他仍然回到了农村；他把农村理想化，把返回农村看成返回诗意的往日。"③ 托尔斯泰与农民的交往和接触，让他深刻地认识到与上层人的生活或者富人的生活相比，农民的生活更自然、更纯粹，也更充满善。就如现在人们所看到的那样，崇尚下层人民的生活方式，构成了托尔斯泰自然生命观的重要内容。

---

① Чуприна И. В., *Нравственно-философские искания Л. Толстого в 60 - е и 70 - е годы*, Саратов: Издательство саратовского университета，1974，C. 72.

② 艾尔默·莫德谈及托尔斯泰在萨马拉的这一段生活时曾表示："他（即托尔斯泰——作者注）在萨马拉得到的经验肯定了他这样的感情：西方世界和俄罗斯的欧化了的小部分文明、进步和政治斗争，其实并不重要，真正重要的乃是平凡人们的巨大而原始性的斗争——求生存，求健康而自然地生存。"参见其所著《托尔斯泰传》（上），北京十月文艺出版社 2001 年版，第 414 页。

③ ［苏］什克洛夫斯基：《列夫·托尔斯泰传》，安国梁译，海燕出版社 2005 年版，第 243 页。

他笔下那些最为美好的形象往往来自下层人民或与他们的生活相接近，这在很大程度上恐要归因于托尔斯泰的这种生命观。通观前述，可以理解，托尔斯泰生命自然思想的形成亦与其本人的生活方式和生活实践密切相关。

列夫·托尔斯泰生命思想中的自然观念主要集中地体现在他对人的本性的认识，对教育问题、文明、人的生活方式以及大自然等一系列问题和事物的看法方面。

与卢梭一样，甚至是受卢梭的影响，托尔斯泰同样也认为人性本善，认为在儿童身上具有一个人最完美的德性，这是一种未经后天习染的自然的完善。譬如，他说："一个健康的孩子降生到世上，与我们所抱有的对真善美的绝对和谐要求是相适应的；他更近于那些非灵性的存在——植物、动物、大自然，这些东西始终向我们展示着我们所寻求和期望的真善美。在所有时代所有人的心目中，孩子从来就是天真无邪的，是真善美的化身。人完美地降生——这是卢梭说的一句至理名言，这句话乃是像磐石一样坚固的真理。人一旦降生，就成为真善美和谐的一个原型。然而生活中每时每刻，他降生时所处的那种完美和谐的关系不断扩大其时空与数量，而每向前走一步，这种和谐都有被破坏的危险，从此后每走一步，每一时刻，都会有新的遭到破坏的危险，从而使人丧失希望去重建这被破坏的和谐。"[1] 这句话里，在某种程度上已经隐含了托尔斯泰对人的后天教育以及由此而来的科技文明的认识。仍在同一篇文章中，托尔斯泰认为，"孩子不断发展，离过去已遭泯灭的原型越来越远，越来越远，也越来越不可能达到成人想象中的完美原型。我们的理想在后面，而不是在前面（此处凸显文字为原文所有——作者注）。教育只能使人变坏，而不能使人改善。孩子越是被败坏，就应越少对他进行教育，他所需要的自由就越多"[2]。

托尔斯泰的这些表述，特别是其中的"我们的理想在后面，而不是在前面"一语，可与其在他文中述及的"孩子在道德方面要比成年人高尚得多"[3] 相参看。也就是说，在托尔斯泰看来，天真未凿、纯洁无瑕的童年

---

① ［俄］列夫·托尔斯泰：《托尔斯泰读书随笔》，王志耕、张福堂译，上海三联书店 1999 年版，第 22 页。

② 同上书，第 23 页。

③ Толстой Л. Н. , *Педагогические сочинения*, М. : Педагогика, 1989, С. 449.

是一个人最自然、最合乎人的善的本性的阶段，而随着人的年龄的增长和慢慢地走向社会，人的身上的这种善会逐渐地被磨蚀掉，至少不如其生命的最初阶段那么纯真完美。从这种意义上说，人的童年时期是一个人最美好的时期，是一个人的生命存在的理想境界，这一自然本性是一种至善。

由此而来，托尔斯泰认为对于人的教育不应采取强迫的方式，不应借助某种教学模式和纪律约束把受教育者培养成教育者所需要的那种具有某种世界观、性格和信仰的人。托尔斯泰自始至终倡导一种自由教育的原则。他认为，教师和学生之间最好的关系为自然关系（отношение естественности），与之相对的则是强制关系（отношение принудительности）。孩子们学习时所受到的强制性越少，方法就越好，反之则越坏。在托尔斯泰看来，教授中的非强制性和自然性是衡量教学方法好或坏的基本的和唯一的尺度。"如果我们留意下教育史，便会发现，教育的任何一次进步，都是越来越向教师与学生之间的自然关系靠拢，都是强制性越来越少而学起来也更轻松。"① 其实在托尔斯泰所主张的自由教育原则和自然关系背后，所体现的便是一种因势利导，顺应学生个性的教学方法。生活中，托尔斯泰对自己几个子女所进行的教育践行的就是这种方法。作家先让他们完成了家庭教育②，然后根据他们各人的特长、爱好和个性送他们进入了高层次的教育机构学习。

与此同时，托尔斯泰对其所处时代及其之前的教育内容、方法和由此而来的后果持一种批判态度。他认为，教育过快、过度地滑向了追求自然科学的进步一途，它带来了物质文明和社会经济的巨大变化，但由此也导致人在精神方面并没有多少进步，反倒走向了歧路。"科学和艺术所谈论的是人们如何得到所需要的，但只是不谈人自身应如何成为一个好的人，也不谈他应怎样生活得更好"③ ——托尔斯泰如此表示。因此，托翁所主张的教育并不是一种知识的教育，而是生命的教育或者道德的教育。其立足点即在于，尽量保持人之原初的、那种在童年时期透露出的纯朴真善。

---

① Толстой Л. Н., *Педагогические сочинения*，М.：Педагогика，1989，С. 322.

② 艾尔默·莫德曾提及，托尔斯泰在完成《战争与和平》之前，家中有四个孩子，这时一切关于孩子们教育的事情，他的夫人都极乐意接受他的意见，并且自动负责来照着实践，这些意见多半是根据卢梭的《爱弥儿》的主张而来。参见其所著《托尔斯泰传》（上），北京十月文艺出版社 2001 年版，第 370 页。

③ Зеньковский В. В.，*Русские мыслители и Европа*，М.：Республика，2005，С. 94.

或许正是出于这一认识，托翁在日记中曾经谈道："教育就是，在人们生活得并不好的状态下，研究通过什么样的方式对孩子施加良好的影响。这就像我们的医学。按照自然的法则生活即便使人觉得毫无乐趣可言，但终究能够保持着健康。科学是虚伪的、空洞的，它永远达不到自己的目的。"①

因之，托尔斯泰对历史上由科技进步所带来的物质文明并没有多少好感。在《忏悔录》中，托尔斯泰曾提及，他早年在巴黎看到的对人执行死刑的一幕使他对进步的过度崇拜大为怀疑，他"不是用理智，而是用整个身心理解到，任何一种关于存在的一切都是合理的理论和进步的理论，都不能为这一行为辩解，即使世界上所有的人，根据创世以来的任何一种理论，认为这是需要的，那么我也知道，这并不需要，这很不好"（15：12）。物质文明不但没有给人们带来精神上的提高和道德的改善，反倒使得人们更加虚伪和造作，这一思想便鲜明地体现于其早期的创作《卢塞恩》（Люцерн，1857）② 之中。托翁的这一观点与卢梭所说如出一辙："科学和艺术的进步并没有给人们真正的福祉增添任何东西，却败坏了人们的风俗。"③ "一面的进步往往以人们生活中的另一面的倒退为代价；进步只有把道德原则置放在其内核之内，进步才能成其为进步"④ —— 这是托尔斯泰在《进步和教育的定义》（Прогресс и определение образования，1862）中对社会进步的主要见解。由此可以看出，对于和人类文明密切相关的科学和艺术，托尔斯泰与人们的通常理解有着很大的不同。他认为它们的使命不是探索和传播知识，而是研究人应当如何活着，如何使生命更有意义。所以，他认为："在人们可以并且应该了解的各门科学当中，最主要的一门是关于怎样才能生活得尽量少作恶和尽量多行善的科学；在各种艺术里，最主要的一种是善于尽量自然地避恶扬善的艺术。"（15：313）在另一处，托尔斯泰也如此表示："无论人们认为自己的使命和幸福是什

① Толстой Л. Н.，*Педагогические сочинения*，М.：Педагогика，1989，C. 248 – 271.
② 在本书所出现的列夫·托尔斯泰作品题名的译名及作品当中人物的译名，均依据人民文学出版社 2000 年版《列夫·托尔斯泰文集》（1 – 17 卷）给出。在后文引述他人文献时所出现的专名有与该文集中译名不一致处，我们亦有选择地在正文当中相关文字后予以注释。
③ ［法］卢梭：《论科学与艺术的复兴是否有助于使风俗日趋淳朴》，李平沤译，商务印书馆 2011年版，第 40 页。
④ Толстой Л. Н.，*Педагогические сочинения*，М.：Педагогика，1989，C. 451.

么，科学总是关于这种使命和幸福的理论，而艺术则是这种理论的表现。"（14：56）但是，参照托尔斯泰一生的言行来看，应该说，他并不是一味地反对社会的进步和科技的发展，他所批驳的是科学和技术的进步所带来的消极面，特别是人追求各种物欲而导致的道德沦丧、人性的异化或者说人身上的那些自然善的流失。这在某种程度上也可以解释托尔斯泰终生喜欢乡村生活而排斥城市生活的原因。

托尔斯泰一生中的大部分时间在他自己的庄园雅斯纳亚·波利亚纳度过，在这里一方面可以远离他在《那么我们应该怎么办》中所描写的那种腐朽、奢靡和两极分化严重的城市生活；另一方面，也符合并且也有利于实现其"平民化"（опрощение）的理想。В. В. 津科夫斯基曾指出："对托尔斯泰而言，生活的虚伪性是与私有财产，与货币经济和城市文明联系在一起的，因此他呼吁与这一切果断地决裂，转向在爱和真的始基上筑造生活。托尔斯泰并不号召与现时的社会和政治制度进行斗争，而是号召远离它。"① 这里的"远离"所体现的，便是托尔斯泰对体现其生命自然思想的"平民化"的生活方式的倡导。我们知道，托尔斯泰认为，儿童在道德方面要比成年人高尚得多，同时他也认为，下层人民（народ）的道德水平要比处在食利阶层的人高得多。譬如在早年，他便曾在日记中写下："普通人生活中充满劳动和困苦，因此比我们这样的人高尚得多，我们再到他们身上去寻找恶劣的东西来加以描写就不大好了……在他们身上善多于恶。"（17：48）其实在早期的创作中，比如《三死》、《卢塞恩》和《阿尔贝特》等作品中，我们便不难看出托尔斯泰对通过自己的劳动而生活的下层人民的好感和赞许，在后期创作以及在托尔斯泰本人同一时期的意识中，这种思想倾向表现得愈益明显，较为突出的便是他在《忏悔录》中的自述："我的圈子——富人和有学问的人的生活，不仅使我厌恶，而且丧失了任何意义……创造生活的劳动人民的行动在我看来是唯一真正的事业。"（15：48）在此之后，托尔斯泰提出，"为了不制造人们的腐化和痛苦，我应该尽量少享受别人的劳动而自己尽量多干活"（15：197）。日后大量的事实表明，这不仅仅是托尔斯泰政论文章中一句极普通的话语，而且它也成为托尔斯泰践行平民化思想的准则。此后的托尔斯泰便逐渐地从内心到外表以农民伯爵的面貌示人了。

---

① Зеньковский В. В. ，*Русский мыслители и Европа*，М. ：Республика，2005，С. 95.

托尔斯泰的"平民化"思想不仅仅体现在他对下层人民特别是农民正面的、积极的评价上，体现在其所倡导的应身体力行从事劳作这类主张之中，也体现在其所张扬的应过一种简朴不靡费的生活①这一观念中，其实更重要和更根本的，恐怕还体现在他所主张的一种虚以下人的"忏悔"意识上，因为只有这样，"平民化"才不至于流于肤浅的形式。这种忏悔意识鲜明地反映在托尔斯泰笔下不同时期作品中正面的贵族形象身上。如果用托尔斯泰本人的政论语言，或可表述为："对于我们这个圈子里的人，除了不对别人也不对自己说谎之外，还要悔过自新，把在我们身上生了根的因为自己受过教育、讲究趣味和秉有才华而产生的傲慢铲除干净，意识到自己并不是人民的恩主，并不是乐于和人民分享自己有的有用之物的先进分子，承认自己完全是个有罪过的、被教坏的、毫无用处的人，一个希望痛改前非，一个不求对人民施恩，但求不再侮辱和欺凌人民的人。"（15：252）

应该说，托尔斯泰思想中生命的自然性观念也更为鲜明地体现在其对大自然的认识中。在托尔斯泰那里，大自然是一种诗意的和谐，焕发着一种至善的美。他从不掩饰自己对大自然的热爱：

当自然从四面八方包围着我，然后扩展到无际的远方，可是我总是在它怀抱中的时候。我就喜爱自然。当灼热的空气从四面八方包围着我，而且这种空气缭绕着飘向远方的时候；当那些被我坐在上面压死了的最新鲜的草叶成为一望无垠的草地的绿毡的时候，当那些随风摆动，使阴影在我脸上移动不止的树叶形成远处森林的一片蓝色的时候，当你们呼吸的空气成为深不可测的蔚蓝色的天空的时候，当不单是你们在自然面前心旷神怡的时候，当无数昆虫在你们周围嗡嗡地打转、牛群悠然地结队而行，小鸟到处啼鸣的时候，我就喜爱自然。②

---

① 作为著名作家和在世时相当富有的庄园主人，列夫·托尔斯泰在雅斯纳亚·波利亚纳日常作息的住所并不宏伟，甚至可以说十分朴素，而内饰家具什物等并不奢华，只是以简朴实用为标准，因此可以理解，在托尔斯泰晚年（1901 年）为了疗养而借居帕宁夫人在加斯普拉的别墅时，他们一家人何以无不为其中的奢华而惊奇。

② 该文出自列夫·托尔斯泰 1857 年 5 月间所写的日记，译者为曹葆华先生。可参见其所译《普列汉诺夫美学论文集》，人民出版社 1983 年版，第 719 页。

这是生活中的托尔斯泰直抒胸臆地抒发自己对大自然由衷热爱的情感，其中所蕴含的炽热的情愫和主体化的大自然，我们在托尔斯泰本人的文艺创作中时时可以看到。

托尔斯泰热爱大自然，也热爱乡居生活，并甘居乡村，这使得他一生中的大部分时间与大自然保持着天然的联系，在这方面他与法国的蒙田（1533—1592）和卢梭等人十分相像。与前两者一样，托尔斯泰也认为，与大自然的接近，能够使人远离矫揉造作，精神更加自由，情感也更自然。这是生活中每个人都可以感受到的。对于自然的这种"同化"和积极的感染作用，托尔斯泰曾表示："难道在这迷人的大自然中，人的心里能够留存愤恨，复仇或者非把同胞灭绝不可的欲望吗？人的心里一切不善良的东西，在接触到大自然，这最直接地体现了美和善的大自然的时候，似乎都应该荡然无存的啊。"（2：17）

不过，大自然在托尔斯泰那里往往不仅是一种物象的美，由上述引文可以看出，它也往往触发人的道德情感，把人的意识由一种物象美引向道德美，把人的心灵加以"同化"，引起移就效应，这或许是托尔斯泰笔下的大自然与他人的不同之处。有研究者同样注意到这一特点，她指出，"大自然在托尔斯泰那里既是外在的美的世界，也是'单纯、善与真'的世界（мир простоты，добра и правды）。大自然的内在的美，是一种道德的美，因为这种美奠基于无可置疑的宇宙法则（按托尔斯泰的话来说，即是上帝的法则）之上。自然的法则要求人们在土地上劳作，汗流满面地谋取食物。因此，'单纯、真和善'首先体现在农民的劳动上：在田地里，与大自然保持着密切的联系等"①。其实此处的表述有充分的根据，因为托尔斯泰本人在其政论作品《我的信仰是什么？》（В чем моя вера，1883）之中曾指出，要获得生活的幸福应当具备以下一些条件：不要破坏与大自然的联系，生活在天空下，沐浴在阳光、新鲜空气中，与大地、植物和动物交流；要劳作；以及与世上一切形形色色的人怀着爱心自由地交往等。②显而易见，托尔斯泰此处所列举的情况彼时只能为下层人民所容易做到。另外，由此也可以看出，大自然在托尔斯泰生命观中占据一种不可或缺的

①　Бурнашёва Н. И.，*Л. Н. Толстой*：энциклопедия，М.：Просвещение，2009，С. 505.

②　Толстой Л. Н.，*Полное собрание сочинений в 90 томах*，Т. 23，М.：Государственное издательство художественной литературы，1957，С. 418 – 421.

地位，在他看来，离开了大自然，人也就无法达到幸福的生命境界。

值得一提的是，托尔斯泰笔下的一些人物，那些正面的贵族形象，为了实现自己的人生理想，不乏放弃优渥的生活条件而投身于农民的生活方式的。他们纷纷出走，"逃离其疯狂已经暴露无遗的世界，返归农民之中，或者甚至只是返归于城市贫民之中"①，这恐怕是托尔斯泰的自然生命思想的恰如其分的体现。而托尔斯泰本人，一生都在持之不懈地践履自己的这种生命主张，最终竟也走上了同自己笔下众多的人物一样的道路，对此，什克洛夫斯基认为，"我们称之为托尔斯泰的出走，其实是他的返家，其实是他返回他认为是惟一合法存在的世界"②。在一生的最后，托尔斯泰把自己的形骸托付给了大自然（而不是像当时杰出文化人物去世后通行的惯例一样，埋葬在某个有名气的墓地里），那里安放着他的童年的理想，埋藏着把自然生命和道德生命完美结合在一起的人生的秘密，这一秘密不但托翁自己知道，他笔下的那些活跃的"思想"人物也同样了然。

托尔斯泰是在俄罗斯哲学史上占据一席之地的作家，但他同时也是以道德家和思想家的面貌置身于其中的。托尔斯泰一生所宣扬的便是一种道德形而上的生命观，这是他的生命思想的核心。然而，虽然如此，由前述我们也可以看到，托尔斯泰生命观里也有着鲜明的自然观的特征，而且生命的自然性正是为托尔斯泰所时时推崇和张扬的方面，在这种思想里，甚至可以看出，一个人一旦失去了生命的自然品格，那么他身上的生命的道德情感是无从谈起的，从这一意义上说，托尔斯泰的生命思想中的自然观是其整个生命哲学的底色。托尔斯泰把天真未凿、未经后天习染的儿童看作真善美和谐的原型，其实在他看来，儿童身上的自然本性便是一种至善。同时，托尔斯泰也时时把诗意和谐的大自然看作至善，而在农民或者下层劳动人民那里，生命的自然本性流失得少，托尔斯泰也常常把他们身上的自然本性看作一种完美。由此来看，在托尔斯泰那里，自然的是完善的与和谐的，这便是托尔斯泰自然生命观的精神内里所在。无论是儿童、农民还是大自然，这里的自然均是一种自在的自然。而在托尔斯泰笔下，某些不断探索生命意义的正面贵族身上有的呈现出自在自然的特征（天性

① ［俄］什克洛夫斯基：《列夫·托尔斯泰传》（下），安国梁等译，海燕出版社 2005 年版，第498 页。
② 同上书，第499 页。

中的善），但有的则为生命自然的精神所吸引，努力去保持或追求这种生命的自然，从而体现出自为自然的特征。

在这里，我们还想通过亚里士多德在其《尼各马可伦理学》中的一段话帮助我们解释和进一步深入理解和认识托尔斯泰思想中的关于生命自然性的具体内涵。在这部书里，亚里士多德表示：

> 人们都认为，各种道德德性在某种意义上是自然赋予的。公正、节制、勇敢，这些品质都是与生俱来的。但同时，我们又希望以另一种方式弄清楚，在严格意义上的善或此类东西中是否有别的东西产生。因为，甚至儿童和野兽也生来就有某种品质，而如果没有努斯，它们就显然是有害的。一个强壮的躯体没有视觉的情形更为明显。由于没有视觉，他在行动时摔得更重。这里的情形也是如此。然而如果自然的品质上加上了努斯，它们就使得行为完善，原来类似德性的品质也就成了严格意义上的德性。因此，正如在形成意见的方面灵魂有聪明与明智两个部分，在道德的方面也有两个部分：自然的德性与严格意义的德性。①

从这里可以看出，托尔斯泰所认识的生命的自然性与亚里士多德所谈的自然德性有着极大的相通之处，他们均表示人身上蕴蓄着天生而具的而非后天习得的、本性的善，或者说自然善。结合前节述及的内容，我们不难认识到，就对生命这一问题进行形而上的思考而言，托尔斯泰思想中的有关生命的自然性观念反映了历史上对同一问题共同关注的方面，从而也说明，从自然善的观念出发认识生命不失为对生命本质的一种认识，值得把这一观念当作一个研究问题提出来并去认真地探究；从另外一个角度也说明，作为文学家的托尔斯泰，就其提出问题和看待问题的深广度以及其把握问题的关键度而言，他并不逊于历史上那些著名的思想家和哲学家，这在一定程度上可以说明，思想家的托尔斯泰和文学家的托尔斯泰在一定

---

① 参见亚里士多德《尼各马可伦理学》，廖申白译，商务印书馆 2003 年版，第 189 页。本处文字中所出现的"努斯"一词为古希腊哲学用语，也常被译为"心智"、"理性"、"理性灵魂"、"理性思维"。总的来说，亚里士多德通常把"努斯"理解为"理性"。如上关于该词的解释可参见冯契、徐孝通主编的《外国哲学大辞典》，上海辞书出版社 2000 年版，第 461—462 页。

程度上可以做平等观，随着时间的流逝，人们恐会在托尔斯泰身上越来越清楚地看到这一点。

顺便提及的是，与亚里士多德一样，托尔斯泰除了倡导人自身的那种自然德性之外，亦极力张扬亚里士多德所说的那种"严格意义的德性"，亦即生命的道德性，具体来说，就是那种人们在后天习得的一种道德善。在很大程度上，正是后者构成了托尔斯泰整个生命观的核心，从而为其生命观中那种生命自然性的底色涂敷上了一种浓重的道德性的色彩。

虽然在本研究课题中我们主要强调了托尔斯泰对生命的自然性张扬的一面，但我们也无意把托翁生命观中的自然观和道德观割裂开来。其实，即如自然观和道德观构成了托尔斯泰整个的生命观一样，他笔下的人物身上也同样体现出生命的自然性和道德性的结合。应该说，生命的自然性和道德性是作家笔下人物内在精神质地的一体两面，两者都"藏身"于生命主体之中。因之，在一个人身上，并不存在两者之一有或无的问题，而只有两者之中何者呈现得多与寡的问题。毕竟，任何一个人都不是一个纯粹的"自然"人，他自出生起便注定是一个社会人，身处社会生活中，对于他而言，存在一个自然的、善的本性流失得多或少的问题。

其实，通过阅读托翁的政论作品和文艺创作，不难发现，在他那里，生命的自然观中蕴含着一种道德观，或者说，他笔下的人物，在具有一种生命的自然性的同时，其实也内在地拥有一种生命的道德性，只是这种道德性更多地不是呈现出一种道德理性，而是一种道德"无意识"。举例来说，《战争与和平》中的卡拉塔耶夫送给皮埃尔烤熟的土豆和《哥萨克》中奥列宁送给卢卡什卡一匹马，虽然都表现为爱心，但两者是有所不同的，前者是习惯性的、自然而然的、"无意识的"或者说"下意识的"，自然善在他那里已经成为一种行为习惯，这种习惯已经形成一种力量，成为一种无意识的选择，就像吃饭要拿起筷子或餐叉等一样。显而易见，这种为善的意识与奥列宁要通过理性意识权衡利弊而来的为善行为是不一样的。但终究，对一个人而言，他毕竟不是绝对地无意识（否则人便不能成其为人或者有残疾了），在他那里一种朴素的善恶判断便必然表现出一种理性意识，从这层而言，托翁的自然观中其实内蕴着一种道德观。

但是，与此同时，在托尔斯泰的道德观念中，也有一种自然观的走向。也就是说，托翁所倡导的生命的道德性以生命的自然性为旨归。托尔斯泰曾表示，"如果行善是出于某种目的，那么它已不再是善行。真正的爱只发生在你不知缘由，也不知其目的时候"①；与此相关，托翁在日记中也曾写下："善只有在人不知道行善的时候才成其为善。"② 由这里可以看出，托尔斯泰其实一直强调爱他人这种行为的"无意识性"，而非带着功利性或者"目的性"。比如，在托翁的笔下，执着地去表现爱的瓦莲卡（《安娜·卡列宁娜》）与执意去帮助丈夫照料尼古拉·列文的基蒂是有着不同的，虽然同样表现为一种爱，但具体来说，在瓦莲卡那里，她通过自己的行为所表现的更多的是一种为爱而爱，亦即是为着自己心中为善的原则去爱；而基蒂则是以分内的态度去看待爱，对她来说，这种爱是一种发自内心的无私的行为。所以，从小说中，托尔斯泰对瓦莲卡这种带着强烈的主观愿望、而非无私的爱的情感去爱他人的行为并不推崇。由此也看出，在托尔斯泰的道德观里，其实有着一种自然生命观的认识，亦即一种爱的行为只有在不知道它是爱的时候这种行为才是爱。从这个层次上，可以说，爱的行为呈现出自然而然的状态便是生命的道德性的最高境界。换句话说，在托翁那里，生命的最大的自然性便是爱。因之，在托尔斯泰的道德观当中，其实也内在地蕴含着一种自然观的走向。

在本论题中，我们主要通过托尔斯泰的自然生命观这一视角，看待其笔下人物形象所透露出的一种生命的自然性，亦即那种反映在人物身上的一种先天而具的、"无意识"的自然善的行为或者在其内心和行为上皈依一种顺任自然的生活方式等这种自然的生命质地。而限于本论题讨论的范围，我们对托尔斯泰笔下那种在自身呈现出紧张的道德探索、有意识地牺牲自我、爱他人等这类反映出一种生命的道德质地的人物形象并没有多少论及。

第三节　列夫·托尔斯泰的自然生命观与其小说创作

一部文艺作品往往要反映出作家（作者）的世界观。世界上的许许多

---

① Толстой Л. Н., *Путь жизни*, М.：Эксмо，2009，С. 74.

② Толстой Л. Н., *Полное собрание сочинений в 90 томах*, Т. 52, М.：Государственное издательство художественной литературы，1952，С. 102.

多的美学论著往往就是从这一角度入手看待作家及其创作的关系、研究文艺创作的本质及规律的。如列夫·托尔斯泰本人，他同时作为杰出的文艺家，便极富创新地提出，"艺术是这样的一项人类的活动：一个人用某些外在的符号有意识地把自己体验过的感情传达给别人，而别人为这些感情所感染，也体验到这些感情"（14：174）。这里所归纳出的艺术"感情说"，所说的便是把文艺创作看作一种（作家的）情感的传递过程，显而易见，在一定程度上，这种感情其实正是作家思想意识的表现。对于像托尔斯泰这样的在创作中倾注了大量的自传性色彩的作家而言，他的作品无疑体现着他的世界观和文艺观。在这一方面，艾尔默·莫德曾说过：托尔斯泰的人生哲学，常常反映在他的小说作品之中。①

　　实际上，托尔斯泰的小说创作不仅仅反映着作家的生命哲学，而且也反映着其生命哲学变化的轨迹。国内从事俄罗斯文学研究的知名学者陈燊先生谈及托尔斯泰的创作时便曾指出，"自传性因素不一定在于作品中的事实和作家的经历吻合，而主要在于同某些人物的思想情绪肖似。从这个角度说，托尔斯泰的创作的发展史，同时也是他的心灵的发展史"（1：2）。在这一方面，柯罗连科曾具体谈及："在《战争与和平》的时代，进行反抗和斗争的人民的内心和谐的海洋，起伏在托尔斯泰赞叹的目光之下。于是，他承认了这种和谐是生活的规律。现在（指的是作家精神转变之后——作者注），任人摆布的幻想，在他的面前展现了另一幅和谐的图画，这种和谐是同样强烈的，是同样自发的而且是同样动人的。对他发生影响的是基督教初期那类人的思想情绪，他们在旧世界崩溃的轰鸣声中打算不依靠敌视和复仇的感情而靠爱的教义去征服世界……这个幻想的魅力包围了他，安抚着他不安的灵魂；把他涌向不抵抗的国度，涌向一世纪基督徒的精神净土……"②从这位著名作家的评述中，我们可以看出，托尔斯泰的创作是与他的思想发展息息相关、同行并进的。就托尔斯泰小说创作中的生命主题而言，这一主题的内容及其侧重也随着作家生命思想探索的重心变化而发生相应的变化。托尔斯泰生命观的核心是一种道德形而上的学说，所以不乏学者指出其宗教道德思想中的浓郁的伦理色彩。道德至

---

① ［英］艾尔默·莫德：《托尔斯泰传》（下），宋蜀碧、徐迟译，北京十月文艺出版社 2001 年版，第 982 页。

② ［俄］柯罗连科：《列·尼·托尔斯泰（第二篇）》，倪蕊琴编选《俄国作家批评家论列夫·托尔斯泰》，中国社会科学出版社 1982 年版，第 222—223 页。

上——这是他对人的本性认识的出发点和落脚点，这一方面在他的整个的小说创作中显而易见是表现得一贯始终的。不过，在这一总的基调下面，作家前后期的创作从生命主题所反映的内容侧重来看，还是有着某些不同。笼统地说，在作家前期创作中，生命的自然性思想体现得更为显豁一些，亦即其中所反映出的生命的自然善的思想更多一些。其最大的特征就是这一时期的大部分小说充溢着一种生命的诗意、完美与和谐，比如，有一些评论者便把《战争与和平》（1863—1869）看作一部表现生命和谐的小说。19世纪70年代末80年代初，托尔斯泰在思想上发生了深刻的精神危机，这一时期，作家在茫然无助、惊慌失措的状态下进行着紧张的生命探索，此时作家的思想状况，诚如列文所说，"现在在我们这里，一切都翻了一个身，一切都刚刚开始安排"①。创作于作家思想发生转变之际的《安娜·卡列宁娜》（1873—1877）在很大程度上便体现了作家的这种思想状况。在这部小说里，已经难觅如《战争与和平》当中的那种生命的和谐，更多的是一种对生命意义的更加执着和急迫的思考和探索，在这里，生命的自然性主题和道德性主题相互交织，难分伯仲。而作家思想转变的结果，体现在其小说创作的思想内容上，便是由"生活的'诗'转向生活的'散文'"（1：21），作家不再以诗意的眼光看待周围的世界，而是"撕下了一切的假面具（срывание всех и всяческих масок）"，在批判人身上所体现那种不自然也不道德的罪孽、邪念和迷信的同时，不遗余力地张扬道德善，这一点可以从《伊万·伊里奇之死》（1886）、《复活》（1889—1899）、《谢尔盖神父》（1898）等中长篇小说中看出来。不过，尚应指出的是，自然善和道德善②其实是一个人身上的两面，它们融合在一个人的生命当中，只是在一个人的个性中表现得显隐、多寡不同。同理，托尔斯泰小说创作中的生命的自然性主题和道德性主题也绝非在一部作品当中或一个时期仅仅体现为一个方面，而绝无另一方面，实际上它们是常常交织在一起的，这里面也体现为基调强或弱的关系。举例来说，在同一部作品不同的人物身上（比如《哥萨克》中奥列宁与叶罗什卡），即便是同一人物（比如《家庭幸福》中的女主人公等）的不同思想发展阶段

---

① 该句话所采用的是一种更为常见的译法，与我们所参照的文本中的译法略有不同，那里，这句话被译作"现在，在我们这里，当一切都已颠倒过来，而且刚刚开始形成的时候。"（9：427）

② 自然善是天然而具的，道德善则是后天借助理性认识，在审视自我和完善自我时努力获致的。

上，有时所体现出的生命观念也不尽相同。

应该说，对于托尔斯泰创作中所体现的生命的自然性主题，车尔尼雪夫斯基（1828—1889）早在其对托尔斯泰前期创作的评论中便有所揭示，他指出，"这两种特征——对内心生活秘密活动的深刻认识，道德感情坦率无隐的真诚（непосредственная чистота нравственного чувства）——现在给托尔斯泰伯爵的作品添上独特的风貌，不管在他的继续发展中他的作品里将表现哪些新的方面，这两者任何时候都将是他的才能的根本特征"①。在这里，车尔尼雪夫斯基以其卓越的审美眼光所准确预见到的托尔斯泰的创作特征"道德感情坦率无隐的真诚"在很大程度上便是指的后者在作品中所表现出的一种生命的自然性色彩。有研究者指出，"车尔尼雪夫斯基所指的托尔斯泰作品中这一感情的'清新（свежесть）'和'真诚（чистота）'不是那种作为生活经验之结果的道德主义，或者理性的信念，而是对世界的看法，这种看法就像孩子对世界的看法那样：保持着一种本始的纯真（первобытная чистота），充满着原初的、自然的道德性（изначально и естественно нравственный）"②。如果结合托尔斯泰自然生命观思想，我们可以体会到这一对车尔尼雪夫斯基的判断所做的深度诠释是非常有见地的，可以说，"道德感情坦率无隐的真诚"在很大程度上便是托尔斯泰的自然生命观在其文艺创作中的反映。

托尔斯泰小说中生命的自然性主题不可避免地渗透在他笔下对大自然的刻画上，反映在他对人物内在生命特征的揭示上。经验告诉我们，生命的质地和特征隐藏在人们纷繁芜杂的日常生活当中，透露于人们一贯的言行举止里，但托尔斯泰笔下的人物绚烂多姿，形象万千，总体上去把握他们所反映的生命的自然性特征实属不易，一切对这一特征的把握都仅仅是一孔之见或一得之见而已，而非完美的结果。不过，我们也不能由此而畏惧不前，这也不是一种可提倡的看待问题的态度。基于此，就生命的自然性这一视角而言，我们试图从生命的自在自然和生命的自为自然两个方面来总体把握托尔斯泰笔下人物所折射的自然性的生命内里，一般而言，前者更多地体现在作家笔下的下层人民身上，而后者则主要体现在其创作中的正面的贵族形象那里。

---

① ［俄］车尔尼雪夫斯基：《车尔尼雪夫斯基论文学》（下卷第Ⅰ册），辛未艾译，上海译文出版社 1982 年版，第 271 页。

② Бурнашёва Н. И. , *Л. Н. Толстой：энциклопедия*，М. ：Просвещение，2009，С. 737.

第二章　大自然形象与自然生命观

　　我发现，大自然是那样的和谐，那样的匀称，而人类则是那样的混乱，那样的没有秩序！①

——卢梭

　　大自然不是你们所想：／它不是模仿，也不是一副毫无生气的面孔——／大自然中有灵魂、自由，／大自然中也有语言，爱情……②

——丘特切夫

　　什么时候人世间才会同自然界一样？自然界也有斗争，但那是正直、单纯、美好的斗争。而人世间的斗争却是卑鄙的。③

——列夫·托尔斯泰

　　"人生的目的是尽一切可能促使一切存在着的东西得到全面发展。当我从自然界的角度来谈的时候，我看到自然界的一切都在不停地发展，它的每一个组成部分都在无意识地促进其他组成部分的发展。人类既然也是自然界的一个组成部分，而且是赋有意识的一个组成部分，那么同样应该像其他组成部分那样，不过是有意识地利用自己的精神天赋，努力使一切

---

① ［法］卢梭：《爱弥儿》（下），李平沤译，商务印书馆1978年版，第397页。

② 该语出自丘特切夫所写的《大自然不是你们所想》一诗的部分内容，所引部分原文如下：Не то，что мните вы，природа：／Не слепок，не бездушный лик——／В ней есть душа，в ней есть свобода，／В ней есть любовь，в ней есть язык...

③ ［俄］列夫·托尔斯泰：《列夫·托尔斯泰文集》（第17卷），人民文学出版社2000年版，第204页。

存在着的东西得到发展。"（17：5－6）这是托尔斯泰早年在日记中写下的一段话。这段话可以看作托尔斯泰对大自然、人以及二者之间相互关系认识的思想根底。在这些文字中间隐含并孕育着作家的这样一种思想，即大自然是一种发展着的、充满生机的和谐存在，人作为大自然的一部分，应当体现并努力做到这种和谐。这里也说明，在托尔斯泰看来，后者与前者之间并没有分隔，而是内在于前者之中，它们之间是一种物我交融的完美统一。

其实在托尔斯泰的笔下，大自然并不仅仅是一个客观存在的物质世界，它也是作品的一个"人物"，一个精神主体。普列汉诺夫曾说过，"托尔斯泰是自然美的最富有同情心的鉴赏者"[1]。托尔斯泰对大自然的"鉴赏"眼光与同时代或之前俄罗斯作家的不同之处在于，虽然他同样也赋予大自然美质，但他并不把大自然看作兀自矗立的、与人相离的雕像的美。在他那里大自然是纯洁、庄严与完美的化身，这是一种天然而具的和谐，是一种至善，而人"是自然界的一个组成部分"，大自然与人之间没有对立，两者之间进行着情感交流和精神对话，大自然以其完善的美对身处其中的人物施加着潜移默化的影响，赋予其身心自然或者使其感受到"心为形役"[2]的不自然，所以托尔斯泰笔下的众多的正面人物形象无一不有着与大自然相接近、相交流的过程，这其中所体现的便是托尔斯泰对"大自然中的自身和自身中的大自然"[3]的强烈的热爱。

当然，在托尔斯泰对"大自然中的自身和自身中的大自然"的推崇中，也有着其把自然世界与世俗世界相对比的考虑。托尔斯泰认为，"如果人们始终是善的，那么，也必然是美的。丑是指罪过，美则是指非罪过，比如大自然和孩子"[4]。也就是说，在托尔斯泰看来，孩子身上，就如大自然所具有的那样，呈现的是一种善与美的完美的结合，是人生最高的、理想的境界，是一种生命的和谐。而走向社会后的人则会逐渐失去这种和谐，从而使他失去真正的生活方向，这时候人便需要向大自然回归，

---

① ［俄］普列汉诺夫：《普列汉诺夫美学论文集》，曹葆华译，人民出版社1983年版，第718页。

② "既以心为形役，奚惆怅而独悲"为陶渊明《归去来兮辞》中句。

③ ［俄］梅列日科夫斯基：《托尔斯泰与陀思妥耶夫斯基》（卷一），杨德友译，华夏出版社2009年版，第176页。

④ Толстой Л. Н., *Полное собрание сочинений в 90 томах*, Т. 52, М.: Государственное издательство «художественная литература», 1952, C. 143.

向内心自然回归，追寻自身的生命自然，领悟生命的真谛。

托尔斯泰这种对自然的认识及其对人与自然之间关系的看法，不仅反映了托尔斯泰的一种创作的艺术手法，同时也反映了其世界观和生命观。正是两者的结合，形成了其作品中那种浓郁的、张扬生命的自然性的主题。

第一节　大自然与生命的自然性

一　列夫·托尔斯泰笔下自然与人的统一

一般而言，在西方的人文传统中，人与自然是相互对立的，但在我国传统文化思想当中，一直以来便有着自然与人可以做到相统一的观念。①比如我国古代的阮籍曾说过，"人生天地间，体自然之形"②，这句话所体现的正是我国人文思想中对自然与人之间关系的传统认识。不过，对于在地域和文化上既不属于西方也不属于东方的托尔斯泰而言，他对于人与自然之间关系的看法，显见地更近于东方中国的思想传统。在托尔斯泰那里，自然与人往往呈现出物我交融的关系，人身上也有大自然的"成分"，这是托尔斯泰的一种典型的思维方式，比如他在日记中曾写下："满眼弥望的是春天焕发出的生命气息，同样的生命力到处都是：在小草上、树芽里、花朵中，昆虫和鸟儿身上。于是我思考，我们人，在很大程度上为这

---

① 成中英先生在其《中国哲学特性》一文中曾谈及，在西方的人文传统中，"人与自然是相互对立的"，但是，就中国哲学来说，"自然被认定内在于人的存在。而人被认定内在于自然的存在，这便是中国人文主义的基础。这样在客体和主体之间、心灵与肉体之间、人与神之间，便没有一种绝对的分歧。……在中国哲学所有大的传统和宗派中，都认为将人与自然或实在视作一和谐的统合是非常重要的。因为人自己就是一种肉体与心灵的和谐结合。……肉体与心灵彼此相互决定和界定来构成人的存在，人上下与天地万物同流，发展为一种极具理想和完满的境界。使人具有人类学的也具有宇宙论的意义。也许是由于在人的心（灵）与肉体之间没有一种根本的范畴（类别），关涉到说明人的存在和其存在价值的根本范畴是生命，生命也应用到自然和创造性活动的道与天上"。参见《成中英文集·论中西哲学精神》，湖北人民出版社 2006 年版，第 15 页。

② 此语出自阮籍《达庄论》一文。

种力量所统治，也有一种在自身意识到这种力量的本性。"① 这种思维方式构成了托尔斯泰笔下一种典型的写作手法，他常常"无意识"地运用一种"移就"的艺术，勾勒出一幅"人在自然之中，自然在人之中"的图景，从而达到了一种"入画"的效果，实现了自然与人的交融、统一。比如我们从作家早年创作的三部曲中便可以看到这么一处文字：

> 月亮悬在天空，它越来越高，越来越皎洁，像声音一样有节奏地增长着的池塘的华丽光辉，也变得越来越晶莹，阴影越来越黑，光彩越来越亮……我越观看那一轮高悬的明月，就越觉得真正的美和善越来越高，越来越纯洁，越来越接近他（原文注指上帝——作者注），接近一切美和善的源泉；一种未曾得到满足的、但是令人激动的快乐的眼泪涌到我的眼里。
>
> 我仍然是孤独的，我仍然觉得，神秘而伟大的自然，这不知为何高悬在蔚蓝天空的某个地方、同时又无所不在、好像要填满无穷空间的、吸引人的亮晶晶的圆月；还有我，一个已经被各种各样卑鄙的、可怜的人类情欲所污损，但是有着无穷的、莫大的想象力和爱情的微不足道的蛆虫——在这种时刻，我觉得大自然、月亮和我，这三者仿佛融为一体了。（1：324）

从这里可以看出，大自然与自然的观察者虽然是主、客二分的关系，但是随着观察者情感的倾泻与意识的融入，这种主客关系的界限却逐渐地模糊了，最终达到了彼此交融的境地。这种情形正如普列汉诺夫所说的，自然在托尔斯泰那里"不是被描写出来的，而是活着的。有时候自然甚至好像是故事的角色之一"②。这种写作手法在托尔斯泰笔下屡见不鲜且常用常新，比如我们在小说《两个骠骑兵》中也可以看到类似的手法："于是她（指主人公丽莎——作者注）又默默地坐了很久，像在等着什么人似的，虽然一切又明亮了，甦生了，小朵的白云又有几次遮住了月亮，一切又都变得暗淡。她这样坐在窗前快要睡着的时候，从下面池塘那边传来一

---

① Толстой Л. Н, *Полное собрание сочинений в 90 томах*, Т. 57, М.：Государственное издательство художественной литературы，1952，С. 61.
② ［俄］普列汉诺夫：《普列汉诺夫美学论文集》，曹葆华译，人民出版社1983年版，第718页。

阵阵夜莺的悠扬婉转的歌唱，把她吵醒了。这位乡村少女睁开了眼睛，她的整个灵魂，由于和那么宁静而光辉地在她面前展开的大自然的神秘的融合，又怀着新的欢乐复苏了。"（2：341）其实，托尔斯泰笔下的这种人与自然的完美的统一，所体现出的不仅仅是一种创作手法的问题，而是作家艺术手法和创作思想的一种完美结合，这里就如有学者指出的："对于托尔斯泰而言，大自然的美是大自然自身内在和谐的表现，这一和谐表明，生活在大地上的人也能够达到一种和谐的生活。"①

因此，我们不难看到，在托尔斯泰小说里这种物我交融的意境之中，大自然往往发挥着一种潜移默化的作用，它常常让其中"思想"的主人公（«мыслящие» герои）经由大自然的濡染，获得一种精神上的"自由"：情感变得舒张，心灵得到净化，身心也变得自然，使其渴慕一种生命的自然性。对于这一点，托尔斯泰在创作《童年、少年和青年》之初便表现出来，在这部三部曲的最后一部分，有这么一处较为知名的景色描写：

> 一种新奇的、极其强烈和愉快的感觉突然浸透了我的心灵。潮湿的土地上，有些地方长出带黄茎的鲜绿草叶；溪流在阳光下闪闪发光，水里有泥块和木屑在打旋；紫丁香的树枝已经发红，它那鼓鼓的蓓蕾在窗下摇曳；树丛里的小鸟不住啁啾；发黑的篱笆被融雪浸湿了；尤其是，这馨香湿润的空气和怡人的阳光，清楚地向我显示了一种新颖而美好的事物，虽然我只能意会，不能言传，但是我要尽量来表达我的感受——一切都向我展示了美、幸福和美德；说明了，对我说来样样都是唾手可得，缺一不可，甚至美、幸福和美德都是一而二、二而一的东西。"我怎么会不理解这一点呢？我以前有多么不好呀！将来我会，而且一定会多么快乐和幸福呀！"我自言自语说。"我必须快快地，快快地，马上变成一个截然不同的人，开始另外一种生活。"（1：212 – 213）

而在《战争与和平》中，那株老橡树给我们留下了至深的印象：它"伸展着枝叶苍翠茂盛的华盖，呆呆地屹立着，在夕阳的光照下微微摇曳。不论是疙瘩流星的手指，不论是伤疤，不论是旧时的怀疑和悲伤的表情，

---

① Бурнашёва Н. И., *Л. Н. Толстой: энциклопедия*, М.：Просвещение，2009，С. 505.

都一扫而光了。透过坚硬的百年老树皮，在没有枝桠的地方，钻出鲜亮嫩绿的叶子，简直令人不敢相信，这么一棵老树竟然生出嫩绿的叶子"（6：560）。正是这棵老橡树让安德烈·博尔孔斯基公爵"心里忽然有一种春天万物复苏的喜悦感觉"（6：560），使他先前消沉的情绪一扫而光，从内心自我封闭的状态中走出来，萌生出好好地生活下去的念头："我不应当只为我个人而活着，不要把我的生活弄得和大家的生活毫无关系，而是要我的生活影响所有的人，所有的人都和我一起生活！"（6：560）

大自然激发人们过一种自然的生活，是为托翁笔下常见的写作手法和主题表达方式。同样，《哥萨克》中的奥列宁在与大自然以及那里的自然之子们的交往中，深切地感受到："难道愿意做一个普通的哥萨克，接近大自然，不损害任何人，而且还给人们做好事，难道幻想这一些比我从前所幻想的更愚蠢吗？比方说，从前曾幻想做部长，做团长。"（3：297）所以有学者说，"对于托尔斯泰而言，大自然是自然的、原生的和普遍的'活跃的生命'（живая жизнь）的中心，与大自然的彼此交流，与自然生活的节奏相合拍是人真正存在的必要条件和判别尺度"[1]。读托尔斯泰的作品可以看到，《安娜·卡列宁娜》中的康斯坦丁·列文把他的家安置在了乡下的庄园里，《谢尔盖神父》中的卡萨茨基公爵最后去了西伯利亚做农民，而《复活》中的涅赫柳多夫则从城市走向旷野，在那里完成了他的精神复活。他们之所以都过起了一种切近自然的生活，无不与托尔斯泰笔下大自然与其中人物所期望的自然生活息息相关。

《战争与和平》中罗斯托夫一家人打猎的情景是这部小说较为知名的一个情节。在这一场景中，虽然参加打猎的人有鲜明的阶层差别，但在打猎过程中这种差别便消失得无影无踪，人们都恢复了自然的人的面貌，进行着平等的对话，甚至下层的人也可以说出冒犯其主人的话来；在打猎过程中，无论是罗斯托夫，还是大叔以及伊拉金，他们彼此都和气相待，没有意气用事，他们之间显现出了一种融洽和乐的气氛；值得一提的是，打猎行将结束时，大家对娜塔莎的一声不由自主的、欣喜若狂的尖叫也没有在意，它一下子便融汇到其周围生气勃勃的环境中去了。小说中打猎这一情景显现得自然、融洽而又洋溢着生命的气息。其实，在这一幕当中，一直隐匿着一个"人物"，它始终出场，但人们似乎始终没有注意到它，这

---

① Бурнашёва Н. И.，Л. Н. Толстой：энциклопедия. М.：Просвещение，2009，С. 741.

一"人物"便是大自然，正是它的在场，这一打猎的场景才给人一种生机昂扬、洒脱奔放的印象。赫拉普钦科对这一情节也褒扬有加，他认为，从这一场景中可以看出，在托尔斯泰看来，"与大自然接触，与大自然接近，能够减弱日常生活中虚伪的陋习对于人的影响；人身上那种自然的、'原生的'激情（естественные，«первозданные» страсти）就会苏醒"①。

在托尔斯泰笔下，我们不难看到那些与大自然自始至终和谐统一的人物，他们既具有质朴的外在美，又具有内在的自然善，在他们身上显豁无遗地反映出了一种生命的自然性特征。早年研究托尔斯泰创作的知名学者梅什科夫斯卡娅曾指出，"托尔斯泰对大自然的感受独具一格。他把它视之为人，并在人的身上寻找那种朴实和自然的魅力（значительность природы）。在托尔斯泰那里，亦即主要的是下层人民和那些在情感和内心与下层人民相接近的人，才是正常的、道德高尚的人，他们从未与自然相对立"②。所以在托尔斯泰的小说中，那些来自贵族阶层的女性形象，比如丽莎（《两个骠骑兵》）、娜塔莎·罗斯托娃、基蒂无不洋溢着纯洁无瑕的生命自然性的光彩。而托尔斯泰笔下的下层人民，从《童年》中纳塔利娅·萨维什娜起，几乎都是善良纯朴的。他们中同样有光彩照人的玛丽亚娜（《哥萨克》）和卡秋莎·马斯洛娃，也有叶罗什卡（《哥萨克》）、普拉东·卡拉塔耶夫以及帕什卡（《谢尔盖神父》）等众多的形象。在他们那里，大自然是与他们的生命维系在一起的，他们与来自贵族文化阶层的人士不同，生命"无意识"是他们生活的最大特征，但就是在这样的无意识之中，却呈现出他们生命的完美质地：勤劳善良，顺任自然。托尔斯泰一直认为"在他们身上善多于恶"（17：48），所以托尔斯泰自早年起就一直怀着对下层人民尊重的心理，并且努力地在自己笔下表现出他们在自己看来理想的一面：朴实无华的、自然的生命。

二 列夫·托尔斯泰笔下自然与人的对立

我国知名美学家朱狄先生曾表示，"自然是美的，就因为人用了艺术

---

① ［苏］赫拉普钦科：《艺术家托尔斯泰》，刘逢祺、张捷译，上海译文出版社1987年版，第392页。

② Мышковская Л. М.，*Мастерство Л. Н. Толстого*. М.：Советский писатель，1958，С. 85.

家的眼光去静观他。……假如没有想象的帮助，自然本身就没有哪一部分是美的"①。当然，这仅仅是一个假言判断。实际上，人们一旦在生活中失去了想象的翅膀，眼前的一切变得逼仄狭隘的时候，生活不知道会变得多么晦暗。而如果自然在人们心目中一概地缺乏了诗意，那么人的生命便会失去谐和与光彩，世界上再也不会有什么艺术创造和发现。托尔斯泰本身便是伟大的艺术家，他对自然的认识是基于其既定的世界观之上的，在他那里，大自然不仅仅是美的，而且是完美与和谐的造物，是至善的意象。

魏烈萨耶夫指出，在托尔斯泰那儿，"大自然总是美好的，是充满神性且极高明的，它本身是一种深邃的智慧化身，这种智慧是人的智力难以企及的"②。透过托尔斯泰在其小说《卢塞恩》中的一段话，可以帮助我们理解这位著名的文艺学家的上述论断，在该小说的结尾部分，托尔斯泰曾写下："我们有一个，并且只有一个永远不犯错误的指导者——主宰全世界的神明；他渗入到我们大家和每一个人心中，给每一个人灌注对一切应有的事物的渴求；正是这个神明叫树木向着太阳生长，叫花卉在秋天里投下种子，并且叫我们本能地互相亲近。"（3：28）这里的神明所指的便是一种物或人是其所是的本性，它是大自然自身，也是人身上的自然本性，在作家那里它们被赋予了一种神性的内涵，亦即它们代表着一种和谐、完美、至善。其实托尔斯泰对大自然的这种理解并不是独出心裁，我国传统文化中的那种"天人合一"的观念中便有与之相近的方面。我们所称作的"天"亦即自然便具有完善、完美的神性内涵。

我国著名的哲学家金岳霖先生曾说过："不管认为自然的神性部分应该是什么样的，是基督教的或者不是，它渗透于人和纯粹的客观自然，它使人意识到他们具有自己的性质，意识到纯粹的人性正如同纯粹的客观自然一样是自然的一部分。"③ 金先生的这些文字恰好为我们看待托尔斯泰思想中的自然及其与人的关系提供了充分的理论依据，也为我们诠释托尔斯泰的自然生命观提供了思想支撑。大自然是至善，而在托尔斯泰的观念中，人是自然的一部分，所以人的身上也同样带有至善的因素，但在托尔斯泰看来，人身上的这种至善只在未经世事的孩子那里才存在，而人一旦

① 朱狄：《当代西方美学》，《自然美的哲学基础》，武汉大学出版社 2008 年版，第 91 页。

② Вересаев В. В.，Живая жизнь，М.：Политиздат，1991，С. 148.

③ 刘培育编：《道、自然与人：金岳霖英文论著全译》，生活·读书·新知三联书店 2005 年版，第 151 页。

进入社会中，身上的自然本性便逐渐地消失、衰减。因此，可以看出，托尔斯泰所倡导的生命的自然性，便是一种合乎自然的生活方式，就是按照自然的本性而生活，亦即按照人的本性而生活。所以我们从前述可以看到，托尔斯泰笔下那些焕发着生命自然性的人物，亦即自在自然在自身尚完整地存在的人物，往往都是充溢着生命的自然本性的人，所以在他们身上体现了一种内在的自然善与外在完美大自然的有机统一。

但是，显而易见，在作为客观实在的大自然那里，完美是常态的，而对于社会中的人而言，背离生命的自然性则是最寻常不过的。道理很简单，因为按照托尔斯泰的理解，人不能总处于孩童时代。其实，托尔斯泰在笔下对生命自然性的思考，看似是一个简单的命题，但在其背后却隐藏着一个关乎人类存在的客观的、重大的命题，即人如何在社会中不被异化的问题。之所以这么说，这是因为，"人惟有进入社会、被文化，人才得以与动物拉开距离成为人，然而人进入社会即意味着必须接受对待关系的约束并改变自己，人被文化即意味着必须受到'装饰'并被理性化。这都会使人失去自然—本然性情，丧失本真与自由。这是人类与生俱来的矛盾、困顿与迷失"[1]。而实际上，托尔斯泰在自己的小说中也更多地表现了这些"矛盾、困顿和迷失"，反映了一个人"被文化"之后与自己的自然本性渐行渐远，在道德上逐渐沦落和内心逐渐失谐的过程和结果。

"一个人本身不可能懂得什么是好，什么是坏，问题全在环境，是环境坑害人"，（4：380）这是托尔斯泰小说《舞会之后》中一个叙述者所说的话。这句话似乎正好可以用在作家自传体三部曲《童年、少年和青年》中的主人公尼古连卡·伊尔捷尼耶夫的成长经历上。作家曾表示，"少年的主旨应当是写这个男孩在童年之后逐渐变坏和在青年之前逐渐改邪归正的过程"[2]。而实际上，那个在童年时敏感、纯洁、爱思考的尼古连卡，随着年龄的增长，精神上虽然不乏独立性，并且也自觉地抵制所处环境中的不良的习气，但他在青年时期还是没有摆脱他所处的上流社会文化的影响，并且也开始醉心于这一阶层的生活方式，一心想成为一个体面（comme il faut）的人，"为了获得这种品质，我浪费了多少宝贵的、十六

---

① 冯达文、郭齐勇：《新编中国哲学史》（上），人民出版社2004年版，第127页。
② ［苏］赫拉普钦科：《艺术家托尔斯泰》，刘逢祺、张捷译，上海译文出版社1987年版，第14页。

岁的美好光阴，回想起来都很可怕。我所模仿的一切人——沃洛佳、杜布科夫和我的大多数朋友，他们似乎都轻而易举地获得了这种品质。我怀着嫉妒的心情注视着他们，悄悄地学法语，学习行礼时不望着对方，学习应酬和跳舞，学习在心中培养一种不关心一切和厌倦一切的神情，学习修指甲，为了修指甲，我用剪子把手指上的肉都剪掉了，就是这样我还觉得，要达到目的，还要下很大的苦功。房间，写字台，四轮马车，这一切我怎么也不能布置得那么 comme il faut，尽管我不喜欢实际事务，我还是尽量去做"（1：317）。小说中叙述者在对其这一行为的回忆中，有一个总括性的评价，他认为自己对体面的认识是"教育和社会灌输给我的一种最有害、最虚伪的概念"（1：316）。从这里我们可以看出文化（文明）对一个人的自然本性的影响，正是这种影响让作家笔下的人物不由自主地接受约定俗成的生活方式和思想习惯。同样的例子，我们从《复活》中的涅赫柳多夫身上也可以看到。小说以回忆的方式展现了涅赫柳多夫年轻时青春焕发的美好的一面。夏天他到姑姑家的庄园度假，那时他还是大学生，一个十九岁的"十分纯洁的青年"（11：58），在那里与姑姑家的女仆卡秋莎彼此产生了纯洁的恋情。随后的三年间，他参了军，成为军官，这时候的涅赫柳多夫从一个"诚实而富有自我牺牲精神的青年，乐于为一切美好的事业献身"，成了一个"荒淫无度的彻底利己主义者，专爱享乐"（11：62）。这种精神上的堕落是在他供职于军队之后出现的，所以在三年之后他再次见到卡秋莎时候，便卑劣地把卡秋莎玷污了。其实作品中前后铺垫性的叙述告诉人们，正是外在的环境和那种环境的主流文化让他一步步走向沦落。

　　上述是人的自然本性逐渐为社会环境所改变、所吞噬的事例，此间通过对比凸显了其中人物心性的变化，呈现出了与其自然本性相离的后果。应该说，对比的手法是托尔斯泰在小说中为了确立其中生命的自然性主题而经常采用的艺术方法。不过，作家更常常采用一种从创作艺术上而言更为宏大的对比，亦即和谐的自然界与失谐的人世间的对比。巴赫金说过，"自然与文化的对衬始终是托尔斯泰创作的主旨"[①]。因此，我们在托尔斯泰的小说中可以看到这样一种叙述模式，在那里自然与文明、自然界与人世间、乡村与城市之间存在着对比或对立，在这些两两的相互对比中，作

---

① 　［苏］巴赫金：《巴赫金全集》（第7卷），河北教育出版社2009年版，第49页。

品常常采用扬前抑后的基调，把前者确立起来，倡导一种符合自然的生活方式。

作家早年创作的小说《卢塞恩》和《哥萨克》当中便具有一种鲜明的自然与文明相互对比的基调。卢塞恩是瑞士著名的旅游胜地，透过作家诗意的目光，在这里，"万物都沉浸在柔和的、晶莹的、蔚蓝色的大气中，都被从云缝里射出的落日的炎热的光辉照耀着。湖上也好，山上也好，天空中也好，没有一丝完整的线条，没有一片完整的色彩，没有一个同样的瞬间；到处都在动，都是不均衡，是离奇变幻，是光怪陆离的阴影和线条的无穷的混合和错综，而万物之中却蕴藏着宁静、柔和、统一和美的必然性"（3：2）。这当中有一种和谐的美。但是，在后文，到这里旅游的来自欧洲文明社会的绅士们却个个有着一副拒人千里之外的面孔，表现出"一种感到个人幸福而对与自己没有直接关系的周围的一切毫不关心的表情"（3：3），正是这些冷漠、僵化的人没有给一位蒂罗尔歌手一个戈比，甚至还"嘲笑他"（3：25）。他们这种冷酷无情的行为与他们身边优美的自然风光形成强烈的反差。作品的叙述者为之而愤怒声讨：

> 为什么在德国、法国或意大利的任何一个乡村里不可能有的这个惨无人道的事实，在这儿，在这个文明、自由和平等达到最高水平的地方，在这个来自最文明的国家的最文明的旅行者云集的地方，会有可能呢？为什么在一般的情况下能做出种种光明正大、仁义道德的事来的，这些又有教养、又讲仁义道德的衮衮诸公，对于个人的善行会没有人类的恻隐之心呢？为什么这些在他们的议会里、集会上和社会中热烈地关心在印度未婚的中国人的情况，关心在非洲传播基督教和教育，关心设立改善全人类的协会的衮衮诸公，在自己的心灵中却找不到单纯的、原始的、人对人的感情呢？难道他们没有这种感情吗？难道他们这种感情的位置已经被在议会里、集会上和社会中支配着他们的虚荣心、名誉心和利欲心给占据了吗？难道被称为文明的人的明理的、自私的结合的传播，把本能的友爱的结合的要求消灭和否定了吗？难道这就是为了它流了这么多无辜的血，犯了这么多罪的平等吗？难道各民族像孩子们似的光凭嚷嚷"平等"这个词儿，就能造成幸福吗？（3：26）

托尔斯泰对文明的批判从卢梭那里接受而来。① 他对没有给下层人民带来任何的好处和利益的文明、对导致人们道德沦丧的文明一直抱着深恶痛绝的态度。托尔斯泰曾表示，"由于书籍印刷、传播以及传播的威胁，我们生命中的最后一点自然性便被扼杀殆尽了"②。所以作家在这部小说里也沉痛地表示，"文明是善，野蛮是恶；自由是善，束缚是恶，正是这种臆想的知识把人类天性中那种本能的、最幸福的、原始的对于善的需要给消灭了"（3：27）。在这部小说中，处在最文明社会的人士却缺乏最基本的道德情感——"爱"，丧失了人的起码的自然本性，而周遭的大自然则呈现出一派静谧的和谐，两相对比之下，这些来自文明社会的上层人士们便显得如此大煞风景，显现得那么渺小和鄙俗。在这种对比之中作品主旨便彰显无遗，即对人之自然的、善的本性的张扬。

　　当然，影响托尔斯泰对自然与文明关系看法的，并不仅仅有来自卢梭的理论，其实这里面也有托翁本人的自身体验，而且这种体验在托尔斯泰的生活中和思想中一直起着重要的作用。艾尔默·莫德说，"他在萨马拉得到的经验肯定了他这样的感情：西方世界和俄罗斯的欧化了的小部分文明、进步和政治斗争，其实并不重要，真正重要的乃是平凡人们的巨大而原始性的斗争——求生存，求健康而自然地生存"③。所以我们可以从小说《哥萨克》④ 中看到作家笔下表现的另一种自然与文明的冲突，亦即自然之子与文明之子的冲突。

---

① 列夫·托尔斯泰在晚年时曾在日记中谈起他与卢梭之间思想的异同："有人拿我与卢梭比较。我在许多方要感谢卢梭，我喜欢他，不过我们两人有很大的不同，不同之处在于，卢梭否定任何文明，而我否定的是伪基督教文明。人们称之为文明的东西是人类的成长。成长是必然的，不能说它好或者不好。成长是实实在在的，生命便寓于成长之中。就像树木的成长一样。然而一段树枝，或者在一段树枝里生长的生命力如果吸去全部生长力，那就不对了，有害了。我们的伪文明也是如此。"（17：286）在托尔斯泰对待科技文明的态度上，另外也有学者指出，"托尔斯泰看到，虽然存在科技进步，但社会中的贫困现象并没有减少，社会本身也没有在道德上更加净化。因此他批判那种加剧人们贫穷的科学，但是认可能够帮助人们克服这些贫困的科学。在他看来，这种科学只能是关于人及其在社会中的生活的科学"。见：Рачин Е. И., Философские искания Льва Толстого, М.：Изд‐во РУДН, 1993, С. 25.

② Толстой Л. Н., *Полное собрание сочинений в 90 томах*, Т. 48. М.：Государственное издательство художественной литературы，1952，С. 129.

③ ［英］艾尔默·莫德：《托尔斯泰传》（上），宋蜀碧、徐迟译，北京十月文艺出版社 2001 年版，第 414 页。

④ 本章第三节有对该小说的具体分析，此处不再论及。

托翁同样在早年创作的两部小说《袭击》（Набег，1853）和《伐林》（Рубка леса，1855）则体现了和谐的大自然与失谐的人世间的对立。两部小说均以高加索为题材，都刻画了那里大自然的和谐的美，小说中也都同样发生了俄罗斯军队与那里的山民的战斗，并且都以俄罗斯军士的死亡而结束。显而易见，在这里，不同民族间对立、战争灭绝人性及惨无人道，以及无辜军士的死亡等，说明了所有发生在这里的人的行为都与这里的大自然的美格格不入。从事托尔斯泰创作研究的著名学者加拉甘认为，在这两部作品当中体现了一种"自然的世界里的自然性与人的世界中的造作之间 的 对 比（естественность в мире природы и искусственность в мире людей）"①，这句话颇有见地，对这位文艺家的认识我们可以从《袭击》当中的一段话获得印证："自然界有一种恬静的美和力。难道人们在这美丽的世界上，在这无垠的星空下生活，会感到挤得慌吗？难道在这迷人的大自然中，人的心里能够留存愤恨，复仇或者非把同胞灭绝不可的欲望吗？人的心里一切不善良的东西，在接触到大自然，这最直接地体现了美和善的大自然的时候，似乎都应该荡然无存啊。"（2：17）

其实，托尔斯泰在此段话中所坦露的这种心迹和思想，后来在其塑造笔下人物时常常运用到，比如作家在《战争与和平》中塑造尼古拉·罗斯托夫这一人物形象时便采取了这一手法。这位托翁笔下知名的人物在参加战斗间隙，不经意间看到了周遭的大自然：

> 尼古拉·罗斯托夫转过身去，好像要寻找什么东西似的向远方眺望，向多瑙河的流水、天空、太阳眺望。多么好的天空，多么蔚蓝而深远的天空！那沉沉西坠的太阳多么明朗！那远方多瑙河的水光多么柔和可爱！而尤其美好的是那多瑙河对岸青翠的远山、修道院、神秘的峡谷、雾霭笼罩树梢的松林……那儿安静，幸福……"我什么都不要，我什么都不要，我只要能到那儿，"罗斯托夫想道。"在我一个人的心里，在那阳光里，有那么多的幸福，可是这儿……是一片呻吟、痛苦、恐怖，以及这混沌、忙乱……又有人喊叫什么，大家又往后跑，我也跟着他们跑，这就是它，就是它，就是那个死神，它在我上

---

① Галаган Г. Я. ，*Л. Н. Толстой：художественно-этические искания*，Ленинград：Наука，1981，С. 44.

面，在我周围……转瞬之间——我就永远看不见这太阳，这河水，这峡谷了……"

这时太阳渐渐隐藏到乌云里，在罗斯托夫面前出现了别的担架。对死和担架的恐怖，以及对太阳和生活的爱——这一切汇成一个令人痛苦、惊恐的印象。

"上帝啊！天上的父啊，救救我，宽恕我，保护我吧！"罗斯托夫喃喃自语。（5：196）

在这里，显而易见，即如文中所提示的，战争的残酷、不和谐和大自然的和谐与美好形成了强烈的对比。同时，上述文字通过这一对比也表明，处于这一情景中的主人公更向往一种自然的、不与人的善的本性相背离的生活。

"什么时候人世间才会同自然界一样？自然界也有斗争，但那是正直、单纯、美好的斗争。而人世间的斗争却是卑鄙的"（17：204），托尔斯泰这句写在日记中的话似乎正好可以与上文引述的一段话相参照，即如我们所看到的，这种自然界与人世间相对比的思想其实一直贯穿在作家的整个创作之中。另外，我们在其晚年创作的《舞会之后》中同样可以看到两者隐在的对比。在这篇小说中，叙述者沐浴在爱情所带来的幸福心情中，一大早从家中出来："那正是谢肉节的天气……我走过我们的冷僻的胡同，来到大街上，这才开始碰见行人和装运柴禾的雪橇，雪橇的滑木触到了路面。马匹在光滑的木轭下有节奏地摆动着湿漉漉的脑袋，车夫们身披蒲席，穿着肥大的皮靴，跟在货车旁边扑嚓扑嚓行走，沿街的房屋在雾中显得分外高大——这一切都使我觉得特别可爱和有意思。"（4：388）而接下来的一幕却让他感到震惊，他看到一个年长的军官（他所爱的那个姑娘的父亲——作者注）正在带领士兵对一个鞑靼逃兵施行夹鞭刑。早晨、融雪天气、所看到的物象的和谐，这一切强化了发生在人物身上的暴力惩罚这一事件的不合情理和非人道。

托尔斯泰在其小说中也反映了另外一种对立的情形，即乡村生活和城市生活的对立，其实这种对立在一定意义上也是自然与文明的对立，或者说是后种对立的具象化。作家一生一直钟爱乡村生活，那里接近大自然，有作家所喜爱的农民，而且作家也可以身体力行从事农业劳动，所以他对乡村生活的偏爱也与其自身的生活实际分不开。作家在其著名的长篇政论作品《那么我们应该怎么办?》中，旗帜鲜明地表达出其对城市生活和城市文明的抨击及其对乡村劳作生活的推重。因之，小说《哥萨克》的开篇便预示了小说后文将要提及的两个方面的对立。在离开莫斯科到高加索去的路上，奥列宁内心涌现出了一个特别的心理感受：他离开俄罗斯中心越远，越接近高加索，他的心情就越畅快。"在这些途中遇见的、他（即奥列宁——作者注）所不承认与莫斯科的熟人居于平等地位的粗人中间，他整个身心好像有一种从过去的一切解脱出来的焕然一新的自由感觉。周围的人越是粗鲁，文明的标志越是少，他就越是觉得自由。"（3：187）

这两个方面的对比和对立同样也出现在长篇小说《复活》的引子中：

> 尽管好几十万人聚集在一块不大的地方，而且千方百计把他们居住的那块土地毁坏得面目全非，尽管他们把石头砸进地里，害得任什么植物都休想长出地面，尽管出土的小草一概清除干净，尽管煤炭和石油燃烧得烟雾弥漫，尽管树木伐光，鸟兽赶尽，可是甚至在这样的城市，春天也仍然是春天。太阳照暖大地，青草在一切没有除根的地方死而复生，不但在林荫路的草地上长出来，甚至从石板的夹缝里往外钻，到处绿油油的。桦树、杨树、稠李树生出发黏的清香树叶，椴树上鼓起一个个正在绽开的花蕾。寒鸦、麻雀、鸽子像每年春天那样已经在欢乐地搭窝，苍蝇让阳光晒暖，沿着墙边嗡嗡地飞。植物也罢，鸟雀也罢，昆虫也罢，儿童也罢，一律兴高采烈。惟独人，成年的大人，却无休无止地欺骗自己而且欺骗别人，折磨自己而且折磨别人。人们认为神圣而重要的并不是这个春天的早晨，也不是上帝为造福众生而赐下的这个世界的美丽，那种使人趋于和平、协调、相爱的美丽；人们认为神圣而重要的却是他们硬想出来借以统治别人的种种办法。（11：5）

这是一幅大自然与城市的对比图。在这里，大自然是多种意象的辐辏。首先，春天里的大自然，是一个万物苏生的大自然，它焕发着无尽的生机与活力，它是与小说的思想主旨相映衬的；而春天里的城市则是死气沉沉，毫无生气，没有一点真正生命的特征；同时，亦即本书所提及的，它是城市中的大自然，也是与城市相对比的大自然，它所呈现的是一派和谐与统一的美，而城市则充溢着卑污、人与人相离等各种扭曲的人性。因此，在此处作家笔下，城市生活与自然生命是相互抵牾的，它不仅试图遏抑客观的大自然的存在，而且也扼杀人的自然本性，这一基调通过小说开篇的对比确立下来，同时更在此后小说行文中通过各种不同人物的生活方式的对比而得到深刻的诠释。

西方一位学者指出，"乡村生活与城市生活之间的区别具有启迪性；对于托尔斯泰来说，这是善良与邪恶之间的根本区分。是非自然和不人道的城市生活准则与田园生活的黄金时代之间的区分"①。有关作家对这两者的扬抑和对比，我们也可以通过其创作的《家庭幸福》和《安娜·卡列宁娜》等小说具体地看出来，这一对比是该两部小说前后贯穿始终的一个基调。②

> 歌德曾经说："大自然不容许开玩笑，它总是认真而严厉的，它永远是真。"托尔斯泰像大自然一样，总是"认真的"，而且无比"真"。"我的小说的主人公——那个我以全副身心爱着并且努力再现他的全部美的，那个过去、现在、将来永远是美的——就是真。"托尔斯泰几乎在刚刚开始他的创作生涯的时候就这样说，后来又一再重申，说"在生活中也好，艺术中也好，只需要做到一点——不说谎"，这一套对他的全部创作和全部精神生活都是适用的。③

如上是布宁在他的《托尔斯泰的解脱》中所说的一些话。从中我们似乎看到大自然、作家及其笔下的人物三者之间一种隐在的关系，并且也可以看出，托尔斯泰对生命的自然性的看重，实质上也是对生命之真的张扬，两者是完全相同的。这里也不妨做进一步的解释。由上文中我们可以看到，从开始从事创作起，托尔斯泰便把自然看作"美、幸福和美德"的化身，而人与大自然是一体的，他同样应具备这三种因素。这里托尔斯泰虽然用"幸福"置换了"真、善、美"之中的真，但并不表明作家不看重这一点，即如他表明的，美就是真，因此托尔斯泰观念中那种大自然完善的美，便已经内在地蕴含了真，所以托尔斯泰所张扬的一种亲近自然的生活，所呼吁的自然的生活方式，实际上就是主张按照人的自然本性去生活，它同

① ［美］乔治·斯坦纳：《托尔斯泰或陀思妥耶夫斯基》，严忠志译，浙江大学出版社 2011 年版，第 74 页。
② 对这两部小说中城市生活与乡村生活对比基调的具体分析参见本书第四章。
③ ［俄］布宁：《托尔斯泰的解脱》，陈馥译，辽宁教育出版社 2000 年版，第 87 页。

样也是保有生命之真的生活，这正是其小说中正面人物所体现出的生命的一种重要特征，也是其笔下所反映的生命的自然性主题的重要内涵。

其实，一个在自身充溢生命的自然性的人，未必一定要与大自然相接近，这一思想在作家创作中同样得到表达和反映。一般而言，在托尔斯泰的小说中，那些在自身保有更多的自然本性的人，亦即那些下层人民和正面的贵族女性形象，往往谈不上大自然对他们的激发作用，大自然只是起着一种潜移默化的促进作用，或者说他们往往无意识地受到来自大自然的影响。通过与大自然的接近而生发一种过自然生活愿望的，往往是作家那些"思想"的人物（«мыслящие»персонажи），亦即探索人生意义的形象，他们也总是作家笔下的正面的男性贵族形象。作家小说中那些从不考虑生命意义何在或者把生活意义置放在从众亦即去个性化方面的人物，在托尔斯泰看来他们所过的仅仅是一种类生命（подобие жизни）①，亦即类似于生命的生命，他们生命中既没有真（自然善），也没有善（道德善），因此不应以真正的生命去看待他们的生命特质。这些过着"类生命"的人，是托尔斯泰笔下各类人物当中占大多数的、庞大的人物群体，他们往往在上流社会、城市生活中容身，与贵族、官僚具有血缘关系，并且也与虚荣、伪善、贪欲、淫荡等品性摆脱不了干系。

第二节　大自然与人物对生命的感悟

其实，在托尔斯泰的笔下，大自然不仅仅能够赋予人身心自然，让人体悟到生命存在的法则，意识到生命之真，而且，大自然也往往以其至善的意象让人觉悟到生命存在的目的，启示其去寻求生命之善。这方面，即

① 关于类生命，托尔斯泰在忏悔录中曾表示："我与我的圈子里的生活决裂了，因为我承认，这不是我的生活，而仅仅是生活的影子（подобие жизни）。"（15：56）在晚年，托尔斯泰亦曾在其日记中写下，"在我的身上有三种生命在搏斗：（一）、肉体的；（二）、人们观念中的；（三）、神性的。神性的生命，神的意志和力量在我的身上显现出来，这是仅有的真正的生命；前两种生命是类生命（подобия жизни），它们把真正的生命掩盖起来了"。（См.：Толстой Л. Н.，Полное собрание сочинений в 90 томах，Т，55，М.：Государственное издательство "художественная литература"，1937，С. 278.）

如西方一位学者所说，"对于托尔斯泰而言，大自然的和谐、有序有助于人们安宁地、甚至是充满爱心地存在（мирное，даже любовное，сосуществование людей）"①。托尔斯泰笔下的那些"思想"的人物，亦即那些时时拷问"活着为什么"、并不懈探索人生意义的"忏悔"贵族们，几无例外，大都是在大自然的启迪下在心中意识到了那一个原本善的自我从而找到了自己生命存在的意义，确立了自己的人生定位，并走向"为善"的人生道路的。

自开始从事创作起，托尔斯泰便把这种对大自然独具一格的感受②和创作手法诉诸自己笔下，即如我们前文所看到的，《青年》（Юность，1857）中的主人公伊尔捷尼耶夫看到春天里的花园的一幕，便感受到了"美、幸福和美德"（1：212），意识到"我以前有多么不好啊！将来我会，而且一定会多么快乐和幸福啊！"（1：212）而作家在此之前创作的《一个地主的早晨》（Утро помещика，1856）中，小说结尾处的主人公涅赫柳多夫身处大自然中则生发出远较伊尔捷尼耶夫更为高涨的道德情感：

> 一大清早，他在所有的家人之前起身，怀着青春期的种种使他痛苦不安而又未曾表露过的隐秘冲动，他毫无目的地走到园子里来，接着进了树林，在五月的强壮、鲜艳、然而平静的大自然中间独自久久地徘徊，什么也不想，苦于心中充塞着一种情感，可又无法将它表露。……仰面躺在树下，举目向上，望着在无边无际的蓝天上跑过的清晨的浮云。忽然，他的两眼毫无缘由地充满了泪水，天晓得是通过什么途径，他脑海里出现了一个填满了他的心胸、被他狂喜地抓住的明晰的思想：爱和善即是真实和幸福，而且是世上唯一的真实和唯一可能的幸福。崇高的情感不说"不对"了。他抬起半个身子，开始检验这个思想。"是这样，是这样！"他一一衡量着以往的信念和生活中的种种现象，拿它们与新发现的、在他看来是完全新的真实比较，同

---

① Орвин Д. Т.，*Искусство и мысль Толстого. 1847—1880*，СПб.：Академический проект，2006，С. 56.

② 如我们在后文所指出的，在列夫·托尔斯泰的笔下，大自然往往赋予人一种"爱他人"的崇高情感，这种情形在世界文学中恐不多见。即如我国古代文学所记录下来的不可计数的由大自然而来的感触和"遣怀"中，大都是吊古、思乡、怀远、伤别、闺怨等，而鲜见有自我牺牲的爱的情感。

时狂喜地对自己说。"我过去了解、相信、热爱的一切都是胡言乱语，"他对自己说，"只有爱，只有牺牲才是唯一真实的、不为客观情况所左右的幸福!"他微笑着，挥动双手，反复地说。他把这个思想应用到生活的一切方面都得到了肯定，不仅为生活所肯定，也为对他说"对"（着重号为原文所有——作者注）的内心声音所肯定，于是他感受到了愉快的激动和狂喜，一种对他来说是新的情感。"因此我应该行善，以便做一个幸福的人。"这样一想，他的整个前程就不抽象了，而是以种种形象，以地主的生活方式生动地呈现在他的眼前。（2：423－424）

在上述文字中，大自然、大自然中的物象（比如高远的天空、白云、树木等）以及处于其中的"思想"的主人公等共同构成了这一情节中的"出场人物"，与托翁日后在《战争与和平》中展现的打猎的一幕以及在《安娜·卡列宁娜》中刻画的列文与农民一起刈草的一幕不同，在这里外在的一切都是静止的，但唯有其中人物的内心处在剧烈的思想活动之中：大自然此时的和谐与静穆促使其追寻一种内心的和谐。这种"触景生爱"的精神变奏日后屡屡出现在与此处涅赫柳多夫相类似的那些精神的同貌人身上。应当提及的是，小说中所反映的大自然对人的这种情感的触发作用，实际上也是作家本人在日常生活中所切身经历的情感，比如托翁曾在自己的日记中提及："快到奥夫相尼科沃的时候，看到了美妙的日落的景象。在层叠的云彩中间霞光万丈，而其中的太阳像是一个不规整的红色的煤块。这幅景象映照在树上、黑麦田的上空，让人心情愉悦。于是便思索起来，不，这个世界不是玩笑，不只是体验世间苦难的地方和向美好、永恒的世界的一个过渡，而这便是永恒世界的一部分。这个世界是美好的、欢乐的，为了现在与我们生活在一起的人们和我们死后将要在这个世界生活的人们，我们不但能够，而且应当使它变得更美好，更欢乐。"[1] 显见，此处托翁本人在生活中从大自然中所得的感触，也与他早年笔下的涅赫柳多夫一样，并不纯属一种身心的自然，更多的是一种引向道德的积极感受。大自然激发了人的内心中的一种自然善，同时促使他去追求一种道德

---

[1] Толстой Л. Н. , *Полное собрание сочинений в 90 томах* , Т. 52 , М. : Государственное издательство художественной литературы, 1952, С. 120 - 121.

善，这是体现在托翁自身生活中，同时也反映在其笔下一些人物身上的由大自然或其物象引发而来的一种情感。

一般来说，托翁笔下的外在的大自然与身处其中的"思想"的人物内心活动相应和体现出了两种特征：一种是"思想"的主人公突如其来地在情感上受到了大自然的引发，从而使之觉悟到了隐藏在其心中的从无觉察到的自然的、善的本性，让他意识到了自己的人生使命，并在这一启示下走向了精神探索之路，这里主要体现出一种外在的大自然对人的内在心理的触发作用，是一种由外（外在大自然）向内（人物的精神活动）的运动；另外一种则是这类忏悔贵族在紧张的精神活动过程中，对自己未来的人生道路感到迷惘，同样"出其不意"地映入其视野的大自然的物象则激发了他的心智，使其豁然开朗，发现了此前从未认识到的内心中的那种善的本性，此时他的内心活动与至善的自然物象相合，就其精神活动的方向而言，这是一种由内在的精神活动向外在的大自然的一种心理运动。

我们上述的第一种情形较为典型地体现在作家的中篇小说《哥萨克》的中心人物奥列宁身上。这位来自都市上流社会中的文明之子，身上浸染着得之于这种社会的各种爱慕虚荣、追逐荣耀等的习气，且内心不乏自省的贵族子弟，处于鹿窠中，便"无缘无故"地意识到"今是而昨非"，蓦然发现其从未意识到的、由外在大自然引发而来的那种"善根"：

> "为了要活得幸福，应当怎样生活呢？为什么我以前是不幸福的呢？"于是他开始回忆他从前的生活，可是他对自己厌恶起来。他觉得自己曾是一个苛刻的利己主义者，虽然他当时实在并不需要什么。他不住地往四外张望，看看被阳光穿透的绿荫，看看落日和明朗的天空，始终觉得自己跟刚才一样幸福。"为什么我现在是幸福的？以前我为了什么而生活？"他想道。"我为了自己曾是多么苛求，曾是如何挖空心思而一无所得，得到的只是耻辱和痛苦！而我现在并不需要什么却得到了幸福！"忽然有一道新的光明使他豁然开朗。"幸福原来是这样的，"他自言自语地说，"幸福乃在于为他人而生活。这一点是明确的。人人都有获得幸福的要求；因此，这种要求是合乎情理的。用自私自利的方法满足这种要求，也就是说，为自己寻求财富、荣誉、舒适的生活、爱情，可是，有时由于种种情况，不可能满足这些欲

望。由此看来，不合乎情理的是这些欲望，而不是想获得幸福的要求。不论外界的条件如何，而永远都可以得到满足的是什么欲望呢？究竟是什么呢？是爱，是自我牺牲！"发现了这个在他看来是新的真理以后，他是如此高兴和激动，他跳起来，急不可耐地想寻找他可以为之快点牺牲自己的人，可以为之做善事的人，可以爱的人。"既然我什么都不需要，"他老是在想，"为什么不为他人而生活呢？"他拿起枪，一心想快点回家去好好想想这个问题，并且找一个做善事的机会，他于是就走出了密林。（3：227）

来到高加索的奥列宁，此时处在茂密的森林中，第一次意识到自己以前"曾是如何挖空心思而一无所得，得到的只是耻辱和痛苦！"同时也是第一次意识到除了那些"为自己寻求财富、荣誉、舒适的生活、爱情"等这些不合乎情理的、肉体欲望之外，还有一种自我牺牲的、"爱"的情感。显而易见，这种情感实际上一直潜藏在奥列宁的内心深处，只不过他所身处的上层社会的生活及由之而来的各种欲望把它遮蔽起来，此刻正是大自然触发了他的这种自然的、善的情感，使他找到了内心中那个本然的"我"，亦即那一符合人的自然本性的"我"，并引领他走向一种生活的新天地——用理性的、有意识的爱去追求其现在觉悟到的生命存在的道德意义。在后文中我们看到，即便是在他看来美好的、同时他本人也倾慕不已的自然之子的生活也让其割舍不下自己此时发现的这种生命真理，他正是怀着这种生活信念离开了高加索。之后，我们从托尔斯泰的创作中可以看出，奥列宁并没有放弃自己的道德理想，他的精神的同貌人正沿着他的足迹进行着同样的探索。但对于我们此处谈及的奥列宁而言，不难看出，他是在大自然的启发下，觉悟到其心中的自然善，从而走向一种追求道德生命的生活的。

在某种程度上，《战争与和平》中的安德烈·博尔孔斯基公爵与奥列宁相似，他也是在大自然的触发作用下对自己现在的生活有了全新的认识。与此相关的是这部小说中一处著名的情节，即安德烈公爵望着高远、寥廓的天空而冥想的一幕：

在他的上面除了天空什么也没有，——高高的天空，虽然不明朗，却仍然是无限高远，天空中静静地飘浮着灰色的云。"多么安静、肃穆，多么庄严，完全不像我那样奔跑，"安德烈公爵想，"不像我们那样奔跑、呐喊、搏斗。完全不像法国兵和炮兵那样满脸带着愤怒和惊恐互相争夺探帚，也完全不像那朵云彩在无限的高空中那样飘浮。为什么我以前没有见过这么高远的天空？我终于看见它了，我是多么幸福。是啊！除了这无限的天空，一切都是空虚，一切都是欺骗。除了它之外什么都没有，什么都没有。甚至连天空也没有，除了安静、肃穆，什么也没有。谢谢上帝！……"（5：371）

可是就在这次的奥斯特利茨战役之前，安德烈公爵还把它想象成自己所长久期待的土伦战役，想象它会为自己带来巨大的成功，他"向往这个，向往荣誉，向往出名，向往受人爱戴"，并且想到，只要自己能"得到片刻的荣誉，出人头地，能得到我不认识的，而且也不会认识的人们对我的爱戴，不论看来是多么可怕，多么不近情理，我可以立刻把他们全都割舍……"（5：350）。但应该说，正是此处安德烈躺在战场上而望着的高空，让他意识到自己原来的这种认识多么微不足道，而自己此前的生活只不过充满了虚伪和欺骗，让他意识到什么是真正的生命。显而易见，对安德烈而言，对生命的这种反省和认识，在他还是第一次。他在看到自己当前生活充满虚假的同时，所真正意识到的则是自己的那种自然的、此前迷失的人之为人的生命。正是在这种意识的作用下，在他亲眼看到自己此前所仰慕并奉为榜样的拿破仑时，他便一反常态地感到这个人是多么的无足轻重："他看见他上面那个遥远的、高高的、永恒的天空。他知道这是拿破仑——他所崇拜的英雄，但是此刻，与他的心灵和那个高高的、无边无际的天空和浮云之间所发生的一切相比，他觉得拿破仑是那么渺小、那么微不足道。"（5：385）

同样地，像奥列宁一样，安德烈于外在的大自然的物象（天空）的启发下，第一次觉悟到了生命之真后，便走向了有意识的精神探索之路。但与前者不同的是，在小说中，随着奥列宁离开高加索，他的精神探索也戛然而止了（小说至此处已结束——作者注）。而安德烈公爵的精神探索较之相对丰满得多。他在小说中经历了一条充满曲折的道路。在他意识到生命的真谛在于"对弟兄们、对爱他人的人的同情和爱，对恨我们的人的爱，对敌人的爱"（7：1080）时，已经是小说的末尾，也是其人生的终了，并且是他的生活中也发生了许多重大变故之后的事情了。托尔斯泰在早年（1857）所写的一封信中曾说："要诚实地生活，便要去挣扎，有迷惘，去追求，犯错误，开始，放弃，再番开始，再番放弃，还要永远地斗争和忍受牺牲。"① 其实，包括安德烈公爵在内的托翁笔下的许多正面形象所走的往往不是一条一帆风顺、坦荡无阻的道路，而是如托翁所说的这样的一种充满波折的道路。

托尔斯泰曾说过，"在人的理性意识和他的动物性个性之间的关系中表现出来的人的真正的生命，只能从否定动物性个性的幸福开始；而否定动物性个性的幸福，有时以理性意识的醒悟开始的"②。通过奥列宁和安德烈公爵的精神探索的经历，我们所看到的正是托翁所谈及的这一方面。不难看出，他们对自己肉体生命的否定正是建立在意识到自己生命的自然本性"爱"的基础之上的，他们从自身觉悟到的这一情感最终引导他们自觉地追求一种理性的、道德的生活。

在托尔斯泰的创作中，皮埃尔·别祖霍夫和康斯坦丁·列文这两位著名的"忏悔"贵族形象在寻求生命的道德理想过程中，同样受到了大自然这一至善意象的引领和"神启"。只不过大自然对他们两人的作用与前者对奥列宁和安德烈公爵的作用有所不同，大自然不是在皮埃尔和列文还未走向精神探索之前出现并启示他们认识到生命之真和生命之善的，而是出现在他们有意识地进行精神探索的过程之中、但还没有找到真正的人生目标的时候，此时出现在他们眼前的大自然与他们探索的心境相合③，亦即是说，内在的精神探索与外在的完善的、神性的大自然的激发彼此呼应，使他们对生命的意义有了与此前不同的认识。对于皮埃尔与大自然，《战争与和平》中曾提及：

> 天气严寒而且晴朗。在肮脏的、半明半暗的街道上方，在黑糊糊的屋顶上方，伸展着撒满繁星的灰暗天空。皮埃尔只有在仰望天空的时候，才不觉得人世的一切，比起他现在灵魂的高度，是那么卑鄙可耻。在阿尔巴特广场的入口，一大片灰暗的星空展现在皮埃尔的眼

---

① Толстой Л. Н., *Полное собрание сочинений в 90 томах*, *Т. 60*, М.：Государственное издательство художественной литературы，1949，C. 231.

② ［俄］列夫·托尔斯泰：《天国在你们心中》，李正荣、王佳平译，上海三联书店1997年版，第36页。

③ 在一定程度上，前文所述的《一个地主的早晨》中的涅赫柳多夫与此情形相仿佛。

前。几乎是在这片天空的中央，在圣洁林荫道上方，悬着一颗巨大的明亮的一八一二年彗星，据说这是一颗预示着各种灾难和世界末日的彗星，它周围被撒满了的星斗拱卫着，它不同于众星的是它低垂地面，放射白光，高高地翘起长尾巴。但是在皮埃尔心中，这个拖着光芒四射的长尾巴的明星，没有引起任何恐惧的感觉。相反，皮埃尔怀着欣赏的心情，用那被泪水浸湿了的眼睛望着这颗璀璨的明星——它以无法形容的速度，沿着抛物线在无限的空间飞驰，忽然间，就像一支射向地球的利箭，在黑暗的天空中刺入它选定的地点就停住了，强劲地翘起尾巴，在无数闪烁的星星中间，炫耀着它的白光。皮埃尔觉得，这颗彗星和他那颗生气勃勃地走向新生活、变得软化和振奋起来的心灵完全吻合。（6：801）

这是出现于皮埃尔进行精神探索过程之中的一幕。在此之前，安德烈和娜塔莎订婚以及他那在共济会的导师去世这两个消息让皮埃尔意识到"先前生活的魅力对于他完全消失了"（6：711）。但随后发生了娜塔莎和阿纳托利·库拉金私奔的事情，娜塔莎为之后悔不已，心情处于极度悲伤和痛苦之中，此时的皮埃尔怀着无私的爱去抚慰娜塔莎受伤的心灵，自己的这种行为让他感到一种新生活的力量（当然，在很大程度上也有娜塔莎和安德烈之间的关系在表面上已经结束这层原因），所以，在这里，皮埃尔觉得，"这颗彗星和他那颗生气勃勃地走向新生活、变得软化和振奋起来的心灵完全吻合"。有学者指出，"就像《战争与和平》中的其他星体一样，彗星体现了一种理想，它赋予大自然和人的心灵以意义。不过，在这种情况下，理想关涉到的是人的情感，而不是理性"[①]。这种情感作家在小说后文中给我们揭示出来：

皮埃尔从罗斯托夫家出来，回味着娜塔莎感激的目光，遥望那高悬空中的彗星，从这天起，他感到，在他的生活中出现了新的东西——永远折磨他的那个问题，即尘世间一切都是梦幻和毫无意义的问题，在他的心中消失了。那个可怕的问题："为了什么？为了什么

---

① Орвин Д. Т., *Искусство и мысль Толстого*：*1847—1880*, СПб.：Академический проект, 2006, С. 54.

目的?”过去不论做什么，心中总是想着这个问题，现在并不是给他另换了一个问题，也不是对先前的问题有了解答，而是在他心目中老有个她（着重号为原文所有——作者注）。不论是在听还是亲自参加那些无聊的谈话，不论是在看书还是听到日常生活中的卑鄙无耻和愚昧无知，已经不像先前那样令他吃惊了；他不再问自己：即然一切都是过眼云烟和不可知，人们何必还忙忙碌碌，但是他老回忆最近一次他所看见的她的模样，而且他的一切怀疑都消失了，并不是她解答了他心目中的问题，而是一想到她，就立刻把他带到另一个光明璀璨的精神境界，其中不可能有是或者非，那是一个令人值得活下去的美和爱的境界。(7：882)

显而易见，上文中的“她”，并不是一个特定的人，而是一个抽象的观念，即通过自己安慰娜塔莎而意识到的、同时在大自然的物象触发下更加坚定了的一种情感：爱他人。这种“爱”显然不是只对一个人的自私的爱，而是一种无私的、乐于奉献的爱。这是皮埃尔在自己以前的社会生活和精神探索中从未体会到的一种情感。① 但皮埃尔的精神探索并没有由此而终止，后来他在自己的波折的经历中再一次从普拉东·卡拉塔耶夫那里体会到了这一思想，从而使之更加坚定了自己的人生信念。

就大自然出现的时机而言，《安娜·卡列宁娜》中的列文受到大自然的影响与皮埃尔有所不同，他是在自己紧张的精神探索的最后从大自然那里得到了最终的启悟的。但就其作用的形式而言，这同样表现为一种由内向外的运动，即列文内心所想与外在的大自然对自己的启示相应，不过此时大自然已处于一种相对次要的地位：

于是他现在觉得没有一条教会的教理能够破坏主要的东西——就是作为人类唯一天职的、对于上帝和对于善的信仰。

教会的每条教义与其说是表示为个人需要而服务的信念，不如说表示为真理而服务的信念。每一条教义不但不会破坏这种信念，而且

---

① 虽然皮埃尔所加入的共济会同样也宣扬团结友爱精神，倡导慈善活动，但他从中看出了这种理论与实践的脱离，所以他并没有从中真正获得爱他人的情感。皮埃尔与托尔斯泰笔下的其他“忏悔”贵族一样，都不是在既定的理论指导下，而是通过自身的生活实践切身认识到其生命的道德理想。

在完成那种在世界上不断地出现的伟大奇迹上是万不可少的，这种奇迹使得每一个人，千百万各色各样的人：圣贤和愚人、儿童和老人、农民们、利沃夫、基蒂、国王和乞丐都可能确切地了解同样的事情，而且构成一种精神生活，只有这种生活才值得过，只有这种生活才是我们所看重的。

仰卧着，他现在凝视着那高高的、无云的天空。"难道我不知道这是无限的空间，而不是圆形的苍穹吗？但是不论我怎样眯缝着眼睛和怎样使劲观看，我也不能不把它看成圆的和有限的；尽管我知道无限的空间，但是当我看到坚固的蔚蓝色的穹隆的时候，我毫无疑问是对的，比我极目远眺的时候更正确。"

列文不再往下想了，只是好像在倾听正在他心里愉快而热切地谈论着什么的、神秘的声音。

"这真的是信仰吗？"他想，幸福得不敢相信了。"我的上帝，我感谢你！"他说，咽下涌上来的呜咽，用双手擦掉满含在眼睛里的眼泪。（10：1039）

由小说前文，我们知道，列文在与农民聊天之余，从他们谈及的农民福卡内奇那里感悟到了自己的人生信仰。所以，他的这种信仰也同样并不是得之于一种理性的教条，而是如他所说，是"生活本身给予了我这个答案，从而使我认识了什么是善，什么是恶"（10：1036）。根据上文，显见，他的这种信仰其实同样也是一种对人之善的本性的认识，正是这种认识，让列文意识到："我的整个生活，不管什么事情临到我的身上，随时随刻，不但再也不会像从前那样没有意义，而且具有一种不可争辩的善的意义，而我是有权力把这种意义贯注到我的生活中去的！"（10：1061）

由前述可见，皮埃尔和列文对各自人生道路的探索与前文述及的奥列宁与安德烈亦有另外的一种不同，他们寻求生命意义的过程主要地并不是建筑在否定个人之前生活的基础上，而是在大自然的感召下意识到了自己的人生使命，这种认识是他们所身处其中的生活一步步向他们揭示出来的，这一点，也即如托翁所说，"那种我所意识到的并称之为生命的东西，是在我自身以及在其他生命身上对'我（Себя）'、对'共同的因素

（единое начало）'的一点点的开显"①。显而易见，作家此处所说的"共同因素"便是作家日后所谈及的"人人同一灵魂"，亦即人的那种天然而具的、爱的本性。这一点，亦同为皮埃尔和列文所意识到。

统而观之，托尔斯泰笔下的那些正面的贵族形象，大都是受到大自然的影响，觉悟到自己内心的自然善，并在它的引导下走向或者坚定了自己的人生道路。这一情形，诚如一位俄罗斯学者所述，"对于诸如列文、奥列宁、涅赫柳多夫等托尔斯泰笔下这些追寻自然生命（естественная жизнь）、努力与人民相接近的贵族人物来说，大自然起到了一种荡涤心灵的作用，在大自然的影响下他们身上出现了道德的复苏（моральное оздоровление）"②。从根本上，他们当中每一个人所追求的都是一种道德人生，这是一种诉诸理性的、有意识的追求，在这种追求当中，我们能够看到的则是大自然所激发的那种无私的爱的情感，换句话说，他们都是在自然善的感召下走向一种追求道德善的道路的。

第三节　《哥萨克》与自然之子

一　小说创作的历史及其主题的确立

1852 年，托尔斯泰尚在高加索服役期间，便开始构思这部以所处地域为题材的小说。但作家想把哥萨克人的生活诉诸笔端的想法，可以追溯至更早。托尔斯泰在 1851 年随其大哥尼古拉到高加索后，便曾在日记中记下："我怎么来到了这里呢？不知道。为了什么？也不知道。我想写很多东西，写从阿斯特拉罕到这个村镇的旅途见闻，写哥萨克人，写鞑靼人的怯懦，写草原……"③ 与之前同为高加索题材的两部小说《袭击》（Набег，1852）和《伐林》（Рубка леса，1855）相比，《哥萨克》这部小

---

① Толстой Л. Н., *Полное собрание сочинений в 90 томах*, Т. 56, М. : Государственное издательство "художественная литература", 1949, С. 356.

② Бурнашёва Н. И., *Л. Н. Толстой: энциклопедия*, М. : Просвещение, 2009, С. 505.

③ Толстой Л. Н., *Полное собрание сочинений в 90 томах*, Т. 46, М. : Государственное издательство "художественная литература", 1937, С. 60.

说在托尔斯泰那里写得并不顺利。从下笔到 1862 年 8 月，小说最终得以完成，并于次年发表在《俄国通报》上，作家为创作这部小说断断续续花去了十余个年头。此中创作的艰难和辛苦，我们作为读者无法切身体会到，但仍可从作家对作品形式和题名的多次取舍中可见一斑：托尔斯泰开始想以诗体的形式写作这部小说，因此这部作品最初曾一度以诗歌和小说两种形式的草稿并存；另外，作家初始也曾把作品题以《青春》（молодость）的篇名，以期与之前的自传体三部曲统一起来，合成四部曲，实现以小说的形式反映"成长的四个时期（четыре эпохи развития）"的愿望，但随着作家对小说内容的考虑及新的题材的引入，作家放弃了这种想法，后来也没有采用草稿的另一题名《逃亡者》（Беглец），最终定名为《哥萨克》，但作家早期草稿中所构思的一些内容仍在终稿中有所保留，并未为作家所完全放弃。①

　　然而，对于这部小说的创作，让作家尤为犯难的是，他总是无法为之安顿一个合适的思想。托尔斯泰曾在日记中记下，"对这部高加索的东西，我很不满意。写东西不能没有思想"②。20 世纪 50 年代末，作家自身出现了一种精神危机，他放弃了写作，专注从事人民子弟的教育事业，但也正是这种活动让他认识并回复到"先前的那种自然人（естественный человек）要比文明人在道德上优越的观念，呼吁有文化的阶层向劳动人民学习"③。作家通过一贯的、紧张的精神活动从劳动人民身上看到了他们所具有的那种纯粹的内在美和朴素的智慧，由此得来的认识也引领他从精神危机中走出来。孟子所说的"反身而诚，乐莫大焉"这句话可以说是托尔斯泰这一时期内心活动很好的写照。托尔斯泰"过去曾紧张地在纯幻想的境界和道德问题范围内寻找避难所，如今以同样的热情冲破固定观点和公认理论的束缚，转向了人民，转向了人民的生活。托尔斯泰在创作危机之后所发表的第一部艺术作品就是《哥萨克》"④。所以我们看到，在《哥萨

---

① Гулин А. В., "Две «повести» в «Казаках» Л. Н. Толстого", *Толстой и о Толстом（Вып. 3）*, М. : ИМЛИ РАН，2009，С. 45－61.

② ［苏］赫拉普钦科：《艺术家托尔斯泰》，刘逢祺、张捷译，上海译文出版社 1987 年版，第 63 页。

③ Чуприна И. В. , *Нравственно-философские искания Л. Толстого в 60－е и 70－е годы*，Саратов：Издательство саратовского университета，1974. *С.* 76.

④ ［苏］赫拉普钦科：《艺术家托尔斯泰》，刘逢祺、张捷译，上海译文出版社 1987 年版，第 62 页。

克》里，托尔斯泰突出了对人民形象的刻画，加强了对下层人民生活的反映，把作品的重心放在了张扬人民的自然生活的一端，集中地表现了其平民化的思想。这种平民化思想其实也正是我们现在所论及的小说的生命的自然性思想的一部分。

二　《哥萨克》中的大自然与人的生命自然

在托尔斯泰的小说中，不乏对自然风物的描写。但是，"大自然在托尔斯泰的任何其他作品里都没有像在《哥萨克》里那样，在艺术结构上和叙述过程中起过如此重要的作用。它在这里好像扮演着某种角色，并且不是次要的角色，实质上是作品的主要'人物'"①。这一"人物"为作品中的其他主要人物提供相对封闭的日常生活的环境，两者融合无间，达到了高度的、近乎完美的统一。因此，同以往和日后的作品一样，在这部小说中，大自然与人的身心自然有着密切的直接的联系，因此它不仅在诗学结构上，而且在主题揭示上也负载着重要的功能。这种主题体现的正是一种生命的自然性的思想，即人的生活离不开大自然，与其相和谐一致的生活才是真正的生活。

在托尔斯泰笔下，大自然具有调适身心情感的重要作用。与大自然相接近，经受其陶冶濡染，可以使人的内心远离各种物质欲望的束缚，使其生活变得纯净自然，激发其过一种远离虚伪的生活的愿望。这是托翁世界观的一个重要特征，也是其文艺创作的一个手法，这一点在这部小说中体现得尤为明显。小说中心人物奥列宁来自莫斯科的上层社会，作为富家子弟他享有充分的"自由"，这是一种没有道德规范和生活准则的"自由"，这种"自由"让他不知道把青春往何处安放。他怀着幸福的心情，怀着对莫斯科的回忆，远赴高加索，想开始一种新生活。随着离开都市生活越来越远，离得高加索越来越近，满眼望去身边全部是寥廓的大自然的时候，"他的心境也就越来越畅快"（3：186）。而当他第一次看到雄伟静穆、连绵不断的雪山之后，他所感到的是一种让他惊异不止的美。也就是"从这一刻起，只要是他所见的，所想的，所感的，他觉得都获得了一种新的特性，像山那样严峻端庄的特性。一切莫斯科的回忆、羞愧、悔恨，一切对

---

① ［苏］赫拉普钦科：《艺术家托尔斯泰》，刘逢祺、张捷译，上海译文出版社1987年版，第65页。

高加索的可鄙的幻想，统统消失了，一去不复返了"（3：188－189）。大自然自此进入了奥列宁的生活，也让他进入了一个新天地。正是外在的大自然的亲和及怡情作用，他逐渐认识到什么是真正的生活。这种真正的生活，不是他"没有走高加索军官的旧辙"（3：280），而是通过与哥萨克村民的交往、特别是与叶罗什卡一起相交流以及日常的打猎，感受大自然等活动过程中切身体会到的：

> 奥列宁对哥萨克村子的生活是如此习惯，过去对于他仿佛完全成为陌生的了；未来，特别是在他现在生活的环境以外的未来，简直使他不感兴趣。接到家里或者亲戚朋友的信，他感到受了侮辱，因为他们把他当作一个似乎毁灭的人而为他悲伤，可是，他在这村子里却认为那些不愿像他这样过生活的人才是毁灭了的。他深信，他脱离了从前的生活，并且这样离群索居和与众不同地在这村子安顿下来，他永远不会后悔的。在出征时，在要塞驻扎时，他觉得很好；但只有在这里，只有在叶罗什卡大叔的庇荫下，在这森林里，在这所村头的茅屋里，特别是在想起玛丽亚娜和卢卡什卡的时候，他对他从前所过的生活的全部的虚伪才看得清楚，那种虚伪当时已经使他愤怒，而现在简直使他觉得难以形容的厌恶和可笑。他一天比一天感到自己在这里更自由，更是一个人。（3：296－297）

在托尔斯泰的小说中，那些与大自然朝夕相处的下层人民以及洋溢着"活跃的生命"的人物，与大自然的物我交融、和谐一致正是他们的生活本身。他们从未去考虑过生命意义的问题，他们的生命意义是他们自身生活的自我言说和自我彰显，也就是说，生命无意识是他们的最大的精神特征，因此这里面便谈不上大自然对他们的生命意义有无启发的问题。在这里，能从大自然当中获得生命意义的体悟与启迪的人，往往是像奥列宁这样来自文明社会的人物。当然，大自然的这种触发作用也并非对来自这一方面的人物一无例外地全然有效，它往往只对作家笔下的那种"思想"的人物（«мыслящие» персонажи），亦即思考"活着为什么"的人物才产生效应，也只有这些人物能够意识到"以往之不谏"[①]，认识到接近大自然、

---

① "悟以往之不谏，知来者之可追"为陶渊明《归去来兮辞》中句。

摈弃各种名利的淳朴的生活的可贵。因此，对于那些同样来自这一社会，从未驻足考虑生命意义何在，把追逐虚荣和声誉看作其存在的真正的意义的人物而言，他们的那副利己主义的躯壳不但不会从完美的大自然那里获得精神的共鸣，反而会给其中的生活带来恶劣的影响，在小说中我们可以从奥列宁的同事别列茨基公爵那里获得这一印象。后者虽然很快融入了哥萨克人的生活，但在内心却对之拒斥，因为他念念不忘自己的前程和进阶，所以即便是同为"浪荡公子"的毕巧林也远高他一筹，因为后者不想与恶俗同流，而只好从玩乐中虚掷生命，而别列茨基则是把这种生活看作一种应然的生活，从而使种种不道德的"文明"陋习染污了哥萨克村庄的纯净的空气。梅列日科夫斯基曾深刻地体会到托尔斯泰的这种创作手法，他认为在作家那里，"不在于人物说什么，而在于关于人物有何言说"①。而在托尔斯泰对奥列宁和别列茨基两相对比的言说中不难看出，托翁所确立的正是奥列宁对真正生命的体悟，所张扬的正是在这种体悟中认识到的一种朴实简单的生活的原则。这种原则所体现的正是这篇小说字里行间所焕发的那种生命的自然性的思想。

三　自然与文明对立之中的生命的自然性

在这部小说中，除奥列宁和别列茨基两人所体现的一种生命观念的对立外，其实通篇可见一种自然世界和文明社会的对立，以及自然之子和文明之子的对立，在这种两相对立比较中体现了一种生活原则的差别，前者依照自然的法则（естественный закон），后者则依照人世的法则（человеческий закон）。② 这是从《卢塞恩》等托尔斯泰早年的创作中我们便已领略到的内容，也是托翁早期创作中一贯运用的手法。具体到《哥萨克》，我们可以看出，通过这两个层面的对照，通过对生命自然性思想的

---

① ［俄］梅列日科夫斯基：《托尔斯泰与陀思妥耶夫斯基》（卷一），杨德友译，华夏出版社2009年版，第229页。
② 在1857年3、4月间，托尔斯泰在给瓦·彼·博特金的信中，曾述及他在巴黎看到的行刑一幕及其心理上极为痛苦的情形。就在这封信中，托尔斯泰表示："人类的法律荒谬之极！确实，国家不仅仅是为了剥削，而主要是为了使公民道德败坏而缔结的阴谋。……我懂得道德规范、精神和宗教规范，它们对谁都不是强制性的，它们引人向前，并预示着和谐的未来。我能感觉到艺术的规律，他们永远给人幸福。但是政治的规律在我看来是极端的虚伪，我看不到其中还有什么好和坏。"（16：59）

确立和张扬，小说的这一主题得到了极大的深化从而也更为显豁地呈现出来。应该说，小说中所采取的自然与文明相对立的视角以及扬前抑后的态度是托尔斯泰从卢梭那里借鉴而来的。托尔斯泰在高加索服役期间通读过卢梭的作品，并在日后把后者学说引为至爱，因此创作于这一时期及后来的作品中不时可以看到卢梭学说的影子。后世的评论家谈到《高加索》这部作品时，也多常常谈及其受到卢梭思想的影响。比如有学者谈及，"卢梭关于个人自由，关于为反对'虚假'的文明的束缚而'返归大自然'，回归到过一种简朴、自然（простота，естественность）生活的思想，反映在了托尔斯泰的世界观中，也体现于其诸如《卢塞恩》、《哥萨克》、《鸡蛋大的麦粒》等作品中"①。

实际上，小说中自然世界和文明社会的对立，具体而言，在很大程度上是通过作品中自然之子和文明之子的对立而具体体现出来。文学作品中的自然之子往往指这么一类文学形象：他们自始至终与大自然保持着密切的联系，经受大自然的濡染而保持着纯美无瑕的内在精神面貌。纯朴无伪、自然率真是这一类人物从生活中所折射出来典型的精神内里和生命特征。在俄罗斯文学中，普希金较早地在他长诗《茨冈》（Цыганы，1824）② 中通过茨冈姑娘真菲拉（Земфира）塑造了这一类的人物；而托尔斯泰则通过《哥萨克》（Казаки，1852 – 1863）这部小说进一步丰富了俄罗斯文学中这一形象的画廊。他在小说中通过对哥萨克人居住的诺沃姆林斯克镇的日常生活的描写，刻画了一幅自然之子的群像，他们"心地单纯、精神健康和有自尊心"③，正是从这些人物身上（其中最为突出是老猎人叶罗什卡和哥萨克少女玛丽亚娜）展现出小说鲜明的生命自然性主题。

在哥萨克村镇里，来自莫斯科的文明之子奥列宁与叶罗什卡老人交往最多，后者是一位纯粹的自然之子，他的整个身心是与大自然融为一体的，他深知动物的生存习性，也知道它们与人并没有什么两样。在与奥列

① Бурнашёва Н. И., *Л. Н. Толстой*: энциклопедия, М.：Просвещение，2009，С. 709.

② 对于《茨冈》这部长诗，托尔斯泰深为喜爱，早年曾反复阅读多次。托尔斯泰在 1854 年 7 月 10 日的日记中曾记下："普希金的《茨冈人》震撼了我，奇怪的是，在这以前我不理解他们。"（17：59）在 1856 年 6 月 7 日亦在日记中写下："《茨冈人》像我第一次读它时一样美。"（17：71）

③ ［苏］赫拉普钦科：《艺术家托尔斯泰》，刘逢祺、张捷译，上海译文出版社 1987 年版，第 66 页。

宁谈到野猪时，他说："你以为野兽是傻瓜？不，它比人还聪明呢，尽管你叫它猪。它啥都懂。……你想杀死它，它想活着在林子里游玩。你有你的法律，它有它的法律。它是猪，可是它并不比你差；它也是上帝造的。唉呀！人是愚蠢的，人愚蠢啊，愚蠢啊！"（3：243）人虽然贵为万物之灵长，但在叶罗什卡看来，他与大自然以及大自然中的"野生"生命相比，并没有优越性可言，是无足轻重的。在托尔斯泰笔下，这位老人确实是与文明绝缘的或者说是不开化的，因为他不明白奥列宁为什么写东西，以为他在写"损人利己的状子"（3：304）。但是，即便如此，从前述可以看出，在这位老人身上并不缺乏智慧，他身上凝结着一种来自大自然的、朴素的智慧。因此，我们便也不难理解，他的世界观中为什么充满了一种彻底自然性的思想：在他看来，上帝创造万物就是让人享乐的，这里面什么罪恶都没有；"人死了，坟头上不过是长长青草，再没别的"（3：240）。对于这一点，小说中的奥列宁也看得很清楚，他认识到，这里的"人们象大自然一样地生活着：死，生，结合，再生，战斗，喝酒，吃饭，欢乐，然后又死，除了受自然加之于太阳、青草、野兽、树木的那些条件限制之外，不受任何条件的限制。他们没有其他的法则……"（3：297）。赫拉普钦科曾表示，"在托尔斯泰创作《哥萨克》时给自己提出的任务中，包含着联系自然规律（законы природы）说明人的'自然'存在（«естественное» бытие）的规律这个要求"[1]。通过叶罗什卡这一形象以及上述奥列宁总结性的表述，我们可以体会出这位文艺家的对《哥萨克》这部小说的认识深刻之处，它虽然简短，却一针见血地指出了这篇小说的思想内蕴。

"为人单纯（прост）"（3：248）是叶罗什卡的自称之言。其实在这句话的背后，或者说在叶罗什卡的意识当中，蕴含着一种朴素的道德观，即他认为"世上什么罪恶都没有"（3：240）。但是，他也认识到，人一旦失去其本性便会成为罪恶之源，所以他对俄罗斯人的戕害无辜深恶痛绝："有一次我坐在水边，看见一个摇篮从上游漂来。一个非常完整的摇篮，只是边儿破掉一点。于是念头又来了。这是谁的摇篮？我想，一定是你们当兵的魔鬼到了车臣人的村子，抓车臣女人，不知哪个魔鬼把小孩弄

---

① ［苏］赫拉普钦科：《艺术家托尔斯泰》，刘逢祺、张捷译，上海译文出版社1987年版，第379页。

死了：抓起腿来就往墙角上摔。他们做不出这种事吗？唉，人是没有心肝的！一想到这里，就怜惜起来。我心里想：扔了摇篮，抓走了女人，烧了房屋，他们的骑手就拿起枪，到我们这边抢劫来了。"（3：242）可以看出，在这位打猎老人所叙述的事件中，左右着"你们当兵的"行为的，正是一种背离了道德的"人世的原则"，也正是这种原则践踏了人身上的天然的、自发的善性，在人们之间，在民族之间播撒下仇恨。当代俄罗斯对托尔斯泰深有研究的知名学者 A. M. 兹韦列夫述及叶罗什卡的这一方面的精神特征时曾指出，"《哥萨克》让人惊讶之处在于，它好似第一次在文学中把'朴实（простота）'不是作为一种抽象的观念，而是作为一种切切实实对世界的感受（реальное мирочувствование）呈现出来。这种感受指的是，它使人思考那种自然的、自生到死都保存下来的对公正、人性与尊严的认识并在行为上与这些认识保持一致"①。

　　叶罗什卡是一个眷念哥萨克古风，并保持着那时的信仰的老人。他虽然有时也谈上帝，但他所皈依的是一种自然宗教，或者说"自然善的神学（богословие естественной положительности）"②。在他看来，不管哪一个教派，在他都是一样。所以他说，"各有各的规矩。……就拿野兽说吧，它生活在鞑靼人的芦苇丛里，也生活在我们的芦苇丛里。他走到哪里，哪里就是家，上帝给他什么，他就吃什么"（3：240）。他的这些话让我们想起了《黑暗的势力》中的阿基姆、《复活》中涅赫柳多夫在渡口遇到的老人，以及《神意与人意》（Божеское и человеческое，1905）中那位同样以自然法的观念看待生活的老人等。显而易见，他们所秉持的都是一种生命的自然观。因此，这里应当指出，叶罗什卡等以老人的面貌出现并不是偶然的。我们知道，托尔斯泰认为人生的理想境界是天真未凿的童年时期，但是，他同时也非常推崇人生的老年，认为老年人的智慧与孩子的道德纯洁一样，在生命的自然性上是共通的，这也是其笔下那些不乏生命自然性的老年人物占有较大比例的原因。

　　前辈学者布尔索夫在他所著的《列夫·托尔斯泰》一书中曾指出："《哥萨克》中的大自然的美是人生活在其中的那个世界的美。在这里，人

---

① Зверев А. М.，Туниманов В. А.，*ЛевТолстой*，М.：Молодаягвардия，2007，С. 192.

② Ричард Ф. Густафсон，*Обитатель и Чужак. Теология и художественное творчество Льва Толстого*，СПб.：Академический проект，2003，С. 69.

的外在和精神的美以及哥萨克人的生活方式的美与大自然相和谐同一。"①
小说中，极具个性魅力的中心人物玛丽亚娜便是其中一位体现这种和谐美
的女性形象，她"性情开朗，直率无隐，朴素自然"②，同样也是一位自然
之子。在小说中，作家着重刻画了玛丽亚娜的外在的美："她丝毫不俊俏，
然而是美人。她的脸型可能使人觉得太刚毅，甚至近乎粗野，但是她身材
高大挺拔，胸脯和两肩强壮，主要的，她那双黑眉下被阴影遮着的长长的
乌黑的眼睛含着既严厉又温柔的表情，还有她那嘴的表情和微笑非常甜
蜜。她轻易不笑，但是她一笑总是妩媚动人。她身上洋溢着处女的魅力和
健康的气息。"（3：292）显而易见，这不是一种娇柔、华贵和招摇的美，
而是一种朴素的、自然的和不张扬的美，这种美恰恰是与她生活其中的环
境相映相衬且相辅相成，她是大自然的化身，即如小说中透过奥列宁的眼
光所描述的，她"像山峰和天空一样美丽"（3：322）；"像大自然一样平
稳宁静"（3：323）。梅列日科夫斯基曾谈及托尔斯泰，认为"他爱自然
中的自身和自身中的大自然。……托尔斯泰的力量和弱点恰恰在于他从来
没有能够彻底地、完全清晰地把文化与自然自发分开，把人从自然中提取
出来"③。这是托尔斯泰刻画人物的一个重要的手法，我们从其笔下的许许
多多人物，包括这里的玛丽亚娜形象上可见一斑。

其实，在很大程度上，正是玛丽亚娜的这种纯真、朴实的美，让奥列
宁意识到了他之前生活的鄙俗和虚伪，看到那种"真正的、没有被虚伪所
扭曲的自然生活（естественная жизнь）才是一种理想的生活"④："而一想
到那些客厅、那些掺有假发的抹油的头发，那些不自然地禽动着的嘴唇，
那些遮掩起来的、奇形怪状的瘦弱的四肢，以及客厅里那些本来不配称作
谈话而勉强充作谈话的喁喁私语，我就感到难以忍受的厌恶。我眼前仿佛
出现了那些迟钝的面孔……出现了那些就座和让座的烦琐客套，那厚颜无
耻的情伴的撮合和那永远听不完的流言蜚语，永远看不尽的装模作样，那

① Бурсов Б. И., *Лев Толстой: идейные искания и творческий метод: 1847—1862*, М.：Государственное издательство художественной литературы, 1960, С. 397.
② ［苏］赫拉普钦科：《艺术家托尔斯泰》，刘逢祺、张捷译，上海译文出版社1987年版，第67页。
③ ［俄］梅列日科夫斯基：《托尔斯泰与陀思妥耶夫斯基》（卷一），杨德友译，华夏出版社2009年版，第176页。
④ Бурнашёва Н. И., *Л. Н. Толстой: энциклопедия*, М.：Просвещение, 2009. С. 71.

些繁文缛节……还出现了那世代相传的与生俱来的永远无法消除的苦闷（这一切都出于自觉，认为非如此不可）。……应当看见和了解什么是真和美……幸福就是生活在大自然中，观赏自然和同它谈话。"（3：321）

　　玛丽亚娜外在的朴素美是与哥萨克村庄里的生活方式联系在一起的。作为读者我们目睹不到她的形容美，但是却时时看到她总是处在劳动的场景之中。操劳家务、田地里的活计她无一不做也无一不能，由之，活泼、快乐和勤劳才是我们通过阅读这些场景对他形成的切实印象。同时，在玛丽亚娜身上不仅洋溢着朴素的美，还透露出一种内在的纯洁的美，这种美是通过他与卢卡什卡以及奥列宁之间的爱情中体现出来的。他爱卢卡什卡，并且爱得忠实、执着、不随便。她与女伴谈到卢卡什卡：

　　　　"有天夜里他骑着马回来，走到我的窗户下，醉醺醺的。他央求我。"
　　　　"你没有让他进去吗？"
　　　　"怎么能让他进来！我说了就算数，刚强得像石头，"玛丽亚娜严肃地说。
　　　　"真是好样的！只要他愿意，随便哪个姑娘都不会嫌弃他。"
　　　　"让他找别的姑娘去吧，"玛丽亚娜骄傲地回答。
　　　　"你不可怜他吗？"
　　　　"可怜，可是我不做蠢事。这样不好。"（3：312－313）

　　其实她与奥列宁之间算不上有过爱情。她对来自奥列宁这位谜一般人物（3：283）的对自己单相思式的爱情充满了不信任。在作品的结尾部分，奥列宁曾问起她：

　　　　"你嫁给我吗？"他问她。
　　　　"你哄我，你不会娶我的，"她快活而平静地回答。
　　　　"你爱我吗？看在上帝的份上，告诉我！"
　　　　"为什么不爱你呢，你又不瞎又不聋的！"玛丽亚娜笑着回答，用她那双粗硬的手捏紧他的手。"你的手多么白，又白又软和，像熟奶油似的，"她说。
　　　　"我不是开玩笑。你说你嫁给我吗？"

"只要父亲答应，为什么不嫁给你呢？"

"你要记住，如果你哄我，我会发疯的。明天我就对你的父母说，我去求婚。"

玛丽亚娜忽然大笑起来。

"你怎么啦？"

"觉得可笑。"（3：345）

　　与上文一样，同样是对话，但这一对话中所透露的玛丽亚娜的那种满不在乎和敷衍随便的语气与前一对话中迥然不同。显而易见，她与奥列宁之间不会有结果，这是注定的，从这一对话的字里行间我们便可以敏锐地感受出来，随之后文也向我们证明了这一点。其实这两人之间的"爱情"经历正好映照出玛丽亚娜身上那种像雪山一样不可接近的、庄严的美（3：321）；"他（指奥列宁——作者注）先前关于这个姑娘不可接近的想法，无疑是正确的"（3：353）。奥列宁与玛丽亚娜之间无果的"爱情"，追根究底，是不同文化和生活环境中所形成的精神气质和生命特征的不同造成的。"马丽雅娜（即玛丽亚娜——作者注）所代表的那种类型，要比奥列宁所代表的来得高超。"①

　　小说中，奥列宁是小说中与叶罗什卡和玛丽亚娜"相对"的一个中心人物，他是从莫斯科这一大都市来到边远的高加索的文明之子。但在小说中奥列宁并不是反面人物，在精神上他要远远高出他的同事别列茨基公爵。如果与同在高加索淹留过的毕巧林相比，奥列宁在精神上也同样高出许多。后者不仅仅看到了其所在的那个社会的伪善和做作，而且也知道自己生命存在的使命，他在忏悔的同时也把握住了生活的方向，这是奥列宁这一类的"忏悔贵族"与毕巧林之类的"多余人"的不同之处。

　　与托尔斯泰后来创作中的一些人物一样，奥列宁同样也是一位"思想"者（«мыслящий» человек）的形象。小说中，奥列宁独自一人来到与叶罗什卡一起打猎的森林里，躺在鹿窠旁，或者是因为"归家"了的缘故②，此时虽然他"什么也不想，什么也不希望"（3：266），但思维却表现得异常活跃，各种思想在他脑际间纷至沓来。他心头首先涌现的是"无

---

① ［苏］贝奇柯夫：《托尔斯泰评传》，吴均燮译，人民文学出版社1981年版，第117页。

② 在俄语中，奥列宁（Оленин）这一姓氏即源于"鹿（олень）"一词。

缘无故的幸福和对一切的爱"（3：266）。他想到，活着还是要比坟头上长青草要好，并且要活得幸福。"为了要活得幸福，应当怎么生活呢？为什么我以前是不幸福的呢？"（3：267）循着这一思路，思维的机器已经被他完全发动起来，此时突然一个思路如醍醐灌顶，让他有了大彻大悟之感：

> 幸福乃在于为他人而生活。这一点是明确的。人人都有获得幸福的要求；因此，这种要求是合乎情理的。用自私自利的方法满足这种要求，也就是说，为自己寻求财富、荣誉、舒适的生活、爱情，可是，有时由于种种情况，不可能满足这些欲望。由此看来，不合乎情理的是这些欲望，而不是想获得幸福的要求。不论外界的条件如何，而永远都可以得到满足的是什么欲望呢？究竟是什么呢？是爱，是自我牺牲！（3：267）

这是奥列宁对生命的感悟。它虽然第一次出现在奥列宁的意念里，但是读者对此并不陌生，因为在托尔斯泰日后的创作中我们屡屡能从他笔下人物的言语中听到，而且在这篇小说的后文也同样再次出现类似的内容："为了做一个幸福的人，要做到一件事情，那就是要爱，自我牺牲地爱，爱一切人和一切物，爱的网要伸展到四面八方：谁落进网里，就捉住谁。"（3：302）在这种爱的情感驱使下，他做出自我牺牲的第一个对象便是卢卡什卡，他送给后者一匹昂贵的马。但是，这种即兴而来的自我牺牲，以及给予特定对象的自我牺牲，本身就具有一种先天的不可持续性。在对玛丽亚娜炽热的爱恋的情感影响下，他很快便从为他人而生活，为了别人的幸福要自我牺牲的想法上退缩了："自我牺牲——这都是胡扯和荒谬。这一切都是骄傲，是逃脱应得的不幸的避难所，是对他人幸福的嫉妒的逃避。为他人而生活，做善事！为了什么呢？在我的心灵里只有对自己的爱和只有一个愿望——爱她，和她住在一起，以她的生活为生活。我现在不为别人，不为卢卡什卡祈求幸福，我现在不爱这些别的人。"（3：324）

由此看来，奥列宁关于自我牺牲的哲学并没有一个牢固的精神基础，只爱自己的想法现在在他心中作祟，他又回到了之前他那种"苛刻的利己主义者"（3：267）的境地里去，即如奥列宁对自己说，"爱上她并不是我的过错"（3：323），但是这种非但没有自我牺牲，反而企望牺牲他人的幸福而获得自己的幸福这一方式本身就有问题。不难看出，这里面有一定的虚伪、不自然的成分。虽然奥列宁在与"自然"人交往过程中看到了自己所属圈子的虚伪，但他还是没有注意到潜藏在自己意识深处的一种虚伪，或者说，那种反思抑或忏悔的光亮还没有洒进他内心的每一个角落。小说中曾提及"他老是在想，幸福在于自我牺牲。他对卢卡什卡的慷慨行为仍然不断使他快乐，他经常寻找为别人牺牲自己的机会，但这种机会没有出现。有时他忘记了这个重新被他发现的获得幸福的单方，认为自己可以同叶罗什卡大叔的生活交融起来；但是后来忽然醒悟过来，立刻抓住这个思想自觉的自我牺牲，并且凭借这个思想，他心安理得，骄傲地看待所有人和别人的幸福"（3：297）。由此可见，只有在奥列宁一时忘记了"幸福在于自我牺牲"的信条的时候，他才能融入"自然"人的生活，这里岂不是一种自我蒙蔽和自我欺骗么！虽然奥列宁从内心中还是希望"扔掉一切，入哥萨克籍，买一所小茅屋和牲口，娶一个哥萨克姑娘"（3：297），实现自己"做一个普通的哥萨克，接近大自然"（3：297）的想法，但他内心总有一个难以言传的、无形的障碍阻碍他走向这一步。在"自然人"那里，他们除了大自然的馈赠之外，一无所有，所以生活得坦然、朴实、自然；而在奥列宁那里，有着那么多的物质财富和精神牵挂，他还没有学会放弃，没有摆脱掉自己所处圈子的魔咒，没有跳出其生活在其中的利己主义的怪圈，所以总是生活得不释然，也不自然。这正是他与自然之子高下分野的地方。当然，现在的奥列宁还年轻，他仍要进行精神探索。在他离开高加索后，随着其年龄的增长，他的那些精神的同貌人诸如列文、安德烈·博尔孔斯基公爵、皮埃尔以及《复活》中的涅赫柳多夫等便锲而不舍地进行着这种探索的接力。

应该说，就奥列宁所处的圈子而言，他在精神状态上远远地超出他周围的同类人，即便如此，他的那种生命归属的"胎记"总是抹不掉。比如，仍是在鹿窠中，奥列宁清醒地感觉到，他是"一个与众不同的人"（3：266）。虽然在那里他也一时地意识到："他并不是什么俄国贵族，莫斯科交际场中的人，某人的朋友和亲戚。而不过是一个蚊子，或者是一个野鸡，或者是一只鹿，就像现在活在他周围的一切生物一样。"（3：266）但是，即如布宁对此所理解的那样，"任何一只鹿，任何一个叶罗什卡大叔都不像他那样维护自己的'与众不同'，不像他那样激烈地肯定自己的

'与众不同'，只要想一想他在爱情上的那种兽性的嫉妒心理①就够了"②。
对于自己身上的"与众不同"，奥列宁也曾想过去改变："如果我能够成为
哥萨克卢卡什卡，像他那样偷马、喝酒、唱歌、杀人、喝醉了酒爬进她的
窗户去过夜，全然不去想我是谁和我为什么这样干，那就是另一回事了，
那样我们就可以互相了解，我就会幸福了。我曾尝试投身于这种生活，然
而更强烈地感到自己的弱点和做作。我不能忘掉自己，忘掉我的复杂的、
不协调的和畸形的过去。"（3：323）从这里可以体会得到，奥列宁身上的
"与众不同"是先天的，它与"自然"人身上的自然性不同；同时也是个
性的，因为，他与本圈子里的人也格格不入。他的"与众不同"，使他怀
揣"为他人的幸福而自我牺牲"念头，但是在布宁看来，"这个真理注定
是不详的。心怀这个真理就不可能做一头鹿，或者叶罗什卡大叔。'我是
什么都一样，或者是一只野兽，跟一切野兽一样……或者是一个躯壳，其
中安装着同一上帝的一部分……'③ 不幸的是，只要你意识到自己是这样
的一副'躯壳'，那就根本不一样。鹿也罢，叶罗什卡大叔也罢，都是
'躯壳'，不过他们想不到这一点！鹿们和叶罗什卡们个个都'与众不
同'，都是个'自己'，却丝毫不想去寻找'可以为之快点牺牲自己的
人'。因此，那为生来既是鹿、叶罗什卡大叔，同时又是奥列宁者预备的
生命之路是注定不详的，奥列宁无论如何不可能像'不过坟头上长长青
草'那样死去"④。也就是说，在布宁看来，奥列宁天然地走不上像自然之
子那样的生活道路的，他注定要走另外的一条不归路，亦即为一种精神理
想而不懈探索的生命之路。事实证明，托尔斯泰小说中奥列宁的精神遗产
的后继者们所走的大都是后面的那条人生道路。

值得一提的是，在小说所展现的自然之子与文明之子的冲突中，虽然
以后者从哥萨克村镇的出走而结束，但这并不表明在这两者的冲突中自然
之子的一方占据了上风，而另一方从当中败下阵来。在作家笔下，奥列宁

---

① 奥列宁曾在自己的信中表白："我妄想从哥萨克卢卡什卡和玛丽亚娜的爱情中给自己寻找欢
乐，但这只能激起我的爱情和嫉妒。"（3：323）
② ［俄］布宁：《托尔斯泰的解脱》，陈馥译，辽宁教育出版社2000年版，第27页。
③ 该处引文为小说中的原话，刘辽逸把该处译为"不管我是什么，就算是一个野兽，跟一切动
物一样，在它坟头上只长青草，此外什么也没有，或者我是一个躯壳，其中安装着上帝的一
部分……"（3：267）
④ ［俄］布宁：《托尔斯泰的解脱》，陈馥译，辽宁教育出版社2000年版，第27—28页。

是极大地认同生命的自然性并把它作为自己的人生的理想境界的，但是他内心中"小我"（利己观念）和"大我"（精神追求）的"杂念"让他的思想安顿不下来，使得他总跨越不了这道无形的精神藩篱。因此，对于像他这样的一个探索生命意义的人，并不存在落败于自然一方的问题，而是一个如何才能与自然相和谐的问题，亦即如何使自己的人生追求与自然生活达到完美的统一的问题，这才是其中的关键。来自文明社会一方的人需要寻求一种途径，使自己完全地融入到自然中去。显而易见，小说中的奥列宁还没有做好充分的精神准备，他还需要全面地剖析自己，内在地完善自己，这样才能一步步地走向真正属于他的生命归宿。

托尔斯泰笔下的哥萨克村镇所处的是一个相对封闭的环境，是一个近乎天然状态的社会。这里有自然的人性，生活于其中的人大都是自然之子。这是一个能够得到生命自然的乌托邦，是一片桃花源般的生命净土，使得来自都市文明的人都深受感染，心灵也得到了净化。从这部小说中，可以看得出，生命的自然性不仅仅是一种生活在其中的人身心的自然美，也不仅仅是那里的大自然所呈现的和谐的、完善的美，它更是一种生活观念。这种观念所体现的，便是人的生活要与大自然相和谐一致，把人的内在美与外在的大自然的美完美地统一起来。而要达到这样的生命自然境界，最重要的是人内心要始终保持和谐的状态，克服或者远离文明的侵扰和诱惑。这是小说通过大自然及各种人物形象及这些形象的对比中所揭示出来的一种审美意蕴。

第四节　活跃的生命:娜塔莎·罗斯托娃及其同貌人

一　娜塔莎·罗斯托娃

活跃的生命不可能由任何具体的内容去规定。什么是生命？它的意义？它的目的？回答只有一个——是生命本身。生命本身是最最珍贵的东西，充满了深奥莫测的意义。一个人的任何表现可以充满着生命，那时这种表现是美好的，明快的和有意义的，如果缺乏生命，那么同一种现象也会变得暗淡无光，死气沉沉，于是在他身上，这类问题便会象坟堆里的蛆虫那样开始蠕动：什么目的？为什么？什么意义？

我们活着不是为了行善，也不是为了斗争、爱、饮食和睡。我们行善，斗争，饮食和爱，因为我们活着（此处着重号为原作所有——作者注）。而且由于我们这样生活，由于这就是生命的表现，因而便不可能产生‘为什么？’这类的问题。①

上述论及托翁创作的意味隽永的两段话，出自魏烈萨耶夫的《活跃的生命》一书。这位知名的托尔斯泰研究专家在这里敏锐地把握并高度地概括出了作家笔下人物的生命所呈现出的某种特点。生命的特质和价值存在于生命自身之中，是生命本身的自我彰明和显现，而非取决于生命主体的主观愿望——这恐是魏烈萨耶夫通过上述文字所欲表达的思想。而在很大程度上，这种"活跃的生命"通过其"生命的无意识"所体现出来的正是一种生命的自然性特征，这种特征在托尔斯泰笔下以娜塔莎·罗斯托娃为代表的一类女性形象身上有着尤为鲜明的体现。

谈及娜塔莎这一形象，俄罗斯学者拉祖米欣在其新近问世的一本书中有着相当精到的论述，这位批评家指出："她与精神生活和社会事务格格不入，它们是安德烈公爵和皮埃尔身上所体现的典型的特征。但也正是这个娜塔莎总是以一种令人惊讶的方式对这两人的道德生活和精神生活施以显而易见的影响。那些折磨这两人的有关生命意义的重大问题，对她而言似乎并不存在；她不是那种想着去为力不胜任的问题寻找答案的人。但是即便如此，她仅凭个人的自身存在、一举一行、反应和话语便使这一极为深刻、重大而又复杂的问题迎刃而解了：此中无他，只不过是去生活和如何生活。看着她，每一个人都会认识到，她本人便是任何一种问题的现身说法和解答，她本人便是一个活生生的答案。"②可以说，这一论述是对魏烈萨耶夫"活跃的生命"之内涵的一种恰到好处的解读，深得这一思想之

---

① 倪蕊琴主编：《俄国作家批评家论列夫·托尔斯泰》，中国社会科学出版社1982年版，第232—233页。

② Разумихин А. М., *Радости и горести счастливой жизни в России: Новый взгляд на «Война и мир»*, М.: ОАО «Московские учебники и Картолитография», 2009, С. 32.

三昧，同时也是对娜塔莎这一形象的生命特质透辟的理解。看得出来，一前一后，两位文艺家对托尔斯泰笔下人物形象所反映的一种生命自然精神及意识的理解有着异曲同工之妙。

前辈学者贝奇柯夫曾提及，"劳斯托夫（即罗斯托夫——作者注）一家的特色是——朴质、接近人民、接近大自然"，而"劳斯托夫家所有的形象中，最最鲜明的就是纳塔莎（即娜塔莎——作者注）的形象——在托尔斯泰的心目中，她就是生命和幸福的化身"[1]。此处虽然没有述及娜塔莎这一形象身上所透露出的具体的生命特色，但显而易见，这些文字表明，娜塔莎的生命特征有受到大自然影响的因素，同时亦有得之于普通人民的成分。关于这一点，后世研究者多有论及，其中也更有人指出，娜塔莎·罗斯托娃本身便是"大自然的一部分"[2]。

阅读《战争与和平》，人们恐对罗斯托夫一家狩猎的情节和场景印象至深。娜塔莎也是这次活动的参与者，这次狩猎过后，随之而来的便是娜塔莎跳民间舞蹈的一幕：

> 这个受过法籍家庭女教师教育的伯爵小姐是何时何地、又是怎样从她呼吸的俄罗斯空气中汲取了这种精神的？而且从其中得到了早已被 pas de châle[3] 挤掉的舞姿？而这正是大叔所期待于她的那种学不来教不会的俄罗斯的精神和舞姿。她刚一站稳，微微含笑，那神态庄严、高傲、狡黠、欢乐，顷刻之间，尼古拉和所有在场的人最初那阵担心——担心她做得不象那么一回事——就完全消失了，而且他们在欣赏她了。
>
> 她做得正像那么回事，而且是那么地道，简直丝毫不爽，阿尼西娅·费奥多罗夫娜立刻递给她一条为了做得更好必不可少的手帕，她透过笑声流出了眼泪：这个陌生的有教养的伯爵小姐，身材纤细，举止文雅，满身绫罗绸缎，竟能体会到阿尼西娅的内心世界，以及阿尼西娅的父亲、婶婶、大娘，每一个俄罗斯人的内心世界。（6：680－681）

---

① ［苏］贝奇柯夫：《托尔斯泰评传》，吴均燮译，人民文学出版社1981年版，第178页。

② Бурнашёва Н. И, Л. Н. Толстой: энциклопедия, М.: Просвещение, 2009, С. 505.

③ 意为"披巾舞"。

在这里，娜塔莎身上所焕发出的那种活泼率真、纯洁而又富有激情的个性彰明昭著地呈现给了每一位读到此处的读者。这种个性洋溢着一种独特的魅力和生命的诗意，透托出一种质朴的美，这种美不仅仅体现在娜塔莎此时的举手投足间，更体现在她对舞蹈的风味心领神会地体悟和原汁原味地诠释上。一个"有教养的"、衣着华贵的伯爵小姐竟能把舞蹈的民族精神演绎得如此完美无缺，让在场的每一个人感同身受，如果没有对下层百姓生活的了解、缺乏与人民的长期接触以及大自然的浸染，无论如何是做不到的。

　　接下来，我们看到的便是娜塔莎在剧院看戏的情节。不过，从娜塔莎眼里所看到的剧院里的一应装饰和演员的动作、声音都是那么"怪诞和虚假，矫揉造作"（6：746），而观众看戏的表情"都表现出假装的赞赏"（6：746）。作家指出，娜塔莎的这种感受的出现，是在她"乡居之后，并且在目前心情严肃的时候，觉得舞台上一切都是粗野的，令人吃惊的"（6：746）。对于此处的"乡居生活之后"，贝奇柯夫曾专门做出了分析，他认为，"'在乡居生活之后'，就是说，在跟普通人民和大自然保持过真实、自然的交往之后，在习惯了'伯伯'和他那种曾使娜塔莎深为感动的吉他弹奏和老百姓式的歌唱以后。有过这样的经历以后，娜塔莎自然会毫不考虑地坚决否定歌剧中那一切程式化的东西"①。

　　作为《战争与和平》中无可替代的中心人物，娜塔莎是小说中每一个重要事件的亲历者，在许多场合，我们都可以看到娜塔莎这一形象身上所具有的另外一种精神特征：出乎本心的、自发的爱，即如托尔斯泰说，这是她的"生命的本质（сущность ее жизни—любовь）"（8：1416）。这一点在她给受伤的军人让出自家的大车这件事情上表现得最为充分；另外，在父母因为知道她的弟弟彼佳在战场牺牲而痛不欲生的时候，是她用自己的爱感化他们，使他们从绝望的境地走出来，也正是在那时，娜塔莎身上的"爱复苏了，生命也复苏了"（8：1416）。俄罗斯学者丘普林娜认为："自发的自我牺牲的情感为娜塔莎所特有并在她身上表现得淋漓尽致；但这正是自发的，而非有意识的、时时惦念的生活目的。这些情感时不时地从纯粹的、娜塔莎置身其中的日常经历的层面上进现出来，托尔斯泰捕捉到了其中的自然性（естественность），因之而对自己笔下的这位女性形象

① ［苏］贝奇柯夫：《托尔斯泰评传》，吴均燮译，人民文学出版社1981年版，第180页。

的内在生命大为称赏。"① 由此可见，无意识的、自发的爱作为娜塔莎性格的突出特征，同时也是其生命的自然性特征中极为重要的方面。

在小说中，娜塔莎与其中的每一个重要的人物都有着各种各样的联系，特别是小说中的另外两位中心人物安德烈·博尔孔斯基和皮埃尔·别祖霍夫的生活和命运更是与她密切相关。正是这个"特别富于诗意、充满了生命力"（6：618）的娜塔莎，她周围的人在很多情况下从她身上迸发的活力和热情中感到了生命的可贵，从她身上看到了生活的希望。尼古拉在输掉巨额金钱而倍感消沉时，他从娜塔莎的歌声中领悟到了生命的真谛而没有自暴自弃；而当安德烈公爵怀着"不抱任何希望，度过自己的后半生"（6：556）的想法时，也正是从娜塔莎那里蓦然觉得他的全部生活"焕然一新了"（6：619）。赫拉普钦科曾表示，"如果说在《哥萨克》中主人公'自然性'（естественность）的程度首先是由他们接近大自然的情况来决定的话，那么在《战争与和平》中人物的'自然性'既是他们所过的人的生活的充实性，也是为别人的幸福服务的能力"②。虽然这位文艺批评家只是在自己的专著中泛泛而谈，并无具体所指，但从上述有关娜塔莎援例不全的说明中，这句话放在她身上实属恰如其分。

娜塔莎不仅通过自身的生命活力给他人带来生命启示，使他人获得新生的力量和信念，同时自己也确实生育了小生命，而后者也正是托翁赋予这一形象个性特征的一个重要方面。在作品尾声，我们可以看到她自嫁给皮埃尔后的 7 年间，已经有了四个孩子。先前的"熊熊燃烧的青春活力"（8：1513）在她身上已经难觅踪影了，现在她已经成为一个"健壮、美丽、多产的女人"（8：1513）。从小说前后判若两人的娜塔莎的形象中，我们不能不想到托尔斯泰在其论文《论婚姻和妇女的天职》中的话，在那里，托翁表示，妇女的天职是"繁衍后代"，这是"唯一确定无疑的"（15：2），"一个妇女为了献身于母亲的天职而抛弃个人的追求越多，她就越完美"（15：2）。这些话表明，在托翁看来，生育抚养孩子是女性的自然天性，这一点可从娜塔莎形象的塑造上切实地看出来。其实，就托尔斯泰对自己笔下的女性形象的塑造而言，在某种情况下能否生养孩子已成为

① Чуприна И. В. , *Нравственно-философские искания Л. Толстого в 60 – е и 70 – е годы*，Саратов：Издательство саратовского университета，1974，С. 115.

② ［苏］赫拉普钦科：《艺术家托尔斯泰》，刘逢祺、张捷译，上海译文出版社 1987 年版，第155 页。

其对之予以臧否评判的一个隐性标准，从中可以看出他对她们的态度。虽然这一点我们也不能过于一概而论，但至少，在作家笔下的那些反面女性人物形象那里，她们往往没有自己的下一代。其实，托尔斯泰这种对女性天职的认识及其在小说中的反映在一定程度上也体现出了其生命思想中某些自然性的观念。

娜塔莎形象身上所体现出的朴实无华、存真向善的生命的自然性，是其自身生活经历的自我流露。不过，既然说到娜塔莎的人生经历，我们无法回避和绕却的，恐是其在小说中受到阿纳托里·库拉金的诱惑而表现得一时难以自拔这一事情。作为读者，我们读到此处难免心生困惑：像娜塔莎这样一位对高尚和鄙俗有着极为敏感的判别力的人，怎么会在这一事情上失去了自持和判断力?① 与此同时，我们也会心生同情和理解。我们知道，对于像皮埃尔这样时时从事精神活动、并且经常在各色人等之间游走的人而言，仍然辨别不了"什么是善？什么是恶？应当爱什么，恨什么?"（6：461）对这样的问题找不到答案，那么，就娜塔莎而言，作为贵族少女，她从未进行过类似的思考，刚刚走出乡村，涉世未深而一下子独自面对眼花缭乱的都市生活和其中的各式人物，在生活中一时出现迷误应是可以理解的，我们对之的要求和期望似乎也不应过高。但事情恐不能仅仅止于此。如果我们回想一下托翁笔下的人物，虽然他一再宣扬人的完善，但我们却很难找出一个各方面都尽善尽美、白璧无瑕的人物。他们往往都在生活中经历过波折，都程度不一地经历过精神的洗礼，或者说"精神的复活"。比如，在娜塔莎的某些精神的同貌人那里，在其他一些寻找生命意义的正面的男性形象身上，均是如此，无一例外。其原因或在于，托尔斯泰认为，人的生命的理想状态在后面，在人的童年，而人们日后身处其中的生活环境对人的善的本性会施加不良的影响，他只能通过自我的完善去寻获人生的第二次的真正生命，亦即精神复活后的生命。其实从这一情节上，也恰恰反映出了魏烈萨耶夫所说的"活跃的生命"的内涵：让生命本身来诠释"什么是善？什么是恶？应当爱什么，恨什么?"赫拉普钦科谈及，"托尔斯泰的'自然的'人（«естественный» человек），不象一个未

---

① 比如在对多洛霍夫的看法上，她曾与哥哥尼古拉·罗斯托夫发生争执，她坚持认为此人是"坏人"，对于他和皮埃尔的决斗，她认为是多洛霍夫的不对，说他"讨人嫌，矫揉造作"。并且敏锐地看出多洛霍夫这个人"太凶，没有感情"，"他一举一动都是别有用心的"。（6：437）

受坏影响的自然之子那样，简单地不想知道各种生活方式和文明社会的规则：他十分了解这些，并加以否定，但他不是面向过去，而是面向未来"①。娜塔莎的生活经历，似乎为这位著名的文艺家的论断做出了一个极好的注脚。小说后面的情节向我们说明，娜塔莎虽然通过这件事情受到了打击，她的生活道路因之也发生了改变，但她最终还是通过对他人的自发的爱使自己慢慢地从这一阴影中走出来，走向前面，因为人毕竟无法回到童年。心灵的自然与纯洁诞生在人的初生中，但更重要的是它能历经波折和迷误而不失本色，这恐是托尔斯泰通过娜塔莎的生活经历告诉我们的。

二　列夫·托尔斯泰小说中娜塔莎的精神同貌人

在俄罗斯文学中，与娜塔莎心性相当的精神同貌人或仅可从普希金的《叶甫盖尼·奥涅金》中的塔季扬娜身上捕捉到，这位来自乡村的贵族少女同样表现出纯洁、朴实和自然的品性，从这一形象身上不难看到不少后来在娜塔莎那里所具有的神韵。而在托尔斯泰的创作中，我们却不难找到与娜塔莎相类似的人物形象，比如《两个骠骑兵》（1856）中的丽莎，《安娜·卡列宁娜》中的基蒂，以及《哥萨克》（1863）中玛丽亚娜，这些"托尔斯泰家的女孩子"在"活跃的生命"的气质上，或者说，在生命的自然性的特征上有着诸多共同之处：生活中接近大自然，纯洁朴实不虚荣、富有青春的活力等，更为重要的是，她们从未在生活中带着强烈的目的刻意地去追求什么，而只是以其自然本真的心态生活着，也正是因为如此，一种生命的自然美便从她们自身的生活中呈现出来、流溢出来。

丽莎是《两个骠骑兵》中一位像早年的娜塔莎一样洋溢着生命诗意的形象，她"单纯、真诚"（2：337），在"大自然的怀中，她怀着对别人的爱和别人对她的爱，长大成人"（2：339－340），并且很早就开始料理家务。在这位朴实、纯洁的姑娘身上我们可以看到日后娜塔莎身上所具备的精神特质，在小说中没有充分展现的丽莎的生活，相应地后来从娜塔莎身上展现出来。在很大程度上，丽莎可以说是娜塔莎形象的先声。

在《安娜·卡列宁娜》中，小说中心人物基蒂同样是与娜塔莎较为相

---

① ［苏］赫拉普钦科：《艺术家托尔斯泰》，刘逢祺、张捷译，上海译文出版社1987年版，第165页。

像的一个形象，她的生活经历在小说中也体现得相对完整。同娜塔莎一样，基蒂一开始也是以一位富有魅力的青春少女的面目出现在读者的面前的，她也同样心地单纯、善良，这点可从书中再三强调的她那双"明亮、诚实的眼睛"（9：526）中看得出来，当然更可以从小说所展现的基蒂的个人生活中切实感受到。

对于基蒂这一人物形象的生命自然性特征和质地，托尔斯泰在笔下通过她与他人对比的方式表现出来。最为典型的例子便是她在国外度假时与瓦莲卡等人的结识这样一个情节，小说在这里展示了基蒂对后者的观察和思考。这位与娜塔莎惺惺相惜的人物形象，最终认识到瓦莲卡所奉行的所谓的"爱"的原则的虚假和做作，以致她不假思索地说出，"这一切都是虚伪的，因为这一切都是故意做出来的，并非出于本心"（9：306），同时她也敏锐地感受到了问题的症结所在："我只能按照我的感情生活，而您却能按照原则。"（9：306）一个人带着单纯的心态只去想感受生活或者说去生活，而另外一个人却总想教导别人如何去生活，这是基蒂所意识到的她与瓦莲卡等人的不同之处。从这里不难看出基蒂和娜塔莎两人身上生命特征中显见的共同方面。其实对于基蒂的这种特征，作家在笔下通过他人之口亦有一句典型的概括，即她身上有着一种像孩子般的"无意识地虔诚和善良"（10：730）。因此，在基蒂这一形象身上所反映的恰是一种"活跃的生命"的特征，也即是生命的自然性特征。

基蒂虽然并非如娜塔莎那样，早年与大自然有着较多的接触，但她并不鄙弃乡村的生活，在婚后便跟随列文回到了后者在乡下的庄园，并且很快适应了家庭主妇的角色，"快乐地筑着她未来的巢"（10：631）。这时的基蒂，在列文看来，"除了对家务事有兴趣，除了对装饰和英国刺绣有兴趣以外，她没有别的真正的兴趣了。无论对我的工作，对田庄，对农民也好，无论对她相当擅长的音乐也好，读书也好，她都不感兴趣。她什么也不做，就十分满足了"（10：630）。虽然列文现在在心里责备基蒂，其实他不知道此时的基蒂正在做着准备，进入那快要到来的时期：那时她"又要做丈夫的妻子，做一家的主妇，还要生产，抚育小孩"。（10：630）事实上，在小说的后文中，就如我们所看到的，基蒂恪尽职守地承担着家庭主妇的责任，娜塔莎那种婚前与婚后有着强烈反差的变化，又出现在了基蒂身上。赫拉普钦科曾表示，托尔斯泰在《安娜·卡列宁娜》中对家庭问题的看法有着他个人的"癖好"，他"把'自然的'关系

（естественные отношения）同人为的生活（искусственная жизнь）相对
照时，把家庭看作社会之中最早体现出人们的自然关系的一个非常重要的
单位。作家认为保留这种自然关系，同时使这种关系摆脱一切非固有的和
外来的东西这一点具有重大的意义"①。其实，细细体会可以感觉到，在这
部小说中，托翁虽然描写了好多个的家庭，但似乎只有一个家庭，亦即康
斯坦丁·列文和基蒂他们两人所构成的家庭可以称得上是幸福的。托翁在
这部意图反映"家庭问题"的小说中，开篇的第一句话便是"幸福的家庭
都是相似的，不幸的家庭各有各的不幸"（9：3），这个点睛之笔及起着引
子作用的一句话可以作为理解整部小说思想主题的一把钥匙。从基蒂所组
建的家庭中，我们可以看到，他们确实摆脱或者避免了家庭生活中"一切
非固有的和外来的"、造成"不幸的家庭各有各的不幸"的因素，使得自
己的家庭关系保持得既纯净又和悦。他们得到家庭幸福的方法无他，只是
夫妇双方在家庭中保持互谅互爱、各司其职这样一种纯粹的、"自然"的
关系。可以看出，这种在托翁看来为家庭生活所应固有的关系在那些作家
笔下的不幸的家庭中全然没有。在托翁其他小说中，那些通过勤劳致富，
气氛和睦幸福的农民家庭里，在娜塔莎和皮埃尔以及玛丽亚和罗斯托夫两
家的家庭生活中，我们同样看到他们之所以获得家庭幸福的相类似的因
素。在很大程度上可以说，历史地看，在托尔斯泰全部创作中有关家庭生
活和家庭关系的描写中，"幸福的家庭都是相似的"。究其实，在这种美好
家庭生活背后，隐藏的是托尔斯泰看待生活的自然态度和思想中的自然生
命观念。

---

① ［苏］赫拉普钦科：《艺术家托尔斯泰》，刘逢祺、张捷译，上海译文出版社 1987 年版，第
178 页。

第三章　农民形象与生命的自在自然

托尔斯泰在下层人民当中，在劳动当中寻找真理和生命的意义。①

——别尔嘉耶夫

对我而言最好的、我最喜爱的人的类型，就是我们的俄国农民。②

——列夫·托尔斯泰

农民的宗教是终生与他相伴的大自然。他们伐树，种黑麦，收割，宰羊，家里羊繁衍成群，孩子出生，老人过世，他们牢牢地知道这一规律。③

——列夫·托尔斯泰

在本章中，"自在自然"（естественная жизнь в себе）是与后章"自为自然"（естественная жизнь для себя）相并立、相对照的一个概念，我们试图用它为列夫·托尔斯泰笔下一类人物的生命特征做一种质的规定性的概括。这一概念的提出，我们受到哲学史上类似的概念启发，同时也摈弃了这类概念中的某些既定的内涵。在这里，自然是指托尔斯泰笔下人物生命的自然性特征，而非作为哲学史上所指的客观存在的大自然；自在则是强调这种生命存在的无意识性，亦即它（自在自然）不是托尔斯泰笔下人物（亦即生命主体）带有强烈的主观愿望去达到的一种生命质地，而是

---

① Бердяев Н. А. , *Русская идея.* Харьков：Фолио；М. ：ООО《 Издательство ACT 》，2000，С. 117.

② Бурнашёва Н. И. , *Л. Н. Толстой：энциклопедия.* М. ：Просвещение，2009，С. 347.

③ Толстой Л. Н. , *Полное собрание сочинений в 90 томах. Т. 60.* М. ：Государственное издательство художественной литературы，1949，С. 265.

从他们顺任自然的生活方式中所自我彰显的一种生命特征。具体而言，具有这一生命特征的托尔斯泰笔下的人物，从不在心中追问"活着为什么"之类的问题，从不去主动追求生命存在的价值，只是以自身的存在体现了一种生命的积极意义：按照人的自然本性去生活。自发性（стихийность，спонтанность）、原生性（первозданность，натуральность）和无意识性是这一生命类型的外在特征，自然善则是这一生命类型本身所体现的内在价值。在托尔斯泰看来，人同样也是造化的和谐的造物。人天生而具的人性，亦即人的自然本性，同大自然一样，也代表着一种至善，也意味着一种神性。因此那些具有生命自然性特征的人物，往往在生命存在的过程中存有而非流失更多的自然本性，换句话说，他自身的生命的自然性特征，正是其自身丰盈的自然本性的自我流溢。

前辈学者魏烈萨耶夫曾用"活跃的生命"（живая жизнь）一词表述托尔斯泰笔下人物的生命特征。在这位著名学者和作家那里，"活跃的生命"同样也是指的一种"生命的无意识"，但他更倾向于从"活跃的"方面——亦即乐观、积极、充满生命活力的方面——谈这一"无意识"的生命。从一定意义上说，本章中所说的"自在生命"与"活跃的生命"在内涵上有重叠的地方，但在前者中我们更强调一种生命的"自然性"，亦即生命中所体现出的一种天生而具的善的本性，所以这里面蕴含着一个价值判断：自然。

不过，我们常常可以从托翁笔下看到这类人物形象：他们浑浑噩噩、以从众的态度看待生活，过着"像大家一样"的生活。这类人，托尔斯泰往往把他们归之于自己所称的"类生命"。看起来，他们似乎也是以一种无意识的态度生活着，并且也从不自我追问生命的意义，但实际上，他们在生活中往往有着很强的功利性，热衷于追逐进阶、荣誉、声望、财富、淫欲等各种欲望，因此这类人物并不是真正以无意识的态度去生活，而是有着极端的个人目的性。在他们这些人的生命当中，显而易见，所缺乏的正是一种生命的自然性。除了用"类生命"来看待这类人的生命特质之外，托尔斯泰也常常用肉体生命（плотская，телесная жизнь）、动物性生命（животная жизнь）等与其思想中的灵魂生命（духовная жизнь）或精神生命（лушевнаяжнзнь）相对立的词汇来指称这类人的生命特征。

在托尔斯泰笔下，具有生命自然性特征的人物往往是下层人民（народ）①和贵族女性②。托尔斯泰自始至终对下层人民保持好感，从不讳言他对他们的热爱："我应当倾向人民一边，其根据是：第一，人民与上流社会相比占多数，因此应当认为，大部分真理在人民一边；第二，也是重要的一点，因为人民如果没有进步人士的上流社会也能够活下去，并且能够完全满足自己做人的一切需要，例如：能够劳动，能够娱乐，能够爱，能够思想和创作各种艺术作品（《伊利亚特》、俄罗斯歌曲），而进步人士如果没有人民则不能生存。"③这种认识在很大程度上也是托尔斯泰一直在内心保持着浓厚的农民情结的原因，所以他在笔下往往对他们的生活方式流露出褒扬和赞赏的语气。

　　众所周知，托尔斯泰一生喜欢朴素、接近大自然的乡村生活。19岁那年（1847年春天），托尔斯泰放弃在喀山大学的学业，来到自己的庄园，打算过乡村贵族的生活，改善自己名下农奴的生活状况，自那时起，托尔斯泰一生的大部分时间在自己的庄园雅斯纳亚·波利亚纳度过。这种乡居生活一方面使他养成了身体力行从事劳作的习惯，另一方面也使他与下层百姓特别是农民与农奴保持着密切联系，从而也使得他深切地认识到下层人民特别是农民和农奴真实的、悲惨的生活境况，使之对农民阶层寄予了深刻的同情，对他们道德上的优越性予以崇高的评价。别尔嘉耶夫说："托尔斯泰总是常常描写接近自然的生活的真实和劳动的真实，与文明当中所谓的'历史'生活的虚伪性和不真实性相比较描写生与死的深刻性。对于他来说，真实存在于自然、无意识之中，而虚伪则存在于文明、有意

<hr />

①　普列汉诺夫曾说过，"当托尔斯泰讲'人民'的时候，他自然指的正是以忍受一切、原谅一切的普拉东·卡拉达耶夫为代表的那个时代古风盎然时代的农民"（此语见倪蕊琴编《俄国作家批评家论列夫·托尔斯泰》，中国社会科学出版社1982年版，第276页）。在很大意义上，普列汉诺夫这一表述并不错，在托尔斯泰的观念中，他确实常常把农民（拥有土地的和没有土地的）当作全部的下层百姓来看待。不过为了行文方便，并且结合托尔斯泰作品中的人物成分实际，我们在本书所指的人民（народ）采用的是俄语的固有意义，即下层百姓的意思（它不是指一定政体中的全体成员），它主要包含了托尔斯泰笔下的在乡村务农的农民形象以及其他原本出身于农民的下层人物。

②　在托尔斯泰看来，从事脑力劳动和有意识的精神活动并不是妇女的天职。对于托尔斯泰笔下的具有生命自然性的贵族女性形象，我们在前文已经以娜塔莎等为例做了说明。

③　[苏]赫拉普钦科：《艺术家托尔斯泰》，刘逢祺、张捷译，上海译文出版社1987年版，第61页。

识之中。"① 这一情形是与托尔斯泰的自身经历分不开的，同时，这位著名哲学家所指出的托尔斯泰创作的方面在很大程度上也正是后者通过其笔下的下层人民的形象揭示出来的。别氏在此中所指的"真实"，在托翁人物那里，便体现为一种生命存在质地的真实，亦即体现为一种生命的自然性。

第一节 《霍尔斯托梅尔》:农民自然生命的隐喻

关于列夫·托尔斯泰对笔下下层百姓的刻画，我们不妨先从其创作的一部关于马的故事《霍尔斯托梅尔》（Холстомер，1863—1885）谈起。

在短篇小说《霍尔斯托梅尔》中，托尔斯泰描述了中心"人物"，亦即一匹马"霍尔斯托梅尔"的早年、盛年和死亡。这是托尔斯泰众多作品中为数不多的一篇详述一个生命完整一生的小说。② 同时，这篇小说本身的命运也像小说的主人公一样，充满了曲折的经历，其构思和最终完成兼跨了作家创作生涯的前后两个时期③，因此，可以说，这篇小说"带有托尔斯泰六十年代的处世态度和他对生活的热爱的深刻痕迹"④。前辈学者、文艺学家贝奇柯夫表示这篇小说"运用人所特有的道德、伦理范畴和情感范畴来刻划一匹马的生活，使托尔斯泰这篇作品具有了极端稀有的暴露力和艺术表现力"⑤。不过，从这篇"属于作家创作活动晚期"⑥ 的小说，我们似乎正好可以回眸其中所凝聚的生命态度和生命思想。虽然小说叙述的是一匹马的故事，其实它在很大程度上是一个关于下层人民特别是乡村农

---

① Бердяев Н. А. , *Русская идея*, Харьков：Фолио；М. ：ООО " Издательство АСТ ", 2000, С. 117.

② 此外，《伊万·伊里奇之死》也可看作同样的一部写到一个生命前前后后的小说。

③ 列夫·托尔斯泰于 1856 年在日记中谈及想写一匹马的故事。1861 年作家开始动笔写这篇小说，于 1863 年大致完成，1885 年作家对这部小说重新拾起并最终完成。

④ ［苏］赫拉普钦科：《艺术家托尔斯泰》，张捷、刘逢祺译，上海译文出版社 1987 年版，第 266 页。

⑤ ［苏］贝奇柯夫：《托尔斯泰评传》，吴均燮译，上海译文出版社 1981 年版，第 108 页。

⑥ ［苏］赫拉普钦科：《艺术家托尔斯泰》，张捷、刘逢祺译，上海译文出版社 1987 年版，第 266 页。

民的生命的隐喻。

小说中，使我们把霍尔斯托梅尔与农民联系起来的，并不在于其中的一位马夫头说它长得"简直像个庄稼汉"（4：16），而在于从出身上来看，就如霍尔斯托梅尔所自述的那样，它确实是一位地道的农民："我是柳别兹内一世和芭芭的儿子。照家谱上说，我的名字叫穆日克一世。"①（4：14）

霍尔斯托梅尔一生经历坎坷。自出生后，先后被不同的主人转卖，但在每一个主人那里，它都尽心尽力，恪尽职守，做到了一个为"马"本分："为了别人的快乐而受苦，在我也已经不是什么新鲜事了。甚至我还觉得其中自有一番做马的乐趣。"（4：4）它"为人"善良。虽然处于晚景的霍尔斯托梅尔"一向是这些幸福青年（指年轻的马——作者注）的受气包和供它们要笑逗乐的对象。它从这些年轻的马那儿吃到的苦头，远比从人那儿吃到的苦头多"，但是，"对前者与后者它都没有做过坏事"（4：11）。从它的一生经历中，更可以看出来，它"愿意劳动和爱好劳动"（4：24）。在一生的最后，它坦然地接受了死亡，并且在死后让母狼和狼崽饱食一顿，"收集骨头的农民又把两根大腿骨和颅骨拿去派上了用场"（4：46）。

小说的尾声部分，作家专门把霍尔斯托梅尔的死与它之前的主人谢尔普霍夫斯科伊的死作了比较：

谢尔普霍夫斯科伊这个曾经出入社交界、吃喝玩乐了一辈子的人的尸体，被掩埋到土里却要晚得多。无论是他的皮也罢，肉也罢，骨头也罢，都毫无用处。正如二十年来他那具出入社交界的行尸走肉一直是大家的沉重负担一样，最后把这具尸体掩埋入土又只是给人们增添了一项新的麻烦。任何人都早就不需要他了，他早就成了大家的累赘，但是埋葬死人的活死人还是认为有必要给这具立时腐烂肿胀的尸体穿上好的制服、好的皮靴，把这具尸体安放在好的新棺材里，棺材的四角还挂上新流苏，然后再把这口新棺材放进另一口铅椁里，把它运往莫斯科，并且在那里把前人的尸骨挖掘出来，接着就在原地把这具正在腐烂生蛆、穿着新制服和锃亮的皮靴的尸体掩埋起来，用土盖

① 此句中，据俄文词义，"柳别兹内（любезный）"意为"殷勤的、盛情的"或"亲爱的"；"芭芭（баба）"意为"村妇"；"穆日克（мужик）"意为"庄稼汉"。

上了一切。(4：46)

显而易见，作家在小说末尾用了这么一大段文字描述霍尔斯托梅尔曾经的主人、一位贵族的死亡并不是多此一举，而是有着其立意上的考虑。从作家在这里不吝嘲讽的笔触和语气中，我们不难看出他对两者所做的盖棺论定的评判。正是从这里的两相对比中，作品更加突出了对霍尔斯托梅尔的一生褒扬的基调。在霍尔斯托梅尔的生命质地里，勤劳、善良、朴实而又富于耐心是其中的基本纹理，安时而处顺、谨守本性而不违是从中所体现出的"它"的生命的本质特征，而这些正是其笔下大部分下层百姓特别是其中乡村农民的真实写照，贝奇柯夫曾指出，"《霍尔斯托梅尔》的动人处，就在于它肯定了劳动生活的理想"[1]。显而易见，这种劳动生活是与作品创作时期的农民而非上层人士联系在一起的。

述及此处，我们不由想到托尔斯泰笔下一位与"霍尔斯托梅尔"的一生逼肖的农民。那是托翁在其小说《三死》（Три смерти，1858）中所刻画的一位人物费多尔。关于他，托尔斯泰曾谈及，"农民（即费多尔——作者注）死得很平静，就因为它不是一个基督徒。他信奉的是另外的宗教，尽管他按照习惯奉行基督教的一些仪轨。他的宗教是终生与他相伴的大自然。他自己伐树，种黑麦，收割，宰杀羊，家里羊繁衍成群，孩子们生下来，老人们去世，他牢牢地知道这一规律"[2]。不难看出，费多尔背后的这些生活经历以及由这些生活经历所体现出的生命特征与"霍尔斯托梅尔"有着极大的相似之处。霍尔斯托梅尔和费多尔是托尔斯泰笔下许多乡村农民的写照，在这些农民身上体现出了作家的一种生命理想，亦即他对生命自然性的认识和推崇。

第二节　农民形象与素朴的生命理想

托尔斯泰一生在其笔下塑造了多姿多彩的人物形象，这些形象包括社

---

[1] ［苏］贝奇柯夫：《托尔斯泰评传》，吴均燮译，人民文学出版社1981年版，第110页。
[2] Толстой Л. Н., *Полное собрание сочинений в 90 томах*, Т. 60, М. : Государственное издательство художественной литературы, 1949, С. 265.

会上层的官僚、贵族、军官等以及处于社会下层的乡村农民、农奴、士兵、神职人员和山区居民等。在这些人物中间，可以看出，既没有小人物，也没有多余人、新人以及后来契诃夫笔下的小市民等这些在托尔斯泰从事文学创作时期所涌现出的著名的人物群像，反映在同时代其他作家笔下的那些站在当时社会思潮风口浪尖的风云人物①几乎没有成为托翁日常关注的对象，更没有进入其创作视野而形诸笔下人物，所以柯罗连科说，托尔斯泰"最注重反映的是农奴制俄国的两极人物——乡村贵族和乡村农民"②。

托尔斯泰曾谈及："对我而言最好的、我最喜爱的人的类型，就是我们的俄国农民。"③ 当然，我们应当清醒地意识到，托翁此处所言的只是其相对、总体的态度，他也并非一概地对所有的俄国农民表示好感，相反，他本人也认识到他们中有些"没有文化的农夫会喝得酩酊大醉，在泥地上打滚，会说满嘴脏话，殴斗，把朋友打得头破血流，打老婆，偷马"④，对发生在农民身上的诸如此类的不良现象他也了然并且持否定态度。有研究者指出，"托尔斯泰在农民的生活当中，于那些在田地里劳动的农民身上，看到了自己的某种理想"⑤。因此，可以说，托尔斯泰所喜爱的农民，首先应该是乡村农民⑥，亦即那些从事农耕的农民。什克洛夫斯基曾提及，"在托尔斯泰的《识字课本》（Азбука，1871—1872）里，人们过着乡居生活，他们无处可去，火车和铁路出现得出乎意外；没有它，这些人一样能生活，耕耘，牧牛，牛死时失声痛哭，变老，把孩子养育成

---

① 这是相对而言的。虽然在托尔斯泰后期作品中出现了革命者等形象，但作家在笔下从来没有把他们作为自己作品的主要人物来写，根本的原因或在于，由于托翁一直潜心于通过人的内在完善以实现一种理想的社会状态，而对通过外在手段变革社会的方法持极力反对的态度，所以在他的作品中很少有时代人物的反映或者正面反映。
② 倪蕊琴主编：《俄国作家批评家论列夫·托尔斯泰》，中国社会科学出版社1982年版，第206页。
③ Бурнашёва Н. И.，*Л. Н. Толстой：энциклопедия*，М.：Просвещение，2009，С. 347.
④ Толстой Л. Н.，*Полное собрание сочинений в 90 томах*，Т. 37，М.：Государственное издательство художественной литературы，1956，С. 81.
⑤ Бурнашёва Н. И.，*Л. Н. Толстой：энциклопедия*，М.：Просвещение，2009，С. 505.
⑥ 在本节中，我们具体指的是在乡村从事农耕的农民。那些虽然身居乡村，但并不在田地里劳动的人，比如托翁笔下的一些仆人，我们并没有把他们列入论述。

人"①。《识字课本》是托尔斯泰为教育农村的孩子们而下大力气编写的教材，从作家在其中所透露的这种思想中，可以明显看出其对乡村生活和乡居农民的偏爱。

《一个地主的早晨》（Утро помещика，1856）是托尔斯泰小说中一部较早反映乡村农民生活的作品。在这里，作家一方面展现了一些农民家庭令人触目惊心的贫困，同时也向人们介绍了富裕农民杜特洛夫一家殷实的状况："去年他用自己的木料又盖了一间房，没有麻烦东家。马，除了小马驹和半大的，还够拉六辆三套车；牛羊放牧回来，媳妇们走出大门往圈里赶的时候，把门都要挤破了；蜜蜂养了两百来箱，也许还不止。"（2：413）除了这种经济上的富足之外，小说也不吝笔墨地展现了这一富裕的农民家庭里另一种"富足景象"（2：422），即一大家子人融洽、和睦相处的情景：

> 屋里（有烟囱）挺白，宽敞，有高板床，还搭了铺板。在新砌的杨树原木墙缝里可以看见不久前才枯干的苔藓，木头还没有发黑，新的条凳和高板床还没有磨光，泥土地面也还没有踩实。一个面孔呈椭圆形而且若有所思的清瘦的年轻农妇，是伊利亚的妻子，正坐在铺板床上，用一只脚摇着吊在由天花板上垂下来的长竿上的摇篮。摇篮里睡着一个婴儿，他闭着小眼睛，伸开四肢，轻轻呼吸着。另外一个农妇体格健壮，两颊绯红，是卡尔普的妻子；她把袖子挽到肘窝以上，露出晒得黝黑的有力的胳膊，正在灶前用一只木碗捣葱。还有一个是有身孕的麻脸农妇，她站在灶旁，用衣袖遮住了脸。屋里除了被太阳晒得暖烘烘的以外，还有炉火的热气，刚烤好的面包香味扑鼻。两个男孩和一个女孩的淡黄色小脑袋从高板床上好奇地俯视东家，他们爬到上面去是为了在那里等吃午饭。（4：412－422）

与小说中那些穷困的农民家庭相比，杜特洛夫老人一家的家境显然令人称羡，通过后者，托尔斯泰描绘出了一幅祥和、温馨、美好的乡村家庭生活图景：这是一个传统的宗法制家庭，家中有年长的勤俭持家的

---

① ［苏］什克洛夫斯基：《列夫·托尔斯泰传》（下），安国梁等译，海燕出版社 2005 年版，第397 页。

老人，他终生在田地里劳作不辍，家中儿孙绕膝；一大家子人住在一起，家里的后辈包括儿媳在内都勤劳本分，谨遵家长之命等。日后在托翁笔下的那些通过自己的勤劳而致富的乡村农民家庭中，大都会出现类似的画面。

　　比如，在《安娜·卡列宁娜》当中，列文在去苏罗夫斯克县拜访其朋友的路上便造访了一个富裕农民的家庭，这同样也是一户当初在现在已经上了年纪的一家之主带领下通过辛勤劳作而过上殷实生活的人家：

　　　十年前，老人从一位女地主手里租了一百二十亩地，去年干脆就买了下来，另外还从邻近一位地主手里租了三百亩地。他把一小部分土地——最坏的部分——租了出去，自己全家和两个雇工种了四十亩地。老人诉说他境况不佳。但是列文明白，他这样抱怨，不过是出于礼貌的关系，而他的农场状况是繁荣的。要是他的境况真不好，他就不会以一百零五卢布一亩的价钱买进土地，他就不会给他的三个儿子和一个侄儿都娶了妻，也不会遭了两次火灾以后重新修建房屋，而且建筑得越来越好了。不管老人怎样诉苦，但是显然他是在夸耀，合乎情理地夸耀他的富裕，夸耀他的儿子们、他的侄儿、他的媳妇们、他的马匹和母牛，特别是夸耀他把这一切农事经营得很好。（9：422－423）

　　在下文中，列文看到："全家都在吃饭。女人们站在那里侍候他们。年轻力壮的儿子口里含满麦粥正在说什么笑话，他们都在笑……"（9：424）随后，小说中提及，"这个农家给列文一种幸福的印象……这个印象是这样的强烈，使列文永远不能忘记"。在这里，我们似乎看到了上文托尔斯泰笔下 20 年前[①]的杜特洛夫一家人融洽和乐的一幕。这两个富裕农民的家庭在我们眼前呈现出了同样的一种情景：一家之长、儿孙、媳妇，劳动、农事、勤俭，新房、牲畜，面包和笑靥——所有这些眼前的和背后的，实在的和虚化的轮廓勾勒出了一幅完整的和美农家图。

[①]　《安娜·卡列宁娜》写于 1873—1877 年；《一个地主的早晨》完成于 1856 年。两者完成时间相距 20 余年。

类似的画面我们在托翁后来创作的《主人与雇工》（Хозяин и работник，1895）中也同样能够看到。作家在这部小说中亦塑造了格里什金诺村的一户富裕农民家庭①（4：291－297），写作手法和内容与前述两个家庭几无二致。托尔斯泰在《安娜·卡列宁娜》中的篇首曾说，"幸福的家庭都是相似的"，通过这几户富裕农民家庭，看来作家也同样表达出了类似的观点。当然，作家在不同的作品里所描写的三户幸福的农民家庭，用意并不完全在这里。托尔斯泰"在力求理解世界的探索中，是从旧农村出发的，把旧农村作为基础的，他希望看到这一农村的田野变得更丰饶，农舍变得更坚固，家庭变得更和睦，人们变得更丰足；他的理想是在过去"②。因此，这三户农民家庭体现出了托尔斯泰的一种生命理想。

一位现代俄罗斯哲学家格（1883—1950）曾不无深刻地指出："在托尔斯泰那儿，他的生命思想（идея жизни）与卢梭看待大自然的观念（понятие природы）是铢两悉称的"，不过，"托尔斯泰所认识的必须与真正的自由教育结合在一起的'生命'，与卢梭不同，它体现为一种人民的劳动生活，而这个民粹观念，正是托尔斯泰的理想与卢梭的理想不同之处，它赋予了托尔斯泰的理想更加现实的和具体的特征"③。托尔斯泰在小说中对前述几户家庭的具体描绘，切实印证了这位学者的论断。从这几个幸福、富足的乡村农民家庭中，可以看出，大自然、乡村劳作、家庭等这几个因素的结合，构成了托尔斯泰的小说中所反映的一种理想化的生活，这是一种生命的理想境地，体现了一种生命的自然状态。透过这些相似的

① 尚须提及，这户农民虽然家境殷实的情况与前述两户相同，但家中正出现一种分家与否的分歧，从这种情形中似乎隐含着托尔斯泰看待乡村生活的一种变化，即他在强调乡居、劳作的同时，到后期更看到了在各种因素影响下人与人相离的现实，所以他更注重强调一种人与人应互爱的观念，这种观念在人们心中存在与否会对生活幸福的感受产生影响。其实这也是作家通过其创作的一系列民间故事所欲告诉人们的，比如，他在《人靠什么活着》（Чем люди живы，1881）中曾写下："我明白了，上帝不愿意教人们分开过日子，所以不让他们知道，每一个人单为了自己需要什么。上帝要人们共同生活，所以让他们知道，他们为了自己，也为了大家，需要什么。"（12：246）这里的"什么"以及小说题名的"什么"指的便是"爱"。

② ［苏］什克洛夫斯基：《列夫·托尔斯泰传》（下），安国梁等译，海燕出版社2005年版，第509页。

③ Гессен С. И.，"Лев Толстой как мыслитель"，Гессен С. И.，*Избранные сочинения*，М.：РОООССПЭН，1998，С. 550.

幸福家庭，也给读者形成这样的一种印象，即符合生命自然的生活并不是遥不可及的空中楼阁，也不是一种空中画饼式的虚幻的想象，现实中应当去效仿而且也是完全可以做到的。事实上，托尔斯泰在自己的切身生活中所贯彻的正是自己的这一平民化思想。三个生活在其小说中的家庭实际上与托翁本人的现实家庭有着诸多的类似之处，只不过生活中的一家之主是"平民化"了的伯爵托尔斯泰。

托尔斯泰在其政论作品《我的信仰是什么?》中曾具体地谈及了他关于生命幸福的认识，这一认识较为具体地反映了他的那种平民化思想。托翁在其中指出，要获得生活的幸福应当具备以下一些条件：第一，不要破坏与大自然的联系，即生活在天空下，沐浴在阳光、新鲜空气中，与大地、植物和动物相互交流；第二，要劳作，亦即从事所喜爱的、自由的劳动，并且这是可以让人吃得香、睡得踏实的劳动；第三，要组织家庭；第四，与世上一切形形色色的人怀着爱心自由地交往；第五，身体健康和无疾而终等。① 在很大程度上，上述几个方面构成了托尔斯泰关于自然生命思想的具体内容。显而易见，托尔斯泰通过自己笔下的几个幸福的农村家庭把自己的这种思想的几个方面落在了实处。

第三节　农民形象与自然的生存方式

我国著名哲学家冯友兰先生曾提出人生四境界说②，他表示，"所谓自然境界与所谓自然界不同。自然界是客观世界中底一种情形。自然境界是人生中底一种境界。……有自然境界底人，不一定是接近自然界底人。不过大多数接近自然界底人，其境界是自然境界"③。冯先生在这里厘清了人

---

① Толстой Л. Н., *Полное собрание сочинений в 90 томах*, Т. 23, М.：Государственное издательство художественной литературы, 1957, С. 418 – 421.

② 冯友兰先生所提出的人生四境界分别为自然境界、功利境界、道德境界和天地境界。其中自然境界按照冯先生的说法，是处于"此种境界中底人，其行为是顺才或顺习底"。笼统地说，就是在行为上顺其自然的人。参见《三松堂全集》（第 4 卷），河南人民出版社 2001 年版，第498 页。

③ 冯友兰：《三松堂全集》（第 4 卷），河南人民出版社 2001 年版，第 510 页。

生的自然境界与自然界的关系，不难看出，此处冯先生关于人生境界的说法与托尔斯泰的自然生命思想有诸多类似之处。① 无独有偶，托尔斯泰在晚年所写的一封信中也曾表示，"我理解，您想改变一下您的状况而去务农。这一愿望对所有那些想过一种信奉基督生活的人而言并不意外。……我的朋友当中有不少这样的人，他们以往曾尝试过那种在田地里劳作的生活，现在也有正在这样生活的。但他们这种在田地上劳作的生活好坏与否并不取决于他们外在的境况，而取决于那个在他们灵魂里流淌的生命。而完善自己——即走向上帝，随处都可以做到"②。在托尔斯泰所创作的小说中，完善自己这是对那些自觉地追寻生命意义的人而言的，但对于托翁笔下那些下层人民来说，他们自始至终并不考虑如何去过得有意义这样形而上的问题，而是过着一种不计生活有无意义的"无意识"的生活，只是顺着自己的自发的善的本性去生活，也就是说，按着作为人之所以为人的方式去生活，这样，一种自然的善（亦即天生而具的善，即如托翁所认为的大自然是一种完美造物，而人的童年体现为一种人性的完美一样）便内在于一个具有自然生命的人的心中了，这种"善"是真、善、美的结合，因此对于具有生命自然性的人而言，他表现为在社会生活中存有更多的这种自然的善而少有流失，所以这种自然的善的多寡并不是以外在环境为转移的，从这一意义上说，具有生命自然性的人也未必一定过一种外在的与大自然相接近的生活。③ 因此，托翁笔下那些并不是过着一种乡村生活的下层百姓，同样在其生活中也呈现出一种自然生命的特点。

---

① 应予提及的是，我们在本书中所提出的列夫·托尔斯泰的"自然生命观"这一概念及其笔下人物身上的"生命的自然性"这种观点初始曾从冯先生这里得到启发。当然，在本书的不同章节的论述中也可以看到，"自然生命（естественная жизнь）"这一概念，也一直为一些俄国文艺家在论及托尔斯泰的创作时所使用，虽然他们并没有去系统地阐述这一概念的内涵。

② Толстой Л. Н., *Полное собрание сочинений в 90 томах*, Т. 77, М.：Государственное издательство художественной литературы, 1956, С. 106.

③ 过一种外在的与大自然相接近的生活是托尔斯泰对自己小说中的那些"思想"的人物，亦即追寻生命的道德理想的人提出的，所以在他们那儿往往出现"出走"的情形，亦即从城市走向乡村，或从富裕的贵族生活走向城市底层，以摆脱上层社会的恶或者城市文明所带来的恶，但他们这种出走常常是在他心中出现了"爱"之后才付诸行动。当然，对于托翁笔下的"思想"的人物而言，绝不存在从自然走向城市的情况，这是因为自然在托翁那里是完美、和谐，是善，而具有发达文明的城市是恶的象征。对于托翁笔下的下层百姓而言，由于他们较少受到托翁所否定的现代文明的影响，并且他们本身一直过着一种"无意识"的生活，所以对他们而言，不存在良心受谴责而出走的问题。

除了乡村农民之外，托尔斯泰在自己笔下描写了大量的在城市或者在乡下贵族家里务工的农民，其中较为典型的便是《破罐子阿廖沙》（Алеша горшок，1905）中的同名主人公。在这部小说里，阿廖沙的勤快给人留下了至深的印象：

> 冬天阿廖沙天不亮就起床，先劈柴，然后扫院子，让奶牛和马吃草饮水。接着是生火，给主人一家子擦皮靴、刷衣服、烧茶炊、洗茶炊，随后不是管事叫他去搬货，就是厨娘派他去和面、洗锅。接着是差他进城，送个便条啦，去学校接小姐啦，给老太太买劣等橄榄油啦。"你跑到哪儿去了，该死的东西！"这个人或者那个人对他说。"您何必亲自去，叫阿廖沙跑一趟。阿廖什卡！喂，阿廖什卡！"阿廖沙就这样跑来跑去。（4：534）

除此之外，阿廖沙身上透露出的另外的一个显见的性格特征便是他的驯顺，这一驯顺体现在他对一家之长亦即他父亲的话从不违拗上，他与厨娘乌斯季尼娅本来彼此相爱，结果他父亲在主人的撺掇下并不允许他这样做，阿廖沙内心即便痛苦但也只好默默地听从。小说亦较为着重地刻画了阿廖沙面对死亡的坦然态度。他为主人家扫房顶上的雪从房顶滑到地上，结果这一滑竟然夺去了他的生命。"不死又怎么样？咱们还能总活着？总有一天得死"（4：537），这是他临死回答他所爱过的乌斯季尼娅的话。有句话说，"民不畏死"，这句中国古语在托尔斯泰笔下的阿廖沙身上也体现得非常分明，当然这里的"不畏"彰显的是阿廖沙身上流露出的一种民间智慧。

由上述可以看出，勤劳、质朴、驯顺和坦然面对与接受死亡是托翁笔下阿廖沙身上所体现出来的性格的典型方面。在这些性格的背后，安时处顺、顺任自然同样是这些性格统括起来的一个总体的印象。其实，在托翁笔下像阿廖沙这类农民身上，无不具有类似的具体的性格特点和由此而来的一种生命内里。比如，在托尔斯泰的小说《波利库什卡》（Поликушка，1861—1862）的同名人物身上、在《主人与雇工》中雇工尼基塔那里，以及在《伊万·伊里奇之死》中的那个农民格拉西姆身上，或多或少，或隐或显且各有侧重地体现了这些性格的方面和生命的特征。

托尔斯泰在笔下众多的下层百姓当中，也有一类在主人家里服务一辈子的女管家的形象。在《童年》中，托尔斯泰便浓墨重染着力刻画了一位上了年纪的纳塔利娅·萨维什娜，这是一位在主人家勤勤恳恳、恪尽职守操劳一辈子的女管家。"她同任何人都没有交情，而且以此自豪。她认为，以她这种管家的地位，享有主人的信任，掌管着那么多装满各种各样物品的箱子，如果同任何人有交情，一定会使她徇私，迁就姑息，为了这个缘故，或者因为她同其他的仆人们毫无共同之处，她避开所有的人，总说她在家里跟谁都不沾亲带故，为了主人的财物她对谁都是铁面无私。"（1：113）。与此同时，在这位老人身上，给我们印象至深的是她心中的爱，这不是她对主人一家所有人的那种亲情般的爱，而是一种更加高尚的爱，抛弃了一切杂念的神性的爱："她不但从来不提自己，而且好像从来没有想到过自己；她一生都怀着慈爱和自我牺牲精神。我已经习惯了她对我们那种无私的、温存的爱，甚至想象不出会是另外一种样子。"（1：46）纳塔利娅在小说中的最后出现，是作家描写的她一生中最后的情形："她毫无悔恨地离开了人间，她不怕死，把死当作一种天惠。人们常常这么说，但是实际上这么想的却是多么少啊！纳塔利娅·萨维什娜能够不怕死，是因为她是怀着坚定不移的信念，完成了福音书上的训诫死去的。她一生都怀着纯洁、无私的爱和自我牺牲的精神。"（1：114）

纳塔利娅这一形象并不是作家凭空塑造，而是现实中真实的人物，她是作家在晚年所写的对自己一生的回忆中提及的几位家中女仆的缩影①，如此一来，这一形象也更让人感到可亲、可敬。可以说，托尔斯泰在小说中对纳塔利娅的刻画在很大程度上是一曲对俄罗斯下层百姓的赞歌，是对他们淳朴的精神品质的褒扬。就如对自己笔下其他的下层人民一样，作家在小说中对之从不吝赞辞。托翁在天命之年，深刻地意识到自己所处的上层圈子的虚伪，同时在生活方向上感到一种精神上的无助，正是从这些下层人民身上他看到了一种生命的意义。作家在其《忏悔录》中表示："我们的生活的富裕条件剥夺了我们理解生命的可能性。为了理解生命，我应该理解的不是特殊的生命，不是我们这些生命的寄生虫，而是普通劳动人民的生命，是创造生命的人，是他们赋予生命的那种意义。在我周围的普通劳动人民是俄罗斯人民，我求助于他们并研究他们赋予生命的那种意

① ［俄］列夫·托尔斯泰：《托尔斯泰小说全集·哈吉穆拉特》，草婴译，上海文艺出版社2008年版，第473—475页。

义。这种意义，如果可以表述的话，是这样的：任何一个人都是按照上帝的旨意来到世界上。上帝创造了人，使他既可以毁灭自己的灵魂，也可**挽救自己的灵魂**。人一生的任务就在于挽救自己的灵魂。为了挽救自己的灵魂，必须按照上帝的旨意生活，而要按上帝的旨意生活，就必须抛弃生活中的一切欢乐，要劳动，驯服，忍耐，有怜悯心。"（15：56）托尔斯泰在此处所述的"要劳动，驯服，忍耐，有怜悯心"不仅仅为其笔下的纳塔利娅所具有，而且也是前述其他下层人民形象的共同特征。

此后，托翁在《安娜·卡列宁娜》和《复活》中分别刻画了女管家阿加菲娅·米哈伊洛夫娜和阿格拉费娜·彼得罗夫娜，她们也都具有纳塔利娅身上所具有的那些优秀品质，但在这两部小说里，这两位女管家的形象不如《童年》中的纳塔利娅塑造得丰满。

第四节　普拉东·卡拉塔耶夫的生命意蕴

托尔斯泰在高加索题材的一系列作品、《塞瓦斯托波尔故事集》（Севастопольские рассказы，1855）以及《战争与和平》中塑造了众多的来自俄罗斯乡村的士兵形象，其中最为著名的便是《战争与和平》中的普拉东·卡拉塔耶夫。

因为评论语境和研究视角不同，历史上对普拉东·卡拉塔耶夫这一形象的相关认识纷然杂陈，各各有别。譬如，贝奇柯夫认为，卡拉塔耶夫"是个宿命论者，不抵抗主义者，人类自发生活的活化身，信教入迷的庄稼汉，和那种彼尔（即皮埃尔——作者注）在他的贫民化道路上竭力追求的'博'爱思想的宣传者"[1]。而另一位与之同时代的文艺家赫拉普钦科则持另外一种看法，他表示，"卡拉塔耶夫所追求的美好和宁静的理想完全不能成为小说作者的观点，也不能成为作者描写人民的和人类的命运的出发点"[2]。在新近出版的一本关于托尔斯泰的书中，其作者则提供了这样

---

[1]　[苏] 贝奇柯夫：《托尔斯泰评传》，吴均燮译，人民文学出版社1981年版，第232页。

[2]　[苏] 赫拉普钦科：《艺术家托尔斯泰》，张捷、刘逢祺译，上海译文出版社1987年版，第151页。

的一种观点："托尔斯泰本人后来越来越为一种思想所吸引，这一思想正是与他（指普拉东·卡拉塔耶夫——作者注）所体现的精神特征相关的：即温顺、服从存在的永恒规律的那种本色的生存，善良和淳朴。"①

　　有句话说，人人都有自己心中的哈姆雷特。所以，对于普拉东·卡拉塔耶夫这一形象，在不同时期或者同一时期不同的研究者那里有着认识上的差异并不难理解。在这里，基于综合考虑托尔斯泰看待生命的一贯立场，我们的看法与上述最后两位学者的立场有较大的一致，即认为，在普拉东·卡拉塔耶夫这一来自民间的下层人物形象身上体现了一种鲜明的生命自然性的思想。

一　普拉东·卡拉塔耶夫身上的自然善

　　卡拉塔耶夫来自一个农民家庭，这个家庭人丁兴旺，父亲明事理，一家人生活得很和睦，也很殷实："满院子牲口，娘儿们都在家，两个弟弟出外去挣钱，一个小弟弟米哈伊洛在家。"（8：1275）他之所以当了兵，是因为去人家的林子里砍柴，受到审判，被送到了军队里。谈及这一事情时，他显得很淡然："'没啥，亲爱的朋友，'他说，因为含着笑，声音都变了，'以为是灾，其实是福！我要是不犯罪，我弟弟就得去当兵。……劫数难逃。可是我们总爱逞能：说这也不好，那也不合适。朋友，幸福好比网里水：你拉拉网——鼓鼓囊囊的，可是拖上来一看，啥也没有。就是这么回事。'"（8：1275）从这些话里，看得出，卡拉塔耶夫虽然是一个普普通通的上了年纪的士兵，但也是一个在思想上充满民间智慧的人物。事实上也是如此，透过皮埃尔的感觉和目光，我们看到，这一智慧在他身上体现为方方面面。他做起事情来有条不紊，动作熟练协调，给初次见到他的皮埃尔留下了一种"愉快的、令人安心和从容不迫的"（8：1272）印象。他说起话来，满嘴的俗语，但"并不是大兵常挂在嘴边的多半是猥亵的粗鲁的俗语，而是民间的格言，单独看来，这些格言好象没有什么意义，可是一用到节骨眼上，就突然显出精湛的智慧了"。（8：1278）

　　但是，卡拉塔耶夫身上的这种智慧有着一种强烈的反差，一方面，"一些最普通的事情，皮埃尔看见过但不注意的事情，经他一说，就具有

---

① Зверев А. М. ，Туниманов В. А. ，*Лев Толстой*，М. ：*Молодая гвардия*，2007，С. 264.

堂堂正正的性质"（8：1278），但另一方面，他"除了把他的祷文背得烂熟外，别的什么都记不住。他在说话时，说了个头，似乎不知道尾"（8：1279）。显见，在卡拉塔耶夫的智慧中具有一种朴拙、淳厚的东西，或者说类似于我们习称的"大智若愚"的一种特征；在更深层次上，则饱含着对生命存在规律无意识的深刻领悟。

卡拉塔耶夫也是一个闲不住的人，勤劳是他的天性。"在刚被监禁的时候，他的体力和干起活来那股子麻利劲儿，就好像根本不知道什么是疲倦和病痛。每天一早起身的时候，他总是一面耸耸肩膀，一面说：'躺下——缩作一团，起来——抖擞一下。'确实，他只要一躺下，就立刻像石头似的睡着了，只要一抖擞，连一秒钟也不耽误，立刻干起活来，就像小孩子一起身就摆弄玩具似的。他什么事都会做，做得不好也不坏。他烤面包，做饭，缝衣服，刨木头，补靴子。他总是在忙，只有在夜间才谈话（他爱聊天）和唱歌。"（8：1277）

我们知道，托尔斯泰一直强调身体力行从事劳动的必要性，认为它是构成人的生命存在的基本方面。在《那么我们应该怎么办》这一作品中，托翁表示：

> 从事那些我象任何人一样必须从事的体力劳动，不但没有妨碍我从事特种活动（即写作——作者注），而且还为特种活动成为有益的、高质量的和愉快的提供了必要条件。
>
> 鸟的生活是这样安排的，它必须飞翔，行走，啄食，动脑子。只有在它做这种种事情的时候，它才是满足的，幸福的，它才成其为鸟。人也是一样，只有在他走路，搬东西，抬东西，运东西，用手指、眼睛、耳朵、舌头和大脑来工作的时候，他才是满足的，他才成其为人。（15：263）

在这里，托翁把体力劳动看作一个人必备的亦即人之为人的必须要具有的一种生命要素，由此可以看出他一直高度评价农民和倡导一种平民化生活方式的原因，因为他认为，农民是与劳动天然地维系在一起的，身体力行地从事劳动，自食其力，而不是占有他人的劳动，这才是一种真正的生命形式和应然的生命态度。或因此之故，我们在托翁笔下的那些农民身上，总是看到他们辛勤劳作的画面或者由之而来的富裕情景的描述。由此看来，托尔斯泰把勤劳这一品质赋予卡拉塔耶夫实则有深层的考虑，它在很大程度上反映了其对生命自然性的认识。

除了上述几种情形外，托尔斯泰笔下的卡拉塔耶夫这一人物留给我们深刻印象的方面，还有一个其内心流露出的重要的精神特征，那就是"爱"："卡拉塔耶夫丝毫没有皮埃尔所理解的那种眷恋、友谊、爱情之类的情调；但是，对一切东西，特别是对人，不是对某一个特定的人，而是对他眼前所有的人，他都爱，都处得情投意合。他爱他的长毛小狗，爱同伴，爱法国人，爱他的邻人皮埃尔。"（8：1278）显而易见，在这里，从卡拉塔耶夫身上所焕发、所流溢出来的爱，并不是那种出现在奥列宁那儿的为爱而爱，而是一种没有"目标"的"无意识"的爱，这种爱是与他这个人自身，与他的生命紧密地结合在一起的，是他生命的一种内在的自然要求，也是其生命本性的外显。

这种爱也体现为一种自我牺牲。有研究者在这方面指出，"卡拉塔耶夫身上好似密实地集中了对作家而言的那种崇高的、自发的和无意识的弃绝私欲（самоотречение）的能力和与大家的生活（общая жизнь）融汇在一起的能力"①。而卡拉塔耶夫之所以能够"与大家的生活融汇在一起"，其实正是通过其"无意识"的爱来实现的。

作品中，托翁通过两个商人的故事诠释了卡拉塔耶夫的这种爱，同时也揭示了其生命的价值。这一故事讲到两个商人在路上结伴同行，其中一个同伴在一天夜里被人抢劫并杀害，同行的另外一个商人因此受到审判，被流放去做苦役，十多年后，这位商人在给同伴们讲述自己经历的时候，他所涉案件的真正凶手恰在其中，那人的心灵受到震动，去官府自首，而上了年纪的商人最终也被释放，但是商人本人并没有等来这个消息，那时候，"上帝已经饶恕了他——他死了"（8：1394）。皮埃尔听完这个故事的那一刻"……模模糊糊地、欢快地充满着皮埃尔灵魂的，不是这个故事本身，而是这个故事的神秘意义，是卡拉塔耶夫讲这个故事时在他脸上焕发出的那种极大的欢喜和这种极大的欢喜的神秘意义"（8：1394）。这个神秘的意义随之不久在下文便被揭示出来，已经被病痛折磨得衰弱不堪的卡拉塔耶夫预感到自己的生命之灯即将熄灭，在死前，卡拉塔耶夫"穿着他

---

① Чуприна И. В. , *Нравственно-философские искания Л. Толстого в 60 - е и 70 - е годы*，Саратов：Издательство саратовского университета，1974. С. 155.

那件瘦小的军大衣，靠着一棵白桦树坐在那儿。他的脸上除了昨天讲那个
无辜受罪的商人的故事时所表现的那种欢喜和感动的表情外，还露出恬
静、庄严的神情"（8：1395）。不难想见，卡拉塔耶夫临死前所讲的故事
的内涵与他的死是有着一种联系的，这是一种内在思想上的联系。那位商
人对于带给其多舛命运的真凶并没有怨言，对他在其面前的悔罪露出了欣
喜的笑容，此时，真正的善战胜了恶。那位年老的商人是一生怀着善，毫
不怨艾、毫不愧怍地死去的，其实这正象征了卡拉塔耶夫的死。卡拉塔耶
夫对于死亡的感觉"不是恐惧，不是愁苦，不是绝望，而是欢喜和感
动"①。这也是托尔斯泰笔下大部分具有生命自然性的人对待死亡的态度，
比如《三死》中费多尔，《主人与雇工》中的尼基塔等，而不是像伊万·
伊里奇（《伊万·伊里奇之死》中主人公）等人那样对生命怀着无限眷
恋，而对死亡充满畏惧。

　　其实，在上面我们所列述的仅仅是卡拉塔耶夫精神特征中显见的方
面，亦即作家通过文字呈现给我们的一面；不过，也应当注意到，"在卡
拉塔耶夫这一形象身上被托尔斯泰所赋予的另外通常不被注意到的重要方
面。这是事情的另一个方面：普拉东·卡拉塔耶夫对生活充满无上的乐观
的精神，他的热爱生活，充满生命的韧性和对生活的执着态度。这些特征
为托尔斯泰所特地强调出来，并且在卡拉塔耶夫形象身上把基督教因素和
热爱生活的世俗的多神教因素进行了某种具有鲜明特色的综合"②。当然，
我们在卡拉塔耶夫这一形象身上，还可以看到上文所谈及的其他下层百姓
形象身上所通常具有的一种精神特征，那就是朴拙善良、安时处顺、顺任
自然、乐天知命等，这些特点在他生活中的方方面面都得到了鲜明的体
现，所以有学者不无见地地指出，"他的宗教是大自然，而非基督教"③。

　　众所周知，卢梭的自然主义思想对托尔斯泰影响极大，作家自然生命
观的形成与之有着深刻的联系。同时，不能不提及的是，作家的这一生命
观思想也从中国古典哲学思想特别是道家学说中汲取了营养。托尔斯泰在

---

① Линков В. Я. , *История русской литературы XIX века в идеях*, М. : Изд-во Московского
　университета；《Печатные Традиции》, 2008, С. 94.

② Чуприна И. В. , *Нравственно-философские искания Л. Толстого в 60 – е и 70 – е годы*, Саратов：
　Издательство саратовского университета, 1974, С. 155.

③ Кантор В. , "Лев Толстой: искушение неисторией", *Вопросы литературы*, № 4, 2000,
　С. 164.

1894 年让人把《道德经》翻译成俄语，但在此之前，他便已创造性地吸纳了道家智慧，有研究者指出，《战争与和平》中库图佐夫和卡拉塔耶夫的形象塑造与之不无关系。[①] 而从后者身上，我们确实不难看到道家思想的影子。在小说中，托尔斯泰针对卡拉塔耶夫曾说出这么一番话："他不理解，也不可能理解从一席话里单另抽出来的个别词句的意义。他的每句话、每个动作，都是他在生活中活动的一种表现。照他看来，他的生活作为个别现象，就没有意义。它只有作为他经常感觉到的那种整体的一部分，才有意义。他的语言和动作从他身上流出来，正像香味从花上分泌出来那样均匀、必然和直接。他不能理解个别的动作或者词句的价值和意义。"（8：1279）有学者认为，此处"正像香味从花上所分泌出来那样……"这一比喻所强调的恰恰也是卡拉塔耶夫身上所流露出的那种"与大自然的接近，其本性所固有的东西和自然的东西"[②]。而另有学者则从作家的话语中看到道家思想的痕迹[③]，认为此处所述卡拉塔耶夫的性格特征与老子的某些言语有相通之处，比如他在《道德经》中曾述及："我愚人之心也哉，沌沌兮！俗人昭昭，我独昏昏。俗人察察，我独闷闷。……众人皆有以，而我独顽似鄙。我独异于人，而贵食母。"[④] 在这里，不同研究者各异其趣的视角所得出的结论实际上恰恰也说明了同一个问题，亦即卡拉塔耶夫身上充溢着浓郁的自然生命的气息。

综上，不难看出，托尔斯泰为普拉东·卡拉塔耶夫这一形象涂敷了相当多的、积极的和正面的生命色彩。卡拉塔耶夫"并不拥有某种理论，这种理论可以离开他单独地——比方说，在书上——存在。实际上，他对皮埃尔的影响，是和大自然及天空对安德烈的影响一样的。按说，他没有在所说话里告诉皮埃尔什么，他用自己的整个生命存在对后者施加影响"[⑤]。

---

① Хаютина М.，"Русское Дао：от Толстого до БГ"，*НГ*，*Ex libris*，2 июля 1998，С. 5.

② Громова О. Ю.，"Сравнения в 'Войне и мире' Л. Н. Толстого"，*Русская словесность*，№ 2，2003，С. 30.

③ Хаютина М.，"Русское Дао：от Толстого до БГ"，*НГ*，*Ex libris*，2 июля 1998，С. 5.

④ 陈鼓应注译：《老子今注今译》，商务印书馆 2003 年版，第 150 页。此处引文语义为："我真是'愚人'的心肠啊！浑浑沌沌啊！世人都光耀自炫，唯独我暗暗昧昧的样子。世人都精明灵巧，唯独我无所识别的样子。……世人都有所施展，唯独我愚顽而拙讷。我和世人不同，而重视进道的生活。"参见该书第 155 页。

⑤ Линков В. Я.，*История русской литературы XIX века в идеях*，М.：Изд-во Московского университета；«Печатные Традиции»，2008，С. 93.

而"大自然"和"天空"在托尔斯泰的观念里，则是至美至善、至高无上的意象。因之，卡拉塔耶夫的生命存在所蕴含的正是一种生命的完美与和谐。在很大程度上也可以说，卡拉塔耶夫身上所体现的这种生命的和谐，正是其身上所具有的各种积极的精神禀赋，亦即其生命中的善的本性有机地、浑然一体地结合，换句话说，这也正是其生命的自然性特征的完美表现。

二　"圆"的身体意象及其背后的自然生命的意蕴

普拉东·卡拉塔耶夫给皮埃尔留下的最初的和最永久的印象是一个"圆"：

> 普拉东·卡拉塔耶夫却作为最深刻、最宝贵的记忆和作为一切俄罗斯的、善良的、圆满的东西的化身，永远铭记在皮埃尔的心中。第二天天一亮，皮埃尔看见他的邻人，最初圆的印象完全得到证实：普拉东整个身形——穿的腰间束着绳子的法国军外套，戴的制帽和脚上的树皮鞋，全是圆的，脑袋滚圆滚圆的，背、胸、肩，甚至那两只经常要拥抱什么的手，都是圆圆的；愉快的笑脸和柔和的栗色的大眼睛也是圆的。(8：1276)

在这里，即如引文中所说，"圆"首先是"圆满的东西"的象征。

托尔斯泰对"圆"和"球体"这种形状似乎有种偏爱，什克洛夫斯基曾提及，托翁早年在写那篇《谁向谁学习写作，是农民孩子向我们学习呢，还是我们向农民孩子学习？》时，便曾用球体来借指农家孩子身上所具有的一种未被暴力所扭曲的生命的原始形式，亦即生命的完美形式："请想象一下一个完美的、数学一般准确的、生动活泼的、尽力发展的球体。这个球体的一切部分都以它的同其他部分相称的力量增长着。这个球体堪称完美的典范，但是，他应当在无数同样自由地增长着的球体中，增长到他应分的大小……任务在于使球体增长到它们可能的达到的大小，而又保持它们的原始形式……只有暴力才能破坏这种形式。"[①] 同样地，在

---

① ［苏］什克洛夫斯基：《列夫·托尔斯泰传》（下），安国梁等译，海燕出版社 2005 年版，第 370 页。

《战争与和平》这部小说中，作家亦借用了"圆"这样的一种意象来寓指卡拉塔耶夫身上所具有的一种"圆满的东西"。这种圆满的东西，即如小说在后文所进一步解释的，隐含着卡拉塔耶夫身上所具有的那种生命的完美与和谐。从根本上说，这种完美与和谐是卡拉塔耶夫身上的自然本性的存有，也即是其生命自然性本身，换句话说，是他在生活中没有流失和未被异化的天生的、完美的善的本性。对之，俄罗斯当代一位文艺家林科夫指出，"在《战争与和平》中，托尔斯泰笔下的人物都追求一种和谐，没有这种和谐便不可能存在快乐的生活。但任何人都没有达到卡拉塔耶夫身上的那种圆满（полнота）……在他身上，一切都是本然的，一切都是相称的，一切都是和谐的"①。因此，正是在这层意义上，卡拉塔耶夫所体现的正是一种"难以企及的理想"②。

其次，在托尔斯泰看来，"圆"也是生命本身的一种运动形式。

托尔斯泰曾在日记中记下，"生命在我看来是这样的，它类似于一个圆形的东西向上运动，内核在扩大，而生命变得越来越小，越来越单薄，最终，生命完全与内核融合在一起，与永恒和不变交融在一起"③。在小说中，作家也曾用类似的思路描述皮埃尔对于生命的思考及其同时想到卡拉塔耶夫的情形：

> "生命是一切。生命是上帝。一切都在变迁和运动，这个运动就是上帝。只要有生命，就有自我意识神灵的快乐。爱生命，爱上帝。最困难同时也是最幸福的是在苦难中、在无辜受苦时爱这个生命。"
>
> "卡拉塔耶夫！"皮埃尔想起了他。
>
> 皮埃尔突然栩栩如生地想起他久已遗忘的、在瑞士教过他地理的、仁慈的老教师。
>
> "等一下，"那个老头说。他给皮埃尔看一个地球仪。这是一个活

---

① Линков В. Я., *История русской литературы XIX века в идеях*, М.：Изд-во Московского университета；《Печатные Традиции》，2008，С. 93.

② Щукин В.，"С чего начинается Лев Толстой"，*Вопросы литературы*，№ 4，2011，С. 173.

③ Толстой Л. Н.，*Полное собрание сочинений в 90 томах*，Т. 54，М.：Государственное издательство《художественная литература》，1935，С. 112. 在本卷258页，即在同年度札记中，托尔斯泰亦表述了类似的思想："生命就像在圆中的一个内核，它向上运动，内核在膨大，而圆形中的空间在变小并完全消失；圆形是我们的肉体生命，而内核则是精神生命。"

动的、摇晃的、没有一定比例的圆球。球的表面是密密麻麻、彼此紧挨着的点子组成的。这些点子总在动，在变换位置，时而几个合成一个，时而一个分成若干个。每个点子都在极力扩张，占据最大的空间，但别的也极力扩张，排挤它，有时消灭它，有时和它合在一起。

"这就是生命，"老教师说。

"这是多么简单明了，"皮埃尔想。"我先前怎么就不知道这个呢。"

上帝在那中间，每个点子都在扩大，以便最大限度地反映上帝。它生长，汇合，紧缩，从表面上消失，向深处沉下去，然后又浮上来。这就是他，就是卡拉塔耶夫，你看他扩散开来，又消失了。（8：1396）

卡拉塔耶夫被法国士兵打死后，皮埃尔屡屡记起他，但是从上述文字可以看出，皮埃尔之所以记起卡拉塔耶夫，是他首先想到了生命这一形而上问题本身，而与这个抽象的事物相联系的则是圆、球和圆形的运动，随之从这一形状中浮现出了卡拉塔耶夫的影像。这种抽象→具象→更具象的思维活动，并且想起的是卡拉塔耶夫而非其他人，非常能说明问题，这表明卡拉塔耶夫以其自身的"无意识"的存在完美地演绎了生命，在他的这一存在当中最大限度地体现了生命的神性的东西，使得他自身中的生命与皮埃尔关于生命的思考彼此一致，体现了其关于生命的设想，亦即生命所做的是一种圆形的运动。生命的意象与生命的具象在形式上相合，而生命的具象同时也反映了生命的抽象内涵，这是皮埃尔关于生命思考的一个重要特点，这使得其关于生命的思考既具形象性，又具说服力，同时也让人深深地把握住了卡拉塔耶夫生命背后所负载的形而上的东西。

同时，前文所引述文字当中，亦隐藏另外一层内涵，即"爱"是生命运动中最重要的一个因素。托尔斯泰一直认为，在大千世界中，人不过是沧海一粟，亦即"点子"，他的生命是否有意义和价值，关键在于其是不是做到了爱他人，爱上帝，即像卡拉塔耶夫那样，在"最困难同时也是最幸福的是在苦难中、在无辜受苦时爱这个生命"。在晚年日记中，托尔斯泰曾更为显豁地表述了这一思想："上帝是无限的一切，这使得人意识到自己只不过是有限的一部分。真正存在着的只有上帝。人是上帝在实体、时空中的显现。上帝在人身上的开显即为生命，一个人越多地把这种开显与他人（借助生命）结合在一起，他就活得越长久。把自己的这一生命与他人生命得以相结合的是爱。"① 这句话其实正是对前文中"上帝"观念及"点子"运动方式的具体诠释。同时，通过前文所引述的文字亦可知道，富有爱心正是卡拉塔耶夫最重要的精神特征之一。

再次，"圆"的形状也象征着一种生命的永恒。

托尔斯泰笔下，有纷繁多样、千姿百态的生，也有这种生命的死。有时候这种生与死呈现出一种神秘的色彩。我们知道，在《战争与和平》中，小公爵夫人丽莎·博尔孔斯卡娅在生出小生命的时候，自己却因这种生育而死亡；而在《安娜·卡列宁娜》中，伴随着基蒂的生育，则有尼古拉·列文的死。俄罗斯哲学家比齐利（1879—1953）在其文章《托尔斯泰创作中的生命与死亡问题》（1928）中认为，这两种情节"强调了生命的隐秘的双重性，开始与结束的神秘的一致性（мистическое сродство）"②。其实，从这种生命的"开始与结束的神秘的一致性"之中，我们不难联想到圆的形状。因为，在圆的任何点上，它均表示一种开始，也表示一种结束，从而隐喻着一种永恒常在。这种生命的更替式的、周而复始的运动是与上文我们引述的托翁关于生命的"圆形的向上运动的"方式是不一样的，虽然在那里，托翁其实也谈到了生命的永恒。无独有偶，托翁本人也从这种循环往复的角度谈到了生命存在及其运动的方式，他在日记中曾写下："生命从来不会停留在一个地方，而是始终不停地运动，做圆形的运动，好似使一切存在过的东西经过毁灭，返回到从前没有过的生存。而实际上，这些圆在自己的出现和消失之中，重新组成其他新的、更大的圆，而这些圆同样在出现和消失的同时，组成更大的圆，这样上下反复直至无限。"③ 从这里可以看出，在托翁看来，人类的生命在这种有生有死、生生死死的圆周运动中，保持着一种永恒的存在，它本身是不会消失的。

其实这里是就整个人类的生命而言。但在托翁的认识里，个体的人在

① Толстой Л. Н., *Полное собрание сочинений в 90 томах. T. 58*, Москва-Ленинград: Государственное издательство《художественная литература》, 1934, C. 143.

② Бицилли П. М., "Проблема жизни и смерти в творчестве Толстого", *Л. Н. Толстой: pro et contro*, СПб.: Издательство Русского Христианского гуманитарного института, 2000, C, 477.

③ Толстой Л. Н., *Полное собрание сочинений в 90 томах*, Т. 55, М.: Государственное издательство《художественная литература》, 1937, C. 73.

从出生到死亡所构成的这样一个圆形运动中，也能获得其生命的永恒。托尔斯泰认为，"人通过自身呈现出两种生命：其中之一为肉体生命，这一生命不断地变得衰弱并走向死亡，因此，人的肉体生命在从出生到死亡的这一过程中存在并消失着；但人尚有另外一种生命，灵魂生命，这一生命在从意识到出生起到死亡的过程中存在着，并成长着"①。也就是说，在托尔斯泰看来，人的肉体是有死的，而精神则可以做到不朽，进一步说，人的不朽体现在其崇高的精神上，而非肉体上。在托尔斯泰那里，人的这种不朽是通过爱来实现的。托翁指出，"人们的灵魂因肉体而彼此分离，并与上帝分离，但他们努力要与那所分离的相聚合，并通过'爱'达到与他人灵魂的结合，通过参悟自身神性达到与上帝的结合。这种通过'爱'与他人灵魂，通过对自身神性的觉悟达到与上帝越来越紧密的结合，就是人生的意义和幸福所在"②。皮埃尔之所以说，"只要有生命，就有自我意识神灵的快乐"，便是因为他意识到生命中有一种神性的、不朽的东西，同时也从卡拉塔耶夫的生命中看到一种神性的东西，这便是在卡拉塔耶夫身上的那种无意识的爱，亦即我们前文所引述的那种在皮埃尔眼中的不着形迹的爱，当然，在卡拉塔耶夫所讲故事中的那个无辜受难的老人身上更体现了其自身的爱的境界。

卡拉塔耶夫从未在自身意识到这种爱，但正是他的这种生命本身让皮埃尔意识到这种朴素的生命的伟大，意识到其中所具有的一种神性的东西，所以在他的脑海里时时映出这一形象，特别是他思考到生命的意义时更是如此。即便是小说的结尾，卡拉塔耶夫的形象也一再在他那里呈现出来（8：1543），从这个角度而言，卡拉塔耶夫是不朽的，他的生命实际上已经获得了一种永恒性质。

最后，卡拉塔耶夫身上所具有的圆的形象亦代表着一种智慧。

别尔嘉耶夫曾表示，托尔斯泰"把智慧和淳朴（простота）联结在一起"③，这一点在托翁笔下的人物卡拉塔耶夫身上有着具体、明显的体现，只不过作家在把这一纯朴的形象与智慧联系在一起的同时，又为其所具有

① Толстой Л. Н., *Полное собрание сочинений в 90 томах*, Т. 55, М. : Государственное издательство " художественная литература ", 1937, С. 194－195.

② ［俄］列夫·托尔斯泰：《生活之路》，王志耕译，中国人民大学出版社2006年版，第1页。

③ Бердяев Н. А., *Русская идея*, Харьков: Фолио; М. : ООО " Издательство АСТ ", 2000, С. 135.

的智慧附加了一种圆的意象。

我们在前文说过，卡拉塔耶夫身上凝聚着一种民间的智慧，这种智慧体现了一种民间信仰，即在一切事物中看到善而不是恶。托尔斯泰曾说，"我的圈子里的人因为贫困、痛苦而反抗，对命运不满；与此相反，那些人（指下层百姓——作者）接受病痛、悲伤而丝毫没有表示不理解，也不反抗，而是安详地、坚定地相信，一切都应该是这样，不可能是另一种样子，所有这一切都是善"（15：48）。可以看出，此处所述几乎与卡拉塔耶夫这一形象所反映出的生命内涵同出一辙。卡拉塔耶夫从不以生活中的苦为苦，并且乐意领受这种生活中的苦，从苦中看到了一种生命的快乐，把受苦看作善，比如，他以自己的服役而免去了弟弟服兵役的可能，从而给整个家庭带来了幸福，他非常为之自豪。放弃自己的福（благо）而无意识地追求一种共同的福，这其实不是一种对生活逆来顺受般地消极应对，而是一种无意识地彰显生命之爱的积极的生命观，这种智慧也体现了其对生命规律和客观自然规律的深刻领悟。卡拉塔耶夫经常感觉到自己是"那种整体的一部分"，个人所做的是与这个整体相和谐，而不是相分离，不是违拗整体的运行规律，所以卡拉塔耶夫与周围的一切都相处得那么自然、融泄无间。中国古语中有"蓍之德圆而神，卦之德方以智"的说法，前句所语的"圆而神"即表示一种具有极大包容性的、雍容有度的智慧，这里面也有圆的形象。而从卡拉塔耶夫的生活中，从他对人生的深刻把握和对生死的参透中，可以看出他对世事一种通达圆融的态度和高超的智慧。这一形象其实可以与同一小说中的库图佐夫相参照，后者也同样体现了一种来自民间的智慧，他的所言所行也更像一位农民，而他的身体特征也与卡拉塔耶夫不无相似之处。因之，卡拉塔耶夫"圆"的身体特征中似乎也暗含了一种生命智慧的意味。从这一意义上，我们可更好地理解皮埃尔对他的印象："一个不可思议的、圆满的、永恒的朴素和真理的精神化身。"（8：1279）

梅列日科夫斯基曾指出，卡拉塔耶夫身上所具有的"这一圆的轮廓体现了一切单纯的、与自然相谐的永恒不动的方面，封闭的、完美的和自在的方面——在艺术家看来，这是俄罗斯民族精神的基质"①。该语表明，托尔斯泰对卡拉塔耶夫的圆形体征赋予了多重的内涵。这里既有作家对俄罗

---

① Мережковский Д. Л., *Толстой и Достоевский*. Вечные спутники. М.：Республика，1995，С. 72.

斯人民身上的那种民族精神的把握，也有他对自己生命观念的认识。其实，反映在这一圆形意象里的生命观念，概括地说，是张扬生命的自然本性契合无间的交融，同时也是要求内在心性自然与外在客观世界的完美统一，它体现了一种生命自然的高度自由的境界。

卢卡奇认为，"托尔斯泰真正史诗的和远离每一小说形式的伟大思想，在于追求一种基于同感的、简单的、与自然紧密联系着的人类共同体的生活，这种生活依赖于大自然节律，在其产生和消失的节奏中运动，并把非自然形式的一切狭隘和分离的事情、瓦解着和僵化着的东西排除出自身之外"①。毋庸置疑，史诗巨著《战争与和平》的字里行间所跃动的正是这一基调。而托尔斯泰这一创作思想的根源，显见与其所秉持的自然生命观密不可分。在很大程度上，作家的这一创作思想在小说中通过"对'自然人'、'自然与生活'的礼赞"②呈现出来，而卡拉塔耶夫则在其中承担了举足轻重的角色。

总体上看，在卡拉塔耶夫这一形象身上，较为完整和充分地反映了小说中所体现的一种生命的自然性思想，即如托尔斯泰学专家加拉甘所表示的，"在卡拉塔耶夫身上主要的不是体现了一种温顺和服从，而是体现了托尔斯泰的有关'朴实和真实'的理想，那种消除对死亡的恐惧和激起人的全部的生命力而完全融入到'大家的生活（общая жизнь）'中的理想"③。这里的两种理想，即如我们在前文中所提及的，在很大意义上讲，所指的都是一种生命自然性的具体特征（朴实和真实）或内在要求（以"爱"融入"大家的生活"）。同时，不难发现，在卡拉塔耶夫身上，也有着一种把民间传统的多神教与正统的东正教相糅合的朴素的信仰（比如他既祷告上帝、基督、圣徒，也祷告马神）。不过，对于卡拉塔耶夫，我们或也可注意到，他与其他具有生命自然性的人物的不同之处在于，在他身上不单单呈现出构成自然生命的诸多因素，比如爱、身体力行的劳动、坦然面对死亡等，以及由这些因素中可以看到的一些总体的精神特征，比如朴实、顺任自然等，而且更呈现出了由这些因素所构成的一种生命的浑然天成的和谐，呈现出了具有生命自然性的人物所能达到的这种生命的完美。

① ［匈］卢卡奇：《小说理论》，燕宏远、李怀涛译，商务印书馆2012年版，第134页。

② ［美］米尔斯基：《俄罗斯文学史》，刘文飞译，人民文学出版社2013年版，第354—355页。

③ Галаган Г. Я., "Л. Н. Толстой", *История русской литературы*（*Т. 3*），Ленинград：Издательство «Наука», Ленинградское отделение, 1982, С. 824.

第四章 贵族形象与生命的自为自然

> 列文总是抨击文明社会生活的虚伪,他离开那里走向乡村,走向自然,走向人民和劳动。[①]
>
> ——别尔嘉耶夫

> 渴慕自然和寻求赋予内心以和谐的信仰,这就是文学家托尔斯泰的主要人物的基调。[②]
>
> ——柯罗连科

从字面上看,"自为"与"自然"是一对彼此矛盾且相对的概念,前者强调力为,而且也隐含着有意识的行为之意;而后者则内在地涵纳着"非人为、无意识"的意义。本处之所以使用"自为"这一字眼,一方面,是有与前述托翁笔下所折射的自在自然的生命思想相区别的考虑;另一方面,则是对托尔斯泰笔下人物所体现的自在自然之外的自然生命特征的一种概括。从前文我们知道,自在自然的生命特征所体现的是一种自发的生命意识,具有这种生命特征的人物往往在生活中从未考虑过生命意义的问题,当然从未经历过紧张的精神探索,但是,就在这种无意识中,在他们的无言的举手投足之中却对"何者是真正的生命"做出了回答。与此同时,在托尔斯泰笔下也有这样一类人物,他们通过自身的经历,认清城市上层社会生活的腐朽和堕落,认识到这种生活对人的自然本性具有腐蚀

[①] Бердяев Н. А., *Русская идея*, Харьков: Фолио; М.: ООО «Издательство АСТ», 2000, С. 133.

[②] 倪蕊琴主编:《俄国作家、批评家论列夫·托尔斯泰》,中国社会科学出版社1982年版,第220页。

性，因而安居一种乡村的生活，在这里找到内心的宁静与和谐；另外，与此相比，托尔斯泰笔下也有一类内心精神活动更具紧张性的人物，他们总是凝思"活着，为什么"这样的形而上的问题，并且为了找到这一问题的答案而自觉地进行精神探索，最终在乡村生活中找到了自己生命意义的归宿。纯朴、诚实是这一类人物的性格特征，身体力行地从事劳动，与大自然保持密切联系是他们有意为之的日常生活方式，因此我们把从这类人物身上所体现的生命质地归结为一种生命的自为自然性。无一例外，这一生命特征大都反映在托尔斯泰笔下的那些正面的贵族形象身上。应当提及，这一生命特征与托翁笔下生命的道德性特征区别在于，体现前一生命特征的人物往往并不总是把"爱"这一反映托翁道德思想的核心字眼挂在嘴边，作为衡量自己和他人生命价值的标准，而是把自己的生命意义与农村、农民、大自然以及与身体力行从事乡村生产劳动维系在一起，把自己的生命理想置放在社会的底层。

第一节　《家庭幸福》：生命向自然回归

《家庭幸福》（Семейное счастье，1859）为托尔斯泰早年创作的一部小说，当年发表在《俄国通报》上。小说中，玛丽亚·亚历山大罗夫娜（通常译为亚历山德罗芙娜——作者注）是一位心地单纯、善良和纯洁的乡村贵族少女，婚后一度迷恋城市上层社会的生活，不思回到乡村，直至在她认清这种都市的奢侈生活充满虚伪和欺骗之后才醒悟过来，返回乡村庄园与丈夫一起过起了幸福的家庭生活。

对于这部作品，作家本人和同时代的评论家并不看好，比如，托尔斯泰认为这是一部"恶劣的作品（мерзкое сочинение）"[①]，而当时与其交好的评论家 В. П. 鲍特金则认为小说"之所以失败，都是由于作者思想模糊不清和具有某种不自然的清教徒观点所造成的"[②]。此后也不乏评论家对小

[①] ［苏］赫拉普钦科：《艺术家托尔斯泰》，刘逢祺、张捷译，上海译文出版社1987年版，第57页。

[②] 同上。

说立意偏于狭隘或者其情节与时代特征不甚符合而多持批评立场。

其实，对于这部小说一概地否定并不可取。① 虽然作家在这部作品里并没有反映广阔的社会生活，而是把小说的情节冲突限定在个人的小天地，但这部作品却是作家日后众多作品的思想源头，比如小说所反映的家庭生活及关于妇女职责的思想和这一题材，在后来的《战争与和平》、《安娜·卡列宁娜》以及《克莱采奏鸣曲》等作品中均得到了不同程度的继承与发扬；而小说所认为的上流社会的生活充满腐朽和堕落的思想也为作家在以后的创作中贯彻下来；与此同时，在小说中体现出来的城市生活与乡村生活相对比的鲜明基调更是作家以后众多作品的创作主旨，特别是在《安娜·卡列宁娜》中得到了充分的运用。

具体到这部小说所呈现出的乡村生活与城市生活相对比的鲜明基调而言，我们在其中可以看出一种扬前抑后的倾向，亦即那种张扬乡居生活，以寻求内心和谐的思想倾向，这其中所透露的正是对生命自然的肯定。

对托尔斯泰深有研究的知名学者加拉甘认为，托尔斯泰的创作具有浓厚的自传性色彩，他表示，作家在创作过程中"不但从作者的层面上，而且也从自传性的层面上为笔下的人物打上了'托尔斯泰的'标签"②。其实，《家庭幸福》也是一部具有自传性色彩的小说，即如布尔索夫所说，"托尔斯泰把个人生活的经历几乎用在了他的每一部作品之中，在这方面，《家庭幸福》也不例外。写于紧张的思想探索年代的这部作品，属于托尔斯泰的那些最具意在笔先的作品之列"③。如托尔斯泰其他的作品一样，这部小说的自传性不仅仅体现在小说中人物的经历上，而是更体现在其中人物所表达的思想上，亦即小说的立意上。创作这部小说之前，作家在一封信里曾表示："抛开对安宁和真诚幸福的幻想，即对没有混乱、劳动、错误、创举、忏悔，对己对人不满的幸福的幻想是痛苦的，但是，感谢上帝，我真诚地确信，安宁和我们寻求的生活中的纯洁是我们无法享有的，

---

① 并不是所有的学者对托尔斯泰的这部作品持否定观点，举例来说，阿列克谢·兹韦列夫认为这部小说有类似于《别尔金小说集》中的小说之处，并且让人看到了后来的契诃夫小说中的一些特征。См.：Зверев А.，Туниманов В. А.，*Лев Толстой*，М.：Молодая гвардия，2007，С. 156.

② Галаган Г. Я.，"Л. Н. Толстой"，*Историй русской литературы*（*Т. 3*），Ленинград：Издательство《Наука》，Ленинградское отделение，1982，С. 797.

③ Бурсов И. И.，*Лев Толстой Идейные искания и творческий метод 1847—1862*，М.：Государство издательство художественной литературы，1960，С. 278.

唯一正当的幸福是诚实的劳动和克服障碍。"（16：68）看得出来，作家在那时对"安宁"和"生活中的纯洁"怀着一种由衷的、热烈的期望，把它们看作一种崇高的理想。正是借助《家庭幸福》这一小说，作家把自己的这一理想诉诸笔端，表达了那种"在自身没有泯灭的对人、人民和人类生活的根本问题的关注和兴趣"① 这样一种思想倾向。

这部小说是从两个方面展开的：两位中心人物玛丽亚·亚历山大罗夫娜和谢尔盖·米哈伊洛维奇之间的交往以及玛丽亚·亚历山大罗夫娜在上层社会中的生活。这两个方面在结构上正好与作品的前后两部分相对应，而且从内容上看，小说前部分以乡村生活为背景，而后部分则充分反映了城市上流社会的生活，后者以前者为铺垫，并且在与前者形成强烈对比的基础上揭示了主题：乡村生活是赋予人身心自然的生活。

小说中，谢尔盖·米哈伊洛维奇是玛丽亚·亚历山大罗夫娜父亲的朋友，后者的保护人。他是一位甘居乡村生活的中年地主，处事沉稳，为人善良。这一人物与托尔斯泰此前和此后创作中类似的人物有所不同，在他那里有着未经激烈的精神探索而来的、既定的和明确的世界观：幸福在于为别人活着。他对人的看法也有其独特的眼光："一个不好的小姐，只是在有人欣赏她的时候，她才生气勃勃，等剩下她一个人的时候，她就无精打采了，而且她感到什么都不如意；她活着只是为了让别人欣赏，而对于她自己，什么都无所谓"（3：86）。据此可知，他最为看重的是人身上的朴实、不虚荣这些体现人的自然本性的内在方面，所以他希望玛丽亚要努力做到"最真诚的坦率"（3：93），"不要矫揉造作"（3：94）。玛丽亚，这位小说的主人公在小说开头是一位年仅 17 岁的足不出户的乡村贵族少女，在她身上"有一种独特的、乡村的、纯朴和迷人的东西"（3：142），她时时以自己的保护人的言行作为榜样，不由自主地接受他的影响。她深深地爱上了他。

婚后的玛丽亚不再安于乡村平静的生活，"青春和要求行动的感情，在我们平静的生活中没有得到满足"（3：134），所以她来到彼得堡，在这里，就如其所看到的那样："我忽然置身在这样一个幸福的新世界，在我周围充满了无穷的欢乐，在我面前出现了这样新奇有趣的事物，因此我就

① Бурсов И. И., *Лев Толстой Идейные искания и творческий метод 1847—1862*, М.：Государство издательство художественной литературы，1960，С. 280.

立刻（尽管是无意识地）把我的整个过去和过去所有的计划都抛弃了。'过去的一切简直是开玩笑；生活还没开始呢；而现在，才是真正的生活！'"（3：140）她出入上层社会中的舞会，参加各种社交生活，在这里获得了极大的成功，随之而来的，"社交生活，最初以它的五光十色和虚荣心的满足使我眼花缭乱，而且很快就完全支配了我的癖好，变成了习惯，把它的枷锁套在我身上，占据了我心里用于容纳感情的全部地方"（3：140）。但正是在与一位意大利侯爵的浪漫的情感经历中，使她深深地认识到了这个"愚蠢社会的污浊、怠惰和奢侈"，意识到什么是真正的生活，并且自进入上层社会后"第一次清晰回想起我们在乡村的最初情景和我们的计划"（3：160）。这时候她回到了乡村，回到了丈夫身边。

其实在玛丽亚沉湎于上流社会生活的过程中，谢尔盖·米哈伊洛维奇一直是一位冷静的观察者，用他的话说，"为了要回到真正的生活中来，一定得亲身去经历一下那荒唐无聊的生活"（3：171）。这句看似平淡无奇的一句话，正是小说的点睛之笔，小说前前后后的文字，似乎正是这句话所蕴含的思想的一种安排。如此一来，在作品最后，通过这句话所明确的小说立意便呈现得更加显豁和有说服力：它让人真切地认识到，在乡村生活和上层社会的生活之间，哪一种是真正的生活，而哪一种是荒唐的生活。也就是说，从小说的中心人物最终返回乡村这一结尾而言，并没有丝毫让人感到突兀之处，但重要的是，她是在意识到了城市上流社会生活的荒诞和鄙俗而回到乡村的，这一点才是小说的题旨所在。由此我们可以看到小说所真正要确立的东西，即淳朴、单纯、洋溢着生命之真的乡村生活才是一种真正的生活。这种从实践中体会出的生命真理显而易见具有自为性质。

当然，我们在《家庭幸福》中可以看出，小说所倡导的仅仅是一种广泛意义上的乡村生活，在这种倡导的背后隐性地指出了只有在这样的生活中才能使人的心情更加平静，使人摒弃虚假的欲望；也才能使人的自然本性不致被扼杀，才能更大限度地保持内心的善，不致失去生活的方向。根据这部小说所隐含的这一基调，我们结合托尔斯泰此后写出的作品，不难看出其创作思想的一贯性，单就其平民化思想、其对乡村生活的偏爱以及由此体现出的对生命自然的倡导而言，在托尔斯泰那里有着深厚的或者说先天的精神根砥。与此同时，在《家庭幸福》这部小说中，作家没有具体刻画在乡村中生活的农民、农民的劳动以及与农民生活相联系的大自然等，所有这些，随着作家精神探索的深入，以后在他的其他一些作品，特别是在《安娜·卡列宁娜》中，以宏大的社会背景和生活画面，同样也是以城市与乡村相对比的方式，借助康斯坦丁·列文这一形象更大规模地呈现出来。

第二节　《安娜·卡列宁娜》:对自然 生命形态的崇尚

列夫·托尔斯泰在《家庭幸福》中所安排的一种相互独立且彼此对比的结构，在《安娜·卡列宁娜》中为作家更加巧妙、娴熟地运用，发展成为一种弥合无间的"圆拱形"结构。圆拱的两边代指把小说建构起来的两条轴线，其中一条围绕安娜、卡列宁和弗龙斯基这一线索展开，另一条则围绕由康斯坦丁·列文和基蒂构成的线索展开。这两条轴线彼此独立，同时在此中通过各种人物又衍生出众多的思想线索，它们彼此交叉，把这两条轴线衔接在一起。在宏大的思想视野和宏阔的社会背景下，小说叙事围绕这两条基本线索渐次铺陈开来，并且从它们当中映射出纷繁多样的重大社会思想话题，比如家庭生活、妇女职责、贵族阶层的沦落和商人阶层的成长、俄国农业发展的道路以及当时的各种社会思潮在俄罗斯社会中所引起的思想撞击等，但小说最根本的还是从城市生活和乡村生活相对比这一基调上展开。

小说中，围绕安娜这一中心人物铺排开来的是一个光怪陆离、富丽奢华的画面，处于这个画面中心的主要是城市（莫斯科和彼得堡）上层社会的贵族及官僚的生活。透过托尔斯泰的笔下，我们不难看到这一画面所反映的这种生活的各个层面：在官场上，各级政府官僚和贵族处心积虑地追求个人的名利、官阶的升迁、对权贵的攀附，而这班人真正地办理起公务来则又敷衍塞责，想尽办法贪污掠取，只讲求一己之私；与此相类似，社交沙龙里那些出身高贵的太太和老爷们，以及知识渊博的学者们，大都以一副事不关己的姿态讨论着社会时政，不着边际地重复着那些无关痛痒的老套话题，或者乐此不疲地窥视他人的私生活，打探传播他人的花边消息；处于这一上流社会生活中的每一个家庭，无一逃出夫妇双方离心离德、彼此背叛的境地，切实印证了小说开头所说"不幸的家庭各有各的不幸"（9：3）这一要语。显而易见，这一画面所反映的是一个与《战争与和平》总体基调迥然相异的天地①，在这里已然没有了生活的欢乐与生命的和谐，这是一个人与人之间彼此相离，人的内心为各种欲望所充塞而失调的世界。即如安娜·卡列宁娜所说的，这是一个"全是虚伪，全是谎话，全是欺骗，全是罪恶"（10：993）的世界。在这一世界里，"一切都混乱了"（9：3），他们中的每一个人，麇集在"染上瘟疫的房子里"（10：957），过着托翁所说的"类生命"的生活，无一能独善其身，做到"世人皆醉唯我独醒"。

与这种城市生活相对照，托尔斯泰通过刻画小说中的另一个中心人物康斯坦丁·列文则为我们展现了另外一个截然不同的天地——乡村。在托翁笔下，乡村往往不是"黑暗的势力"②放恣猖獗之所，而是与真正为"黑暗的势力"所统治的城市生活有着完全不同的方面，这是洋溢着生命和谐的沃土，是保持心灵纯净的家园；这里有顺应自然的生活方式，具体地说，有陶冶人们的身心、使灵魂向自然本性回归的大自然和体力劳动，而与农民交往则也会使人的内心变得简单、朴实。在小说中，中心人物列

---

① 当然，在《战争与和平》中，城市上层贵族的家庭生活及其社交沙龙里同样浸透着堕落与腐朽等风气。

② 《黑暗的势力》（Власть тьмы，1886）是列夫·托尔斯泰以农村为背景写出的一部戏剧，作品中主人公尼基塔是富有农民彼得家的长工，他与彼得的妻子阿尼西娅及彼得前妻的女儿阿库林娜有染，并且杀死了与后者生下的孩子，后来良心觉悟，向警察自首。作家通过这部戏剧展现了农村中的愚昧和人性的阴暗（这点在马特廖娜、阿尼西娅身上体现得最为明显），但与此同时，剧作中也塑造了两位质朴的、充满朴素道德感的农民阿基姆和米特里奇。通过这部剧作我们可以看到，托尔斯泰并没有把乡村生活理想化，乡村生活或者接近大自然的生活中同样存在与生命的本性相背离的东西（邪恶、不道德等），这一点我们之前在其所创作的小说《哥萨克》中通过玛丽亚娜的那位势利的父亲可以看得出来，作家在《安娜·卡列宁娜》中也提到一位"连个基督徒都不可怜的"农民米秋赫（10：1031）。另外，尚要提及的是，在《黑暗的势力》这部剧作当中约略可以看到，托尔斯泰在其后期创作中已经更加重视生命的道德质地，加强了这一方面的宣扬基调，或从这一方面可以理解，作家后期创作农村画面较前期之所以为少的原因。虽然作家把这部剧情发生在农村的剧作题名为《黑暗的势力》，但在作家的观念里，城市上层社会的生活更是为"黑暗的势力"所统治，这是为作家的作品中的城市生活所证实的。在这方面，梅列日科夫斯基曾提及，"《战争与和平》、《安娜·卡列尼娜》的部分事件发生在彼得堡，但是在这里没有彼得堡和彼得大帝的精神。对于托尔斯泰来说，首都有个'光明'的精神，也是——黑暗的精神，'黑暗的势力'"（参见梅列日科夫斯基：《托尔斯泰与陀思妥耶夫斯基》（卷一），华夏出版社2009年版，第259页）。

文切身经历的正是这种生活，这也是他自觉选择的生活，柯罗连科曾说，"渴慕自然和寻求赋予内心以和谐的信仰，这就是文学家托尔斯泰的主要人物的基调"①，这一精神特征便典型地体现在列文这一文学形象身上。在小说中，康斯坦丁·列文是作为"思想"的主人公出现的，他时时寻求和探索生命的终极意义，并从农民那里找到了自己的道德理想，最终使自己不安分的内心获得了一种内在的和谐。值得一提的是，列文在寻求生命的道德意义的过程中，无时不对城市生活保持着一种警醒的态度，并自始至终厌弃和排斥它，比如，他陪同基蒂在莫斯科待产期间，便深深地意识到，"在莫斯科逗留了这么久，除了吃喝玩乐，东拉西扯以外无所事事，他简直变得糊涂了"（10：912）。与此同时，列文却在自己的乡居生活和身体力行从事的农业生产中感受到了内心的宁静与平和，并从中看到了这种生活的价值和意义。在这一方面，列文在追求道德生命的过程中，所透露出的他的内在精神禀赋及其生活方式上的生命自然的底色，正切实印证了作家本人的一种思想。这一思想作家曾在其与他人的信中阐发出来："我为什么活着和在这一生命中我应当做什么这一宗教意识应当而且也只能是我们生活的指导因素（руководящее начало）。对道德的需求便从这一宗教意识中生发出来。受道德需求的吸引，我们总是把我们的生活简单化（упрощение）。因之，只有在那种程度上，亦即纯朴和生命的自然（простота и естественность жизни）是出乎道德的需求，它们才能称得上是好的和适宜的。"② 显而易见，在列文生活中所体现出来的那种纯朴和自然的生命质地，正是为作家所欣赏并极力张扬的，而从作家这句话中同时也可以看出，他此处所指的生命的自然性是与生命的道德性联结在一起的，从而使这种生命的自然性呈现出一种自为的特征，而这也正与列文自身所体现出的生命质地恰相符合。

托尔斯泰在乡村生活的背景上，除了展现列文及其一家的生活之外，还刻画了众多的农民形象、农民的劳动以及乡村中的大自然。在小说中，托翁带着尊重和赞赏的情感表现了自己笔下的农民形象。通常，他们往往是劳动中的农民，同时又富有一种纯朴的美和自然的善。对于后者，托翁

① 倪蕊琴主编：《俄国作家批评家论列夫·托尔斯泰》，中国社会科学出版社 1982 年版，第 220 页。

② Толстой Л. Н. ，*Полное собрание сочинений в 90 томах*，Т. 69，М.：Государственное издательство художественной литературы，1954，С. 151.

在其《乡村三日记》（Три дня в деревне，1909—1910）中曾具体指出过它们体现的一些方面："农民一家，包括妻子、儿媳妇、姑娘、大小孩子，全都挤在一个七八俄尺见方的房间里。主人接待饥寒交迫、衣衫褴褛、肮脏发臭的人，不仅让他过夜，还给他面包吃"①，这些农民们，"如果不请他们（贫穷的过路人——作者注）坐下来同自己一起吃饭，就觉得于心不安"②。对于农民们的这种乐善好施的行为，托尔斯泰认为，"这是真正的善事，农民们一直在做，但并没有意识到这是善事。再说，这种善事不仅是'为了灵魂'，而且对俄国社会极其重要"③。同样地，我们在《安娜·卡列宁娜》中也能看到这种无意识地做善事的农民，比如，在拜访一位朋友的路上，列文便受到了一户富有农民热情的招待（9：417－420）；而与列文一起打猎的韦斯洛夫斯基同样也遇到了这种情形，他对自己在农民家里受到的礼遇赞不绝口："他们给我吃的，给我喝的。多么好的面包，真妙！可口极了！还有伏特加……我从来也没尝过比这更可口的酒！他们怎么也不肯收我的钱。而且还不住地说：'请你多多包涵'，以及诸如此类的话。"（10：761）除此之外，通过小说中人物的对话，我们也知道有位名为福卡内奇的农民，他"为了灵魂而活着。他记着上帝"（10：1032），正是他对列文的精神探索产生了重要的积极影响。托尔斯泰在《为尼·奥尔洛夫的画册〈俄国农民〉所写的序》（Предисловие к альбому " Русские мужики " Н. Орлова，1908）中曾表示，这位画家的画册展示了真正的俄国农民，他们"温顺、勤劳、信仰基督④、平和并富有耐心"⑤，显而易见，托翁通过《安娜·卡列宁娜》在自己笔下所表现的正是这样的农民。另外，在小说中，托翁主要通过列文与农民一起刈草和他参与的分草等情节具体展现了农民劳动的情景，表现了他们勤劳的本色。同时在这种劳动场景中、在春天来临之际的农忙中、在列文的两次打猎活动中，我们则又看到了乡村生活中的大自然，它不仅陶冶了列文的身心自然，而且身处此

---

① ［俄］列夫·托尔斯泰：《哈吉穆拉特》，草婴译，上海文艺出版社2004年版，第372页。

② 同上书，第373页。

③ 同上书，第373—374页。

④ 托尔斯泰一直对官方的基督教会持反对立场。此处的基督教信仰当指没有泯灭爱和善的意识的民间朴素的信仰，这种信仰实际上是基督教和世代相传的多神教的混合体，这在托尔斯泰笔下的农民身上一再地表现出来。

⑤ Толстой Л. Н.，*Полное собрание сочинений в 90 томах*，Т. 37，М.：Государственное издательство художественной литературы，1956，С. 273.

间的农民人人都显现出质朴、善良的天性，他们超越了生活阶层的差别，也超越了生活中的嫌怨，平等相待，友爱相处，构成了一幅外在自然和内在自然相统一的美好画面。

整体上来说，《安娜·卡列宁娜》中的乡村生活呈现的是一种融洽和乐的生活，托翁笔下的农民不乏自然善的精神内里是城市上流社会中的人物所缺少的。如此一来，小说中城市生活与乡村生活的对比便构成了一种生命质地的强烈反差。这种反差所体现的正是作家的一种臧否扬抑态度以及作品的创作题旨——推崇亲近自然的生活方式，倡导一种身心充满自然性的生活。

尚应提及，在小说显见的城市生活与乡村生活对比之外，与之相应，小说亦存在一种肉体生命与精神生命的对比。[①] 如果说前一对比主要着眼于小说的结构安排和题旨取向的话，那么，后一对比则是小说更为深刻的内在的、思想主旨的对比。我们这里不妨提及别尔嘉耶夫在这一方面的论断。正是这位常常以哲学家的眼光审视托尔斯泰创作的别尔嘉耶夫，他总是能够凭借其卓越的抽象思维能力和对问题高度概括的能力，透过托翁浩繁的文字敏锐地把握出其中最深刻和最核心的东西，言简意赅地说出前人未发之言，给人以振聋发聩之感。比如，他曾谈及："一个人太热衷四周的交际，太朝向他人，太沉溺于社会和文明，他所能凸显的往往是那个肤浅的'我'。依从此项'我'，常发生交往，而不发生交会。列夫·托尔斯泰对此实在了然于心，他常描绘人的双重生活：周旋于社会、国家和文明，是一种外在的虚伪的生活；注视永真，体悟生命的底蕴，是一种内在的真实的生活。"[②] 别氏在这里谈到的是托翁创作中的一些人物形象身上的"一体两面"，这在安德烈·博尔孔斯基公爵身上体现得尤为明显。但在《安娜·卡列宁娜》中，这种"两面"，亦即"外在虚伪的生活"和"内在真实的生活"则分别表现在不同的人物形象身上，在他们那里这两种生命质地呈现出强烈的对比色彩，具体而言，它们表现为城市上流社会当中各种人物的生活与列文个人生活的对比，这是一种肉体生命与精神生命的对比。

托尔斯泰终生激烈地反对他所认为的那种肉体生命。在他看来，一个人在生活中完全或者过多地沉湎于各种肉体的欲望，或者信仰认可这些欲

---

① 在这一对比中隐含着不幸家庭与幸福家庭的对比。

② ［俄］别尔嘉耶夫：《人的奴役与自由》，徐黎明译，贵州人民出版社 1994 年版，第 9 页。

望的观念，诸如"罪孽（即放纵肉欲）、邪念（即对幸福的虚假观念）和迷信（即为罪孽和邪念辩护的伪学说）"① 等，那么他的这种生活就其本质而言便体现为一种肉体的生命。托翁曾表示："我们的生活是好还是坏，仅仅取决于我们是把自己看作肉体的生命还是灵魂的生命。如果我们认为自己是肉体的生命，我们就会败坏真正的生活，就会激发起更多的情欲、贪婪、争斗、仇恨和对死亡的恐惧。如果我们认识到自己是灵魂的生命，我们就会激发和提高生活，摆脱情欲、争斗和仇恨，而释放出爱心。而从肉体生命到灵魂生命的觉悟这一转变，靠的是思想的努力。"② 在《安娜·卡列宁娜》中，作家所提及的这种肉体生命便淋漓尽致地反映在了其笔下的那些完全生活在城市上流社会中的人物身上。在这方面，首先应提及的便是小说的中心人物安娜·卡列宁娜，她把个人的生活"建立在个人的情欲之上，这种生活失却了崇高的道德目标"③，从而酿成了自己的生活悲剧，即如内心不乏纯洁和善良禀赋的安娜，其命运尚且如此，沦为肉体情感的奴隶，那么更遑论那些在上流社会浸染日久的其他人物了。从小说中可以看到，虚伪、保守、"刻板而又官气十足"④ 的卡列宁，只不过是一架维护官僚体制运行的机器，在这个人身上，显而易见，缺乏一种人之为人的应然的东西，他原本的那种自然本性已经为这种体制、上流社会的习气磨蚀殆尽了。⑤ 生来就是上流社会宠儿的弗龙斯基在沉湎于对安娜的情爱时，那种追逐功名、希望飞黄腾达的信念在他心中也从未稍歇，这在他的日常生活中有着鲜明的体现，从他在乡下居留不久便热衷于参加县议会亦可看出一斑。而托翁笔下彼得堡上流社会沙龙⑥里的夫人们所过的则是一种腐化堕落的生活。他们这些人，以及与他们彼此联系的那些"同道"们，共同营造了一个"全是虚伪，全是谎话，全是欺骗，全是罪恶"（10：993）的世界，在这个世界里，大家"懂得人应该像一个有教养的人一样

---

① ［俄］列夫·托尔斯泰：《生活之路》，王志耕译，中国人民大学出版社 2006 年版，第 2 页。

② 同上书，第 369 页。

③ Чуприна И. В.，*Нравственно-философские искания Л. Толстого в 60 - е и 70 - е годы*，Саратов：Издательство саратовского университета，1974，С. 234.

④ ［苏］赫拉普钦科：《艺术家托尔斯泰》，张捷、刘逢祺译，上海译文出版社 1987 年版，第 227 页。

⑤ 不过他的自然本性在安娜因生子而生命垂危时有过片刻显现。

⑥ 它们以安娜接近的两个上流社会的沙龙为代表，其中之一为以利季娅·伊万诺夫伯爵夫人为中心的集团和另一个以贝特西·特维尔斯基公爵夫人为中心的集团。（9：167 – 168）

为自己过活"（10：944），他们的身心全然为各种各样的欲望所束缚，无从也不可能从当中摆脱，掉转生活的方向，追问生命的本真，寻求一种精神生命。巴赫金谈及托尔斯泰早年创作的三部曲时，曾指出，在这个作品里，存在着为自身的我（肉体的我）和为他人的我（精神的我）的冲突，这两种冲突在作家的全部创作中贯彻始终。①从《安娜·卡列宁娜》这部小说可以看出，沉浸在上流社会生活的人们身上所充溢的正是这种"为自身的我"，正是这一点，决定了他们的生命只能是一种肉体生命。

　　同时，在这部小说中，可以看出，列文与作家笔下的其他"忏悔的贵族"有着某种不同，这主要体现在，托尔斯泰从他身上剥离了"为自身的我"②，把它让渡给了那些过着肉体生活的人们，专心一致地表现了列文身上的"为他人的我"，展现了他的精神生命，由之我们便不难理解，为何列文一出场便对上流社会的一切有着一种极其清醒的批判性认识，而他所走的也是一种未曾有过选择困惑的、正确的生活道路——乡村生活。

　　康斯坦丁·列文是小说中唯一一位追求精神生命的人物形象。他的这种追求主要体现在他致力于平民化和寻求道德善这两个方面。别尔嘉耶夫曾指出，"人们追求荣耀、财富，显赫地位和家庭幸福，认为所有这一切便是生活的幸福。托尔斯泰拥有这一切却竭力放弃这一切，他希望平民化并且和劳动人民融为一体"③。在这一方面，小说中的列文作为"托尔斯泰笔下的主人公中最托尔斯泰式"④ 的人物，是与托尔斯泰创作《安娜·卡列宁娜》时的思想状态相一致的，虽然他并没有做到"竭力放弃这一切"，但他却做到了"平民化并且和劳动人民融为一体"。之所以说平民化的生活方式也是列文精神探索的一部分，原因在于，乡村生活能够让他感到身心自然，另一方面，他意识到，他与他的农民在经济关系上并不对等，"他始终觉得他自己的富裕和农民的贫困相比之下是不公平的，现在他下决心为了使自己心安起见，虽然他过去很勤劳而且生活过得并不奢侈，但是他以后要更勤劳，而且要自奉更俭朴"（9：122）。另外，从小说中可以

---

①　［苏］巴赫金：《巴赫金全集》（第7卷），钱中文主编，河北教育出版社2009年版，第46页。

②　这是相对而言的，此时的列文（或者说作家列夫）尚未想到应当放弃个人财产。小说中提及，列文曾考虑到这一问题，但言语间对放弃个人财产持极大的保留态度（10：763－764）。

③　Бердяев Н. А. , Русская идея. Харьков：Фолио；М.：ООО « Издательство АСТ », 2000, С. 134.

④　Бурнашёва Н. И. , Л. Н. Толстой: энциклопедия, М. : Просвещение, 2009, С. 27.

看出，列文在寻求一种平民化的生活的同时，作为一位"思想"的主人公，他也总是在不断地进行更深层次的精神探索，时时追问"活着，为什么？"这类形而上的、关于生命存在的终极问题。有学者曾指出，"肉体的因素（телесное начало）使人相分离，而灵魂的因素（духовное начало）则使人相结合。肉体的因素是自私自利之源，是恶之源。灵魂因素则是利他主义之源，是善之源。正是从这一世界观的背景上诞生出了小说（即《安娜·卡列宁娜》——作者）的最初的构思"①。正如我们现在所看到的那样，在小说中作家的这一创作基本思想并没有发生根本的变化。而这里所说的灵魂因素我们主要可以从列文身上看到，他在追求生命意义的时候从农民那里看到了善，从而为自己对生命存在的追问找到了一个答案——爱他人。因此，由道德方面去看待生命存在的价值和意义正是从列文身上所体现出的其精神生命特质，就这一意义而言，列文追求的正是一种道德生命。在很大程度上，可以说，他的这种道德生命是内心的自然生命没有泯灭的结果，他把生命价值的终极取向置放在道德的层面上，但他的生活方式和个人的精神禀赋无不透露出一种自然生命的质地，因此，看得出，在列文那里，自然生命与道德生命相得益彰地结合在了一起，正是诉诸理性的道德追求使得其生命的自然性质地体现出了一种自为的特征，而列文的自然生活方式则又激发了他的道德情感和对生命道德的追求，两者彼此交融，使得列文的生命特征呈现得鲜明而又丰盈。

我们有句古语说，"在山泉水清，出山泉水浊"②，这句话似乎正好可以与我们在此处谈及的城市生活与乡村生活、肉体生命和精神生命相比附。从列文以及列文身边的那些下层人民身上可以看出，乡村生活或者接近大自然的生活，往往能够使人们保持生命之泉的"清纯"，远离肉体的生活；而一旦离开乡村走向城市，并在那里生活，则会使其生命之泉变得"浑浊"，腐蚀其自然本性，这是从列文的自身经历看出来的。从小说所呈现出的两种鲜明的对比中，可以看到，作品凸显了一种抑前扬后的基调，正是在这种基调中，小说张扬了一种生命的自然性主题。

---

① Бурнашёва Н. И.，*Л. Н. Толстой：энциклопедия*，М.：Просвещение，2009，С. 23.
② 此语出自杜甫《佳人》诗。喻指山中隐居的人品性高洁，而出山后因受到外界的影响，人的心灵会受到污染。

第三节　康斯坦丁·列文的生命求索

在《安娜·卡列宁娜》当中，列文是一个中心人物，用巴赫金的话说，他是"一个日渐成长着的、其发展演化轨迹分明可见的形象。在这个形象中，糅合着彼埃尔、尼古拉·罗斯托夫、涅赫留道夫（《青年》与《一个地主的早晨》中的主人公）这些人物身上所带有的全部自传性特征"①。这种自传性特征，在列文及前述其他人物身上体现得最为鲜明之处在于，他们与作家一样，都是作为"思想"者出现的。② 在作品中，列文作为一位"思想"的主人公，秉承其前辈"精神同貌人"的志向，继续进行着精神探索的接力。"人为什么活着"（10：1026）是他在生活中时时"思想"的问题，也是他总是为之困扰的问题，在这种锲而不舍地追寻生命意义的过程中，他把关注的目光投向社会下层，转向农民，从他们那里获得了生命的启迪并找到了其人生的定位。从很大意义上说，列文的精神探索之路，是一条寻求道德理想之路，但他的平民化倾向和追求，鄙弃城市生活、亲近大自然、身体力行的劳动，与农民保持密切的联系等的生活方式则又彰显了其自身所具有的生命自然性的特征。

一　列文与城市生活

同《家庭幸福》中的谢尔盖·米哈伊洛维奇一样，列文对城市上层社会的生活也持鲜明的鄙弃、排斥立场。在小说中，自始至终列文仅有四次③来到城市（即莫斯科，小说中没有反映其与彼得堡的交集——作者注），出入那里的社交场合，除此之外，他的大部分时间在自己乡下庄园

---

① ［苏］巴赫金：《巴赫金全集》（第7卷），钱中文主编，河北教育出版社2009年版，第65页。

② 屠格涅夫曾称托尔斯泰为"思想的艺术家"，该语可参见贝奇柯夫著《托尔斯泰评传》，人民文学出版社1981年版，第309页。另外，可以注意到，就列文来说，他的这个姓（Левин）与作家的名字（Лев）在语源上具有共同之处，它由后者构成。

③ 其中三次分别发生在其向基蒂的两次求婚和基蒂的分娩期间，另外尚有一次是列文去看望得病的哥哥，书中仅用一句话带过。

里度过①，安排农业生产，参加农业劳动等。

其实，在小说中，我们并没有看到列文公开表示不喜欢城市上层社会生活的立场，他的这一观点我们大都是通过他人了解到的，或者通过他看到城市上层生活中的一系列现象在他那里引起的情绪而看到的。比如，在小说之初，透过那位经常出入社交场合的诺得斯顿伯爵夫人之口，我们知道列文"鄙视并且憎恶城市"（9：67），知道列文把莫斯科称之为巴比伦（9：65），把它看作一座奢侈堕落的城市；而且，我们通过基蒂，也知道他过不惯城市生活，因为她在莫斯科待产期间，看出列文"在莫斯科很无聊"（10：836）。

具体来说，就像娜塔莎刚刚进入社交生活时所看到的一切感到不自然和难以理解一样，列文同样看不惯城市生活中的那种虚假和造作。比如，他与奥布隆斯基一道去饭店进餐，后者与一位"用丝带、花边和鬈发装饰着的，涂脂抹粉的法国女人"（9：44）谈笑风生，而他看到这位"全身都是用假发、香粉和化妆醋装扮起来的法国女人"（9：44）心里便油然生起一股厌恶的情绪，变得一下子没有了食欲，并"连忙从她身旁走开，好像从什么龌龊地方走开一样"（9：44）。小说开头也反复提到一个细节，即奥布隆斯基一位同僚的手吸引住了列文的眼睛："那手有那么长的雪白指头，那么长的、黄黄的、尖端弯曲的指甲，袖口上系着那么大的发光的纽扣，那手显然占去了他全部的注意力，不让他有思想的自由了。"（9：24）列文这一举止，甚而至于引起了奥布隆斯基的注意，就在两人一起吃饭时他还向列文问起，列文解释："你替我设身处地想一想，用乡下人的观点来看看吧。我们在乡下尽量把手弄得便于干活，所以我们剪了指甲，有的时候我们卷起袖子。而这里的人们却故意把指甲尽量蓄长，而且缀着小碟那么大的纽扣，这样，他们就不能用手做什么事了。"（9：47）显而易见，列文所憎恶的是从他们身上所体现的一种恶俗，亦即那种对生活中"真"的背离，看到了他们身上缺乏一种质朴和平实的东西。同时，一个人若过于注重外在的方面，也正反映了他在生活中的无所事事。与此一脉相承，列文不仅仅看不惯他人生活中的这种虚假和做作，而且对社会生活

---

① 小说中提及，他"一生中大部分时间都在乡下度过，而且同农民有着密切的联系"（10：1029）。

中的虚假更是深恶痛绝，这也是他离开县议会①的原因，因为他认为县议会不过是"结党营私的工具。从前有监督，有裁判所，而现在有县议会形式上不是受贿赂，而是拿干薪"（9：25）。

另外，列文之所以不喜欢城市，是因为他也看不惯城市生活中那种浮华，即如赫拉普钦科所说，他是一个"与虚有其表的豪华、时髦、阔绰格格不入的人"②。小说中有一段文字为我们展现了城市生活中的奢华的状况、列文面对这种奢华的思想斗争以及它对列文的消极影响：

> 只有刚到莫斯科那几天，那种到处都需要的、乡下人很看不惯的、毫无收益却又避免不了的浪费，曾使列文大为吃惊。现在他已经司空见惯了。……当他换开第一张一百卢布的钞票为听差和门房购买号衣的时候，他不由自主地盘算着这些没有用的号衣，这笔钱抵得上夏季——就是，从复活节到降临节，大约三百个工作日的时间——雇两个每天从早到晚干重活的工人的花销，但是他暗示了一下没有号衣也行，老公爵夫人和基蒂就流露出惊异的神色，由此看来，这笔钱无论如何也是需要用的了。他同那一张百元卢布的钞票分了手，心里不是没有斗争的。但是下一张钞票，那是他换开为亲友准备宴席的，一共花去二十八个卢布；虽然他想起这二十八个卢布就是工人们流血流汗地刈割好了、捆起来、脱了粒、扇去皮、筛过、包装起来的九俄石燕麦的代价，然而比第一次就花得容易多了。现在换开一张钞票他再也不左思右想，像小鸟一样就飞了。不知是不是用钱换来的乐趣抵上了挣钱所费的劳力，反正他早就置之度外了。（10：876）

从上文可以看出，列文在内心里厌恶这种靡费的生活，其中原因在于，他大部分时间在乡下生活，他所习惯的是一种简朴的生活方式，同时自己又是努力参加农业劳动的人，农业生产既让他了解到生活的乐趣，也让他明白这种生活的艰辛（特别是乡下农民生活的艰辛他也看在眼里）和他生活中的一切来之不易，所以他总是把这种奢侈的生活与农民们劳作的

① 这方面可以与弗龙斯基相参照，在他与安娜一起从彼得堡回到他在乡下的庄园后，他便热心地参与此类活动，特别是在贵族选举会议期间获得了很大的成功。（10：858）
② ［苏］赫拉普钦科：《艺术家托尔斯泰》，张捷、刘逢祺译，上海译文出版社1987年版，第219页。

辛苦联系在一起，看到了这种奢华背后农民的穷困。这里的情节让我们想起小说开头出现在列文那里的一种心理：他"始终觉得他自己的富裕和农民的贫困相比之下是不公平的，现在他下决心为了使自己心安起见，虽然他过去很勤劳而且生活过得并不奢侈，但是他以后要更勤劳，而且要自奉更俭朴"（9：122）。这两处文字，反映了列文精神发展的一致性，也反映了作家笔下的那些"思想"的人物，发展到列文这个阶段，已经对与自己生活密切联系的经济根底进行反思，并为日后完全放弃个人财产打下了思想基础。

小说中，列文同样也不习惯城市上流社会的社交生活，每每处在其中都会感觉到不自在。对于这一点，基蒂看在眼里，"她爱他在乡下的那种沉着、亲切和殷勤好客的态度。在城里他总像是坐立不安和有所戒备一样，仿佛唯恐什么人会欺侮他"（10：869）。而列文自己也有着深切体会，比如，在基蒂让他去拜访博利伯爵夫人一家时，他在与前者的谈话中向她袒露了自己的这一方面：

> "说起来你不会相信，我是那样不习惯应酬，我真难为情哩。这有多么讨厌啊！一个陌生人进来，坐了一阵，没事待上半天，既打扰了人家，自己又心烦意乱，末了才走了。"
>
> 基蒂大笑起来。
>
> "但是你做单身汉的时候不是常去拜望人家吗？"她说。
>
> "不错，拜望过，不过我老觉得不好意思，而且现在我对这一套非常不习惯了，说正经的，我宁愿两天不吃饭，也不愿意去拜望人家。简直窘得不得了！我一直觉得人家会生起气来，说：'你没有事来做什么？'"（10：873）

其实他在上流社会沙龙中的局促不安和"举止不得体"在小说开头的那次基蒂家的晚会上已经表现出来了。而就在上文所说的这次拜访的过程中，从小说中也可以看到，他"尽在沉思这有多么无聊，因此找不到话说，于是就默不作声"（10：873）。

另外，在卡申省贵族选举会议上，列文在社会交往方面的不擅长、不习惯或者说不成熟更加充分地表现出来。在这次会议中，来自各地的贵族分成新、老两个派别，两派之间钩心斗角，利益角逐呈现出白热化状态。

列文并不知道自己应该属于哪一方，对奥布隆斯基他们所讨论的问题也不明就里，并且在这次会议上还说了一些"不合时宜又愚蠢"（10：854）的话，被他的那位作家哥哥谢尔盖·伊万诺维奇斥之为"做得简直不妥当"（10：854）。看到这些新、老派别的贵族们为了选举问题而处在"不愉快的穷凶极恶的激动情绪"（10：844）中，列文心里很痛苦，"为了摆脱这种沉重的情绪，他走出去，也不等着听听辩论的结果，就走进大厅，在那里除了餐厅里的侍者们没有一个人影。当他看见侍者们忙着揩拭瓷器，摆设盆碟和玻璃酒杯，而且看见他们的恬静而生气勃勃的面孔，他体会到一种意外的轻松感觉，好像由一间闷气的房子里走到露天里一样"（10：844）。在选举开始时，他也"觉得郁闷得不得了，很想离开这一群人"（10：856），"因为谁也不注意他，而且显然没有一个人需要他，于是他就悄悄地到了小茶点室里，看见那些侍者，他又觉得轻松极了。那个矮小的老侍者请他吃些东西，列文同意了。吃了一盘青豆炸牛排，同那老侍者谈了他以前的主人们，列文不愿意回到和他的意趣很不投合的大厅里，就到旁听席上去了"（10：856）。显而易见，选举会议上明争暗斗的气氛让列文感到窒闷，他唯有从处在社会下层的侍者们那里获得自己心灵上的一丝快慰，感到与他们沟通要轻松得多。对于这一情景，有研究者提及，"这个由众人聚集在一起的群体，因为私欲和'追逐'己方的成功而人心涣散，正是这两处侍者们让人想到了人与人之间的自然的、兄弟般的关系（естественные，братские связи）"[1]。

　　但是，城市上层社会的生活显而易见也给列文带来了消极的影响。除了上文所透露的，列文身处这一社会中在花钱方面逐渐变得大方之外，书中还提及："一个人没有过不惯的环境，特别是如果他看到周围的人都过着同样的生活的话。三个月以前（指尚未因基蒂生育而来莫斯科之前——作者注），列文绝不会相信他处在现在的情况下能够高枕无忧地沉入睡乡：过着漫无目标的、没有意义的生活，而且又是一种入不敷出的生活。"（10：915）不过，列文这类"思想"的主人公与托尔斯泰小说中那些生活在"类生命"之中的人物的不同之处在于，他总能做到不断地内省，对反馈在心中的一些生活现象进行再三审视，去除那些"非真"的东西，从

① Чуприна И. В. , *Нравственно-философские искания Л. Толстого в 60 – е и 70 – е годы*，Саратов：Издательство саратовского университета，1974，C. 305.

而使自己在上流社会的生活中不致完全迷失自我。同时,他也有乡下生活这一主要的生活方式,这种生活方式可以让列文融释来自上流社会生活的消极影响,重新回复到自己的朴实、自在的状态。再者,城市上流社会的生活经历对列文发挥消极影响的同时,对他这类"忏悔贵族"而言,亦有其积极的一面,即它可以让列文时时与自己的乡下生活相对比,让他更加肯定自己接近自然的生活方式,并从中寻找到自己的生命意义。

二 列文与乡村生活

相形于列文在城市上层生活中的无所适从和无所事事,列文"在乡村中找到了和谐和优雅"①,或者如别尔嘉耶夫所说,"列文总是抨击文明社会生活的虚伪,他离开那里走向乡村,走向自然,走向人民和劳动"②。

在这方面,给我们留下强烈印象的,是小说开头列文从莫斯科回到自己乡下庄园的情景:

> 康斯坦丁·列文早晨离开莫斯科,傍晚就到了家。一路上他在火车里和邻座的旅客谈论着政治和新筑的铁路,而且,像在莫斯科时的情形一样,他因为自己思路混乱,对自己不满,和某种羞耻心情而感到苦恼。但是当他在自己家乡的车站下了车,看见了他那翻起外衣领子的独眼车夫伊格纳特;当他在车站的朦胧灯光下看见他的垫着毛毯的雪橇,他那匹系住尾巴、套上带有铃铛和缨络的马具的马;当车夫伊格纳特一面把他的行李搬上车来,一面告诉他村里的消息,告诉他包工头来了,帕瓦养了小牛的时候—— 他才感觉到他混乱的心情渐次澄清,而羞耻和自我不满的心情也正在消失。他一看见伊格纳特和马时就有这种感觉了;但是当他穿上为他带来的羊皮大衣,裹紧身子坐在雪橇里,驱车前进,一路上想着摆在面前的村里的工作,凝视着拉边套的马(那曾经做过乘骑的,现在虽然衰老了,但始终是一匹顿河产的剽悍的骏马),他开始用完全不同的眼光来看他周遭所遇到的事

① [美]乔治·斯坦纳:《托尔斯泰或陀思妥耶夫斯基》,严忠志译,浙江大学出版社 2011 年版,第 82 页。

② Бердяев Н. А., *Русская идея*, Харьков: Фолио; М.: ООО « Издательство АСТ », 2000, С. 133.

了。他感到自在起来，不再作分外之想。(9：121)

就像奥列宁在大自然的包围下，在鹿窠内，亦即在他那虚拟的"家"中找到了生命的和谐一样，列文回到乡村，同样由内心的混乱状态转为和谐。乡村生活或者大自然总是对托翁笔下的那些从事道德探索的主人公起着积极的陶冶作用，使他的身心更加沉静、自然，这点在列文身上也表现出来。

在城市生活中，列文参加那里的沙龙活动如临深渊、如上战场般的心理状态，在他的乡村生活中是无从寻觅的。他与农民等下层人民的交往比与那些"城里人"要来得轻松、从容。

基蒂曾说及列文"全都为别人着想，什么都不顾及自己"（10：1021），其实他也是这么怀着爱心对待他周围的农民的，尽量地给予他们帮助，这方面即如列文家的保姆阿加菲娅·米哈伊洛夫娜所说："好像您赐给农民们的还不够哩！实在，他们都这样说：'你们老爷这样做，会得到皇帝的嘉奖咧。'"（9：449）他的爱心也得到了他的一位农民费奥多尔的认可，譬如他说列文"是不会伤害任何人的"（10：1032）。正因为列文总是怀着爱心与他的农民交往，所以那些农民见到他们的这位主人并不是带着敬畏的心理，而是在言语中透露出一种平等、融洽的关系。比如他与养蜂老人福米奇之间的无拘无束的对话（9：318），也比如列文与农民们一同割草之后，他留下来与一位老人一起吃饭："他和老头子一道吃着，同他谈起家常来，发生了浓厚的兴趣，并且把自己的家事和能够引起老头子兴趣的一切情况都告诉他。他觉得自己对这老人比对自己哥哥还亲，并由于自己对这个人产生的温情不禁微笑起来。"（9：333）凡此等等，不难看出，列文与自己的农民交往时彼此间往往能做到坦诚、自然，而不像他在参加上流社会的沙龙时那么拘谨和无所适从。与此同时，列文在与农民沟通时，也常常受到来自他们的影响。举例来说，在小说所描写的分草情节中，列文看到了伊万·帕尔梅诺夫及其年轻的妻子，两人的勤劳、快活以及在劳动中彼此配合默契的情形给他留下了深刻的印象，也给他带来了精神上的极大震动。看着他们，他的"脑海里明确地浮现出这样的念头，他能否把他现在所过的乏味不自然的无所事事的独身生活换取这种勤劳纯洁、共同的美好生活，这全在他自己"（9：361）。但与这种和农民接触使其得到生命自然启示相比，列文更是从农民那里获得生命意义的启迪，亦即对爱的认识。比如他从费奥多尔那里知道，农民福卡内奇"为了灵魂而活着。他记着上帝"（10：1032），这给了列文极大的心灵震撼，正是从这位农民身上他找到了自己的人生定位。巴赫金曾谈及，在列文那里，"每每那种对生活的意义对上帝的意义的寻觅一旦开始，与彼埃尔的接近处就被尤其强烈地表现出来。而且，不论是寻觅的方式，抑或是他们所达到的结果，均是毫无二致的。他们俩都达到了士兵们、农民们才赋有的对生活的意义和对上帝的意义那样的一种理解。他们的上帝单纯、爽直、自发自在地活着"①。结合上文内容以及巴赫金的判断，不难认识到，列文之所以与城市腐朽的生活格格不入而在农村生活和与农民交往中感到自然自在，显而易见，是与他自身存在的那种生命的自然性禀赋，即如巴赫金所说的诸如"单纯、爽直和自发自在"等的要素，有着密切关系的，因此可以说，就日常的生活方式和其自身流露出的精神禀赋而言，列文的生活是一种充满生命自然的生活，而从列文对生命价值的有意识追求而论，则又体现了一种道德生命的理想。因此，根据从列文身上所焕发出的生命质地，可以概括地说，他是在充满自然生命的生活方式下追求一种生命道德的生活。

应当提及，在小说中，列文与他的农民之间体现出了一种精神上的平等关系，但在经济关系上，他们确实是不平等的。即便列文身体力行地参与劳动，并且体恤自己的农民，但他仍然占有着他们的劳动，虽然他强调"诚实的劳动同以不诚实手段攫取财富之间的区别"②。对于这种占有关系，列文也已经认识到，在与奥布隆斯基的谈话中，他承认："我获得五千卢布，而农民才得到五十卢布，是不公平的：不错。这是不公平的，我也感觉到，不过……"（10：762）然而，此时的列文还没有想到放弃财产，也不知道怎么去放弃财产，他尚在精神探索的过程中。在小说的最后，列文表示："我找寻我的问题的答案。但是思想却不给予我的问题一个答复——它和我的问题是不相称的。生活本身给予了我这个答案，从而我认识了什么是善，什么是恶。"（10：1036）这是在这部小说中所体现出的列文精神探索的最高阶段，但就托翁笔下的思想的主人公而言，他的精神探

---

① ［苏］巴赫金：《巴赫金全集》（第7卷），钱中文主编，河北教育出版社2009年版，第65页。
② ［苏］赫拉普钦科：《艺术家托尔斯泰》，张捷、刘逢祺译，上海译文出版社1987年版，第227页。

索并没有终止，这种未竟的对生命意义的认识仍要由他的后继的精神同貌人去进一步寻求。

城市生活让列文觉得不自然，之所以说不自然，是因为在那里生活会不由自主地习染上与生命的自然本性不相符的东西，如奢侈的生活方式、虚伪、撒谎、造作等，但这些在乡村生活中，在与农民的交流中就不存在，这也是他喜欢乡村生活的一个重要原因。

同时，在乡下身体力行地从事劳动同样也能让人身心更加自然。小说中有一处著名的情节，即列文与农民一起热火朝天地割草的情景。

> 列文夹在他们两人中间。在最炎热的时候，割草在他倒不觉得怎样辛苦。浸透全身的汗水使他感到凉爽，而那炙灼着他的背、他的头和袒露到肘节的手臂的太阳给予他的劳动以精力和韧性；那种简直忘怀自己在做什么的无意识状态的瞬间，现在是越来越频繁了。镰刀自动地刈割着。这是幸福的瞬间。而更愉快的瞬间是在这个时候：他们到了地头的小溪，老头子用一大把湿润的、茂盛的草揩拭着镰刀，把刀口在清澈的溪水里洗濯着，用盛磨刀石的盒子舀了一点水，请列文喝。
>
> "我的克瓦斯怎么样，呃？好喝吗，呃？"他眨着眼说。
>
> 真的，列文从没有喝过像这种浮着绿叶、带点白铁盒子的铁锈味的温水这么可口的饮料。接着是心悦神怡的、从容的散步，一只手放在镰刀上，这时他有闲暇揩去流着的汗水，深深吸了一口空气，观望着长列的割草人以及四周的森林和田野发生的变化。
>
> 列文割得越久，他就越是频繁地感觉到那种忘我状态的瞬间，好像不是他的手在挥动镰刀，而是镰刀自动在刈割，变成充满生命和自我意识的肉体，而且，好像施了魔法一样，不用想工作，工作竟自会有条不紊地圆满完成。这是最幸福的瞬间。（9：332）

从上文中可以看出，劳动可以使人的身心更自然、更自由，而劳动中的人们之间的关系也变得更简单、更纯粹。赫拉普钦科说，这一割草场面"揭示了以其纯洁和清新而吸引人的真正的诗意"①。换句话说，这一劳动

---

① ［苏］赫拉普钦科：《艺术家托尔斯泰》，张捷、刘逢祺译，上海译文出版社 1987 年版，第 225 页。

场景中体现的是一种昂扬向上的生活的快乐，是一种生命的和谐，其中所焕发的是生命自然的气息。对之，也同样有研究者认同并指出，他认为透过小说这一著名的场景可以了解到："列文如愿返回自己喜欢的生活方式，列文与土地和耕种者之间的没有说出的和谐；列文在与农民共处的过程中验证他的体力，身体的疲惫给心智注入新的活力，将过去的经历以经过净化的、表现宽恕的回忆形式排列起来。"① 事实上也是如此，列文通过劳动所得来的快乐，也使他忘记了生活中的不快。本来这次割草之前，列文与他的哥哥曾就各种问题有过激烈的辩论，彼时他有种被打败的感觉，可是当他在割草回来之后，带着从中得到的快乐再次见到他的哥哥时，他已经"完全忘记了昨天不愉快的谈话"（9：336）。

从这里我们或能感受到，列文为什么会对奥布隆斯基同僚的那位长着长长的指甲的手耿耿于怀。其实，在托尔斯泰看来，人的真正的生活是与身体力行的劳动、特别是农业劳动分不开的。在这里，不妨提及一位西方研究者的观点，他曾指出，"劳动和游手好闲，人民精神上的纯洁、端正和特权阶层道德上的堕落、腐化，这些在《安娜·卡列宁娜》里是作为下层与上层进行对比的重要原则表现出来的"②。当然，这种对比也是与小说的整体立意即城市生活和乡村生活的对比分不开的。

随之而来的，小说在下文描写了农民分干草的情形。这次，列文并没有参与到具体的劳动之中，但他作为旁观者亲历了这次农民在其中的劳动：

> 干草车捆好了。……农妇们花花绿绿的衣衫闪烁着异彩，把耙捎在肩上，高声喧笑着跟在大车后面走着。一个粗声粗气、未经训练的女人声音蓦地唱起歌来，唱到叠句的时候，随即有五十个不同的、健康有力的声音，有的粗犷，有的尖细，又从头合唱起这支歌来。
>
> 妇人们唱着歌渐渐走近列文，他感到好像一片乌云欢声雷动地临近了。乌云逼近了，笼罩住他，而他躺着的草堆，以及旁的草堆、大车、整个草场和辽远的田野，一切都好像合着那狂野而快乐的，掺杂

---

① ［美］斯坦纳：《托尔斯泰或陀思妥耶夫斯基》，严忠志译，浙江大学出版社 2011 年版，第 83 页。
② 同上书，第 227 页。

着呼喊、口哨和拍掌的歌声的节拍颤动起伏着。列文羡慕她们这种健康的快乐；他渴望参与到这种生活的欢乐表现中去。（9：360）

这一幕，较之列文与农民一起割草的情节，更加富有诗意，这里主要体现了农民们劳动后的情景，反映了他们从劳动中得到的快乐。后文中，作家向我们揭示，因为分干草的事情，列文曾经责骂过的想要欺骗他的农民，在劳动结束的时候，他们非但没有记恨他，反而向他愉快地点头致意，这些农民"对于曾经想要欺骗他这件事，不但毫不懊悔，而且连记都不记得了。一切都淹没在愉快的共同劳动的大海中"（9：361）。劳动可以使人的内心更纯净，对于这一点，小说分草一幕体现得显豁无遗。而且在此处，作家明确地指出："列文常常叹赏这种生活，他常常对于过着这种生活的人抱着羡慕之意。"（9：361）梅列日科夫斯基曾经表示："在托尔斯泰的作品里，艺术的中心和重心，描写的力量，并不在于戏剧性的部分，而在于叙述性的部分，不在于出场人物的对话之中，不在于他们所说的话，而仅仅在于关于他们说了些什么话。"① 通过这句话我们再来看前述作家对列文心情的描述，不难看出，小说正是通过列文这一形象，正面确立了一种与城市生活相对立、相对照的乡村生活，之所以如此，因为从乡村生活中，时时处处呈现的是一种生命的自然本性，而不是如城市上流社会生活中那样充满着各种各样的恶（肉体欲望、道德沦丧、无所事事等）。

相对于城市生活，身居乡村，可以更贴近地接触大自然。同时，相形于劳动生活，大自然同样也能予人以身心自然，这点我们同样从列文那里可以看到。

列文第一次向基蒂求婚失败后，随之不久便迎来了第二年的春天。"这是一个草木、动物和人类皆大欢喜的少有的春天"（9：200），春天的蓬勃生机、生命律动，也"鼓舞了列文，加强了他抛弃过去的一切……的决心"（9：200），他配合着这一生命的节奏，全副身心地投入到安排农业生产当中去。不过，他在安排自己的生产计划时，却发现各项事情进展得并不顺遂，这让他很生气，然而，"这样天清气朗的日子，人是不能够生气的"（9：204），小说中这么暗示其当时的心境，事实上也如此：

---

① ［俄］梅列日科夫斯基：《托尔斯泰与陀思妥耶夫斯基》（卷一），杨德友译，华夏出版社2009年版，第193页。

假使说列文刚才在畜栏和粮仓里觉得很愉快，那么现在他到了田野就更加愉快了。随着他那匹驯顺肥壮的小马的小跑步有节奏地摇摆着身体，吸着冰雪和空气的温暖而又新鲜的气息，他踏着那残留在各处、印满了正在溶解的足迹的破碎零落残雪，驰过树林的时候，看见每棵树皮上新生出青苔、枝芽怒放的树木就感到喜悦。当他出了树林，无边无际的原野就展现在他的面前，他的草地绵延不绝，宛如绿毯一般，没有不毛地，也没有沼泽，只是在洼地里有些地方还点缀着融化的残雪。不论他看见农民们的马和小马践踏了他的草地（他叫他遇见的一个农民把它们赶开），或者听了农民伊帕特的讥刺而愚笨的答话——他在路上遇见他，问："哦，伊帕特，我们马上要播种了吧？""我们先得耕地哩，康斯坦丁·德米特里奇，"伊帕特回答。——他都没有生气。他越策马向前，他就越觉得愉悦，而农事上的计划也就越来越美妙地浮上他的心头。（9：206）

但是，小说中也提及，"在这美好的春日里，他觉得想到她（即基蒂——作者注）一点也不伤心"（9：209）。这是对列文而言最难得的。因为这一段时间来，他最难以释怀的就是这么一件事情，由此可以看出春天大自然的魔力，它这时候已经缓释了列文的各种不愉快的心情，当然，对人来说，这只有去全身心地感受大自然才能做到。有人说，"对列文而言，大自然是其心灵的组成部分，是神性的世界"①。这一判断从这里可见一斑。因为人的内心如果不向大自然敞开，不与大自然相交融，或者内心缺乏与大自然相统一的本性，无论如何面对大自然，他也不会体会到一种自然心境的。

随之我们看到列文与奥布隆斯基一起打猎的一幕。列文敏锐地感受到来自大自然的气息："想想看吧！人简直可以听见而且看见草在生长哩！"（9：214），此时他的内心是与大自然相和谐一致的，因为"他不愿意用它自己听来都不愉快的声音打破树林中的寂静"（9：214）。而他的那只猎狗在打猎过程中则被人性化，它能够像人一样思考、说话，给这幅春日狩猎

---

① Сливицкая О.，《Истина в движении》: *О человеке и мире Л. Толстого*，СПб.：ТИД Амфора，2009，С. 417.

的图景更增加了一种灵动色彩，真正形成了大自然、人和其中的动物之生命的统一，而且在这一幕中，打猎中的人、打猎对象、狗、鸟等一切都是动态的，但唯有由这些物象彼此交流所构成的他们之间的和谐是静态的、不变的。正是这种由大自然得来的平静的心境，使列文能够正视他与基蒂的恋情，有余裕的心情去接受有关她的消息，因为在这之前他都是通过各种工作而试图摆脱内心的不愉快或者逃避、麻醉自己的。

　　其实，乡村生活处处是与大自然联系在一起的，列文的另外一次打猎活动、他参与的割草及与农民一起分干草等，其中无一离开大自然。所有这一切都表明，列文与处于大自然之中的生活密切地联系在一起。这种生活对于列文，"就像母爱的天性与多莉、爱欲与安娜一样，是须臾不离的。也就像卡列宁身边不可能有大自然一样，列文离开了大自然，便不成其为列文了"①。

　　贝奇柯夫曾指出，"真正的人的生活只有在直接接近大自然、接近人民的条件下才可能出现。只有在这种情况下才会有真诚的快乐，只有在这种情况下人才能够最充分地满足自己的迫切需要，只有在这种情况下一切才会显得简单、自然、而真实"②。我们从列文的日常生活中，从前述他在大自然当中恬适的心情中，可以体会到这位文艺家所述的情形。

　　应该说，托尔斯泰笔下的那些"思想"的主人公中，最为充分、完整且鲜明地表现出一种生命的自然性思想的，便是康斯坦丁·列文这一形象。他不仅仅憎恶那种让人的自然本性异化的上流社会的腐化生活，而且在众多社会上层人物中间，在没有同道的情况下③，特立独行，有意识地选择的一种不违背自己内心的生活方式——与大自然相接近的生活，这里便彰显出了其生命的自然性的特征。

　　别尔嘉耶夫在他那部有名的作品《俄罗斯思想》中曾高屋建瓴地指出，"俄罗斯文学和思想在很大程度上带有揭露性。对虚伪的文明生活的憎恨促使人们到人民生活中寻找真理。因此，平民化，脱下自己虚伪的文

---

① Сливицкая О. ，《Истина в движении》：*О человеке и мире Л. Толстого*，СПб．：ТИД Амфора，2009，C. 417.
② ［苏］贝奇柯夫：《托尔斯泰评传》，吴均燮译，人民文学出版社 1981 年版，第 351 页。
③ 这一点似乎与《战争与和平》中不同，在那里安德烈公爵和彼埃尔在思想上有许多彼此一致的方面，两人多有沟通并且相互从对方那里寻得精神支持；但在《安娜·卡列宁娜》中，列文则找不到与自己惺惺相惜的人物，他是一个孤独的探索者。

化外衣，希望弄清真正的、符合事实的生活的本质，这一点在托尔斯泰那里得到了最充分的体现。在'自然'中比在'文化'中有更多的真理，更多的神性的东西"①。事实上，这位哲学家一语中的地说出了托翁小说创作中的贯穿始终的一个方面，这一点也恰恰是《安娜·卡列宁娜》这部小说的基调，更在康斯坦丁·列文这一人物的生活经历和生活追求中有着具体而微的体现。

第四节　安娜·卡列宁娜的生命搏击

安娜·卡列宁娜是俄罗斯文学史和世界文学史上一位光彩照人的女性人物形象。当年《安娜·卡列宁娜》甫一出版，便引发了到底如何认识小说同名女主人公的争讼，褒扬者有之，贬损者有之，一时间，毁誉参半，莫衷一是。历史上研究这一形象的文献材料，累积起来，已经远远超出了小说本身的篇幅，由此可见，这位在小说中有着无穷魅力的人物，在作品之外也拥有着无尽的魅力。时至今天，人们对这一形象的认识，也仍然在探讨之中，争议之中。在本书中，我们不妨从托尔斯泰对生命意义的认识，从其看待生命的自然观念入手，试对这一人物做一重读和解读，或许能使我们对其悲剧的原因有着另外的一种认识。

一　真实、自然与做作、谎言

在小说中，通过他人的眼光，我们首先知道安娜是一个并不缺乏生命的自然禀赋的人，这是她与那一干常有来往的上流社会沙龙里的女士们不同的地方。比如，在她与弗龙斯基交往之前，基蒂第一次见到她，便感觉到她"十分单纯而毫无隐瞒"（9：94）；小说中，列文与安娜仅有一次面对面交流的机会，这次见面后者所给列文的印象同样也是"单纯和真挚"（10：908）；值得一提的是，当安娜与弗龙斯基之间的关系在彼得堡闹得

---

① Бердяев Н. А., *Русская идея*, Харьков：Фолио；М.：ООО《Издательство АСТ》，2000，С. 126.

沸沸扬扬、满城皆知且大家纷纷指责安娜的时候，我们也能听到来自这里上层沙龙里的人士对安娜的正面评价，例如米亚赫基公爵夫人向斯捷潘·阿尔卡季奇谈到安娜与弗龙斯基的关系时，便指出："她所做的是所有的人，除了我之外，都偷偷摸摸做的，而她却不愿意欺骗，她做得漂亮极了。"（10：947）从这些人的评价里，可以了解到，上流社会的生活并没有把安娜身上的一些自然本性磨蚀殆尽，在她那里仍然保持着人的自然善的一些特征，虽然如此，我们在小说繁复的内容中，不难看出，"真挚而正直的安娜对一切谎言和做作都抱着深心的厌恶，然而结果她却落在一种自己也不得不说谎和欺骗的处境里"①。当然这是与托翁对城市文明一贯的否定的立场有关的，他在着手塑造这一形象时，已经充分考虑到了城市上流社会的环境对安娜所造成的消极作用："在她的经历中托尔斯泰把她所处生活环境的一切痼习都看在眼里，看到了她所属社会的虚伪的生活原则（在她战胜其自私的追求方面）对她的有害的影响。"②

　　不过，从小说中，我们同样也可以看到，安娜即使处在那种"不得不说谎"的环境当中，但在她的生活中同样也存在着大量的不必说谎而"无意识"地说谎的成分，这种说谎，是其在面向他人时，对自己内心的一种真正想法的一种掩饰，换句话说，外在的那种"单纯"仅仅是一种与他人的一种印象和表象，对她自己和他人而言，并没有做到真正的坦诚，即如她后来剖析自己的，这是一种"自欺欺人"（9：381）。这种内心的不自然或许才是酿成其自身悲剧的一种更重要的原因。

　　这种情形在小说之初就已经露出了端倪。她来到莫斯科之后，在其哥哥家里，便曾在基蒂的面前提及弗龙斯基，说到他的出色的行为，但是她没有谈及他在车站慷慨给予事故受难者家庭的两百卢布，她"总觉得那好像和她有点什么关系，那是不应当发生的"（9：97）。如此一来，"安娜在她有关弗龙斯基的最初的话中，说到他的英雄式的性格时，并没有做到彻底的真诚（искренний）"③。其实，从这里，已经显现出了小说中安娜在面对这类涉及其"隐私"情形时的一贯处理方式，亦即从表面看，她并

①　［苏］贝奇柯夫：《托尔斯泰评传》，吴均燮译，人民文学出版社1981年版，第337页。

②　Чуприна И. В.，*Нравственно-философские искания Л. Толстого в 60 – е и 70 – е годы*，Саратов：Издательство саратовского университета，1974，С. 268.

③　Ричард Ф. Густафсон.，*Обитатель и чужак：теология и художественное творчество Льва Толстого*，СПб.：Академический проект，2003，С. 130.

不"害怕正视现实"（9：132），给人一种直率而真挚的印象，但实际上，她还是把那种自己最在意的方面保留在了内心，并没有做到毫无隐藏。这种行为或缘于其不敢直面现实，或是出于自我保护，从某种意义上说抑或是一种隐在的自我纵容，不过所有这一切，都表现为一种自我欺骗。这从下文她与多莉的对话可见一斑：

> "你多幸福呵，安娜！"多莉说。"你的心地是光明磊落的。"
>
> "每个人心里都有自己的隐私，像英语所说的。"
>
> "你没有什么隐私，你有吗？你的一切都是那么坦荡。"
>
> "我有！"安娜突然说，于是意外地流过眼泪之后，一种狡狯的、讥讽的微笑使她的嘴唇噘起来了。
>
> "哦，你的隐私至少很有趣，不忧郁。"多莉笑着说。
>
> "不，很忧郁哩。你知道我为什么要今天走，不在明天？这事坦白说出来是叫我很难受的；我要向你说，"安娜说，果断地往扶手椅里一靠，正视着多莉的脸。
>
> 多莉看到安娜的脸一直红到耳根，直到她脖颈上波纹般的乌黑鬈发那里，这可使她惊骇了。
>
> "是的，"安娜继续说。"你知道基蒂为什么不来吃饭？她嫉妒我。我破坏了……这次舞会对于她不是快乐反而是痛苦，完全是因为我的缘故。但是实在说起来，并不是我的过错，或者是我的一点儿小过错，"她说，细声地拖长"一点儿"三个字。
>
> "啊，你说这话多像斯季瓦啊！"多莉笑着说。安娜感到受了委屈。
>
> "啊不，啊不！我可不是斯季瓦，"她说，愁眉紧锁。"我所以对你说，就因为我不容许我自己对自己有片刻的怀疑，"安娜说。
>
> 但是就在她说这话那一瞬间，她已经感到这并不是真话；她不但怀疑自己，而且她一想到弗龙斯基就情绪激动，她所以要比预定时间提早一点走，完全是为了避免再和他会面。（9：128－129）

显而易见，在这些看似真诚袒露自己隐私的表白中，即如前文所述，她并没有如其所说的坦白。实际上，在参加这次舞会之前，安娜就已经知道这次舞会对于基蒂的重要性，知道后者与弗龙斯基的关系（9：96）。然而，就在这次舞会上，她非但没有拒绝弗龙斯基的邀请，反而陶醉于来自对方的崇拜之中。对于自己的这种行为所导致的后果，如上述对话中所示，她也已经清醒地意识到。在上文对话中她貌似承认自己内心秘密的同时，在内心深处还是有所保留，这从她所说的这么一句话里可见一斑："但是实在说起来，并不是我的过错，或者是我的一点儿小过错。"这一表白反倒使她看似磊落无隐的形象模糊起来，透露出她对自己的一种自我宽恕，自我推脱，或者说是自我纵容，并且不难看出，她对自己于他人所造成的痛苦并没有彻底反省，这其实便是一种不真诚，与其一直认为自己"我不喜欢说谎，我忍受不了虚伪"（9：272）自相矛盾。也难怪多莉听到前述的那句话后，说她与斯季瓦很相像，因为从小说前文中我们已经看到了从斯季瓦嘴里说出的类似的一句话："是的，她（指多莉——作者）不会饶恕我，她也不能饶恕我！而最糟的是这都是我的过错——都是我的过错；但也不能怪我。悲剧就在这里！"（9：4）但是，"斯捷潘·阿尔卡季奇是一个忠实于自己的人。他不能自欺欺人，不能使自己相信他后悔他的行为"（9：6）。而安娜与她的为兄不同，她对自己并没有此类的清醒的认识，在她怀着"一切都完结了"（9：130）的念头离开莫斯科的时候，自认为随着她的离开，那让她不安的事情便不会再出现。但事实上并非如此，她在欺骗他人的同时，也已经埋下了欺骗自己的祸根，并最终造成了其人生的悲剧。这从另一个方面也证实了作家本人曾在日记中表述过的一种想法，即"欺骗他人远非欺骗自己那样有害和后果严重。欺骗他人是一种常常并非有害的游戏（часто невинная игра），是一种虚荣心的满足，而欺骗自己则永远是对真理的曲解和对生活要求的背离"①。

　　如果说安娜此处在他人面前表现得不真诚是为了掩饰自己对弗龙斯基的一种朦胧的情感的话，那么在小说后文，则有她对卡列宁坦承自己对弗龙斯基感情的情节："在从赛马场回家的路上，她在激动中把全部真相告诉了丈夫，不管她这样做有多么痛苦，她仍然觉得很高兴。她丈夫离开她之后，她对自己说她很高兴，现在一切都弄清楚了，至少不会再撒谎欺骗了。在她看来，好像毫无疑问，现在她的处境永远明确了。这新的处境也

---

① Толстой Л. Н., *Полное собрание сочинений в 90 томах*, Т. 53, М.：Государственное издательство художественной литературы, 1953, С. 104.

许很坏，但却是非常明确的，不会有暧昧或虚伪的地方。"（9：375）她在此时向丈夫公开自己与他人的恋情，看起来似乎是一种不允许自己心存虚伪的磊落的行为，就其本身来说似乎也无可厚非，但就此应该意识到，她在向卡列宁告知真相并不是为了阻止、放弃自己的这种感情，而是为了进一步发展它，其实这就不能说明她的这种行为在性质上有多少正面之处；另外，她的这种承认是基于获得自己内心的平静这一自私的想法之上的，并且是建立在为了追求其个人的"幸福"基础之上的，这里面优先考虑的都是个人而非他人这样一种自私的情感，因此她的这种所谓的承认并没有多少正当之处。事实也证明，自这次"坦白"之后，她便与弗龙斯基公开地走在了一起，而她那个家庭则被她抛在了脑后，其中包括她的那个8岁的儿子。所有这一切都说明，她的这一表面的坦诚、无私并非没有无可非议之处。托尔斯泰曾在自己的札记簿里记录了这么一句话："慷慨的朴实比小偷行为还坏。没有谎言的朴实才是真的朴实。对这样的朴实上帝也爱。"① 其实，前文所述安娜对他人毫无隐瞒的一些行为在一定意义上说也是一种朴实，反映了她所给人印象的一种单纯，但她的这一朴实究其实质而言，应该是托翁所说的前一种，因为她为他人所说的一切是为了给自己日后的行为张本，并且在这一坦承的背后掩盖了一种道义上应分的东西，这才是其中的可怕之处。因此，她的开诚布公其实并非如它所给人的印象那样比较正面，而是一种"潜意识"地放任自己的欲望的结果，这才是其中的症结所在。

另外，我们在安娜与他人交往的过程中，常常可看到，她的内心其实缺乏一种爱。当然，这不是指像小说中瓦莲卡那样的一种自觉的爱，而是指像卡拉塔耶夫把自己的烤土豆递给皮埃尔那样的一种无意识的无私的爱。比如，在小说开头的舞会上，她自己便轻易地沦为了一种朦胧的情感的奴隶，在沉溺其中的同时却破坏了对他人而言弥足珍贵的且期望中的机会，这种"把自己的幸福建立在他人不幸的基础之上的"② 行为本身便已经说明了这一问题。这种只顾及个人自私的情感而不考虑他人的行为，即便在她与其所爱的弗龙斯基之间也几无间断地出现。比如，他们两个人生

---

① Толстой Л. Н., *Полное собрание сочинений в 90 томах*, Т. 48, М.: Государственное издательство художественной литературы, 1952, С. 361.
② Бурнашёва Н. И., *Л. Н. Толстой: энциклопедия*, М.: Просвещение, 2009, С. 24.

活在一起后，她总是不让弗龙斯基离开自己，而且"每次他离家他们都要大闹一场"（10：862），在弗龙斯基去卡申省参加选举会议时，她更是以女儿病重的理由撒谎让他提前匆匆赶回来。相形之下，对同样参加这次大会的列文，基蒂则是因为看到他在莫斯科百无聊赖而主动劝他去的，由此可以看出同时为人妇的两人的在这一方面的分别。细细体味，小说中安娜这一形象的引入其实是和她与弗龙斯基的爱情有关的，这种爱情构成了她的全部生活的内容，无论是对他人还是自己所爱的人，她首先想到的是这一肉体的情感而无法从中超脱，更遑论表现出一种超然的态度或者兼爱他人的意识，这是极可悲的。《战争与和平》中的皮埃尔在劫后余生后总结出"只要有生活，就有幸福"（8：1467），启人深思，其实它告诉人们，只有在生活中付出爱，才能获得幸福，可惜安娜总是封闭在自己的狭隘的情欲之中，并没有从中抽出间隙去细细品味它，否则她的命运将会是另外的一番景致，而不是把自己逼进一个精神崩溃的死胡同。谈及安娜，丘普林娜曾表示："在对自己的女主人公的那种情感的态度上，托尔斯泰并未把它与柏拉图式的爱情联系起来，而是表现出在安娜那里这种情感有着深深的个人目的，它是与安娜应担负的对其相关的人的义务格格不入的。其中原因在于，在人面前，满足其灵魂的需求这样的一种义务应当高于其个人的需求，而不是说安娜对于弗龙斯基的爱情有些不光彩或者其本身不自然。在爱情上，安娜所失去的是一种道德的正当性（нравственные права）。"① 这一诠释合情入理，一方面它与作家本人一贯的世界观相契合，另一方面，它确实符合安娜个人的情形，同时也为我们深入理解这一人物形象提供了一个极好的视角。

二　情感诉求与理性意志

在小说中，安娜纠结在与弗龙斯基的恋情中，这种恋情使她那儿的一切"都翻了个个儿"，让她从未获得过一时的内心平静与和谐。

就在小说开头两人偶遇的火车上，作家屡次写出了安娜脸上的一种微笑，在这个微笑里流露出一股"压抑不住的生气"（9：82）。随之而来

---

① Чуприна И. В. ，*Нравственно-философские искания Л. Толстого в 60 - е и 70 - е годы*，Саратов：Издательство саратовского университета，1974. C. 241.

的，这次见面后安娜在其哥哥家再次见到弗龙斯基时，"一种惊喜交集的奇异感情使她的心微微一动（9：99）"，托翁此处仅用了一句话，便形象地勾勒出此时在安娜那里的一种微妙心理，它其实已经暴露出了隐藏在她内心深处的一种真实的想法：她对某种情感的出现似乎有所期待。在此后的舞会上，正是"一个人（即弗龙斯基——作者注）的崇拜"，而非"众人的赞赏"（9：107），让基蒂敏锐地注意到了她身上有种"异样的、恶魔般的、迷人的地方"（9：109）。所有这些使我们可以获得这样的一个印象，即在安娜那里不乏过剩的生命力，如小说中指出的，"她自己想要生活的欲望太强烈了"（9：131），正是在这种欲望的驱使下，一种难以遏抑的肉体的情感正在安娜那里滋生、悸动、发酵，打破了她原本波澜不惊的上流社会的生活。但是，就安娜本人来说，她与小说中的基蒂和列文等人不一样，她在爱情方面是不"自由"的，她有自己的丈夫和儿子，这种拥有个人家庭的情形对她"移情别恋"情感的出现和发展是一种自然而然的约束。此时的安娜对之也深切地意识到，所以她便寻求躲避这种爱情，提前坐上了返回彼得堡的火车，但从此也踏上了自我欺骗的生命之旅。

安娜最初之所以选择逃避这种朦胧的感情，显而易见是她意识到自己不应该拥有这份爱情。从小说中可明了，来莫斯科之前，她对她的那位有副"俗气的容貌"（9：96）且不乏造作的丈夫卡列宁并不讨厌[①]，两个人生活在一起还很融洽，并且还有一个她所深爱的 8 岁的孩子，所以从各方面来看她所拥有的是一个美满幸福的家庭。在她怀着"一切都完结了"（9：130）的念头离开莫斯科的时候，她认为自己能够放得下这么一份情感，信心满满地认为不会与这样一位青年军官存在超友谊的关系，认为随着她的离开，那让她不安的事情便不会再出现。但事实上并非如此。虽然她认为"弗龙斯基对于她不过是无数的、到处可遇的、永远是同一类型的青年之一"（9：134），她"绝不会让自己去想他的"，但在回去的火车上再次看到他的一刹那，"她心上就洋溢着一种喜悦的骄矜心情"（9：134）。显而易见，她认为自己应当拒斥这份情感的想法与她内心流露出的真实心情是不相符合的，在理性意志与感性本能这一天平的两端，后

[①] 即便是初回到彼得堡后，她还认为他"毕竟是一个好人：忠实，善良，而且在自己的事业方面非常卓越"（9：146）。

者的力量总是表现得较前者强大，她的选择总是"无意识地"滑向后者。所以，当她坐上火车认为"一切都完结了"时，这不过是自我欺骗而已。在回到彼得堡后不久，她"赴一个她原以为会遇见他的晚会，而他却没有出现时，她由于失望的袭击才清楚地理解到她一直在欺骗自己，这种追求她不但不讨厌，而且成为她生活中的全部乐趣了"（9：168）。巴赫金曾说，不应当把安娜"看成是一种性格（她是什么样的人），而应当把她视为一种状态（她遭遇了什么，她做了什么）。她以一位有妇之夫的身份而爱上了渥伦斯基（即弗龙斯基——作者注），这就是她那主要的过失之所在"①。由上文可知，正是这种身份让安娜陷入了一种情感困境，陷入了对其摒弃与听之任之的两难，这一两难抉择的过程及结果（她做了什么）在她身上所呈现的正是其生命自然（善）的缺失和自然本能（恶）的恣肆。

其实，命运总是弄人。在这部小说的开篇，在爱情方面可以自由去爱他人而且也可以自由地拥有他人之爱的两个人，并且也是最想获得爱情的两个人——列文和基蒂最终都落得情场失意。前者缘于后者的拒绝，而后者则由于安娜的出现，使她原本的期望落空，两个人此时都没有得到所希望的幸福。他们的失去则意味着另一方的得到，在这时候，于爱情方面并不"自由"的安娜在情场上则得意连连，"意外地"收获了来自弗龙斯基的爱情。此时，期望与现实之间似乎"一切都翻了个个儿"。生活总是充满着不顺遂，这是托尔斯泰通过这部作品以及其他大部分作品告诉人们的。在《安娜·卡列宁娜》中，作家通过自己笔下的人物来说明，生活中充斥了各种偶然因素，但生活的幸福并不是由这些偶然因素或者那些各种各样的表面的生活形式所左右的，而是取决于生活的主体即人本身，正是他们生命的内在禀赋、他们身上的自然善和本能恶孰强孰弱决定了他们在生活中的最终幸福，小说开头两人的"不幸"并不意味着他们将来不能获得幸福，而安娜时下的"幸福"实则蕴含了她后来的悲剧，在小说最后，他们各自的命运又都"翻了个个儿"。其实，在小说中，作家正是通过他们自身的生活告诉人们什么是幸福，什么是不幸。

对于自己情感方面的不顺遂，失落的基蒂虽然也表现得十分痛苦，但

---

① ［苏］巴赫金：《巴赫金全集》（第7卷），钱中文主编，河北教育出版社2009年版，第62页。

是她从这种情感的不幸中却一下子认清了自己："从前穿着舞衣到处走动对于我简直是一种乐趣，我欣赏我自己；现在我觉得非常羞愧和尴尬。"（9：166）正是经历的这种现实让她意识到，面对爱情不应自我欣赏，它会让人失去自我，她从这种虚假的观念中走出来，回复了对生命本真的认识。同时，面对这种爱情失意的痛苦，她也很快为自己找到了一种摆脱的办法，这体现在她对姐姐多莉所说的那句话中："我除了在你家里和小孩们在一起是不会快活的。"（9：166）随后她把自己的感情全身心地倾注在了对自己姐姐的六个孩子的热爱和看护之中，后又去了德国疗养，在那里通过与瓦莲卡等人的接触使她更加进一步地认识到什么是真正的生活。正是在这些怀着爱心与他人的接触交往中，基蒂逐渐地从自己的情感困境中走出来，虽然她"不像从前那么无忧无虑，但是平静了"（9：309）。面对同样情感困境的列文虽然对自己"遭到拒绝的耻辱"（9：198）一时间无法释然于心，但他对"悲痛的记忆渐渐地被田园生活中的小事——那在他看来是微不足道、但实际上是重要的事务——掩盖住了"（9：199），他把自己投诸所热心的农业生产和写作中，从那里为自己找到了抚慰受到打击的受伤的内心的突破口。相形于他们两人，处在爱情得意境况中的安娜其实面临的也是一种情感困境，因为她在爱情方面并不自由，但是，从前述中可以看到，虽然她也试图摆脱这种让她纠结的感情，但她总是处在自我欺骗之中，顺从于一种自然的本能，让它充塞在她的整个的生命的圆周之中，而没有听到或者即便听到也力量极微难以形成相持力量的那种来自内心的、本性善的声音，使之受到指引而回复到自我，而不致在这种困境中迷失，受其所左右。譬如，她完全可以把自己过剩的生命力付诸家庭与孩子，因为她毕竟在之初还爱他们，而不是在当时因为家庭中感情不谐而遇到自己所期望的爱情。并未生育的基蒂尚有一种"无意识的"、博大的母爱，而在安娜那里这种自然的本性却形不成占上风的力量，实在让人叹惋。当然这些都是我们作为读者的推测和假设。对于安娜在两难困境中的所为，有研究向我们指出：她的"罪过（грех）在于，她是为自己而活，并且把自己封闭在自我之中。一方面，安娜本人在生活中的不幸是由她对自己弱点的纵容（снисходительность к собственным слабостям）造成的，她在追求生活的同时并没有顾及他人……另一方面，安娜本人生命悲剧的发生也在于她在自我封闭中没有真诚地面对自己"①。生活的道路有多条，安娜却纠结于自己的情爱之中，其实，从这里可以看出，"安娜所走的道路，是一条宽纵情欲之路。在这一情欲之中有一个深不可测的深壑：它劈开生活的厚层达到无底的深处，在那里不谐的魔力（силы хаоса）肆虐滋长，人失去的不仅仅是把握自己命运的能力，还有在某种程度上认识清楚自己的能力。在情欲之中也存在一种不可避免的方面：它不知道退路也不知道另侧的路。最后，在情欲中也有一个逼仄的去处（узость）：难怪说世界如此之小（недаром свет клином сходится）。这条可以清晰地看出来的道路所指向的则是难以避免的厄运"②。借由这一表述，我们或对造成安娜生命悲剧的原因有着另外的一层认识。

俗话说，容易得到的，也往往容易失去。爱情对于安娜而言，来得既快也不困难，当初面对这一情感，她在拒绝和姑息之间的选择中逐渐地走向了后者，而在家庭和情爱的选择中也同样毫不犹豫地走向了后者。回到彼得堡后，安娜不仅向自己的丈夫承认了她与弗龙斯基的恋情，而且也向那里的上流社会表明自己与原来家庭的决绝态度。但随之而来，安娜意识到，此时她除了与弗龙斯基之间的爱情之外，已经一无所有。爱情在安娜那里刚刚出现时让她纠结不已，但爱情已经完全任由其支配的时候，她同样也纠结不已——她时时担心会失去它。多莉当时知道安娜与弗龙斯基之间的关系之后曾经认为，"安娜做得好极了，我无论如何也不会责备她。她是幸福的，使另外一个人也幸福"（10：789）。但实际上，在这种情感纠结中，安娜自己不但没有获得幸福，而且她也没有给弗龙斯基带来幸福。在他们一起生活的后期，亦即他们在彼得堡无法待下去而在乡村居住时，此时的安娜已经煞费心思去维系她与弗龙斯基之间的感情了：那里"医院的建筑工程也使她感到莫大兴趣。她不但帮忙，而且好多事情都是她亲自安排和设计的。但是她关心的主要还是她自己——关心到能够博得弗龙斯基的爱情和补偿他为她而牺牲的一切的地步。弗龙斯基很赏识她这一点，这变成了她唯一的生活目的——这就是不仅要博得他的欢心，而且要曲意侍奉他的那种愿望；但是同时他又很厌烦她想用来擒住他的情网"（10：834）。再到后来，安娜总是认

① Ричард Ф. Густафсон，*Обитатель и чужак. Теология и художественное творчество Льва Толстого*，СПб.：Академический проект，2003，С. 129.

② Бурнашёва Н. И.，*Л. Н. Толстой：энциклопедия*，М.：Просвещение，2009，С. 24.

为弗龙斯基开始对他冷淡了，"她像以往一样，她只能用爱情和魅力笼络他"（10：862），并且不给他自由空间，干预他参与社会活动。直至最后，安娜感到"除了把他们结合在一起的爱情之外，在他们当中还逐渐形成了一种敌对的恶意，这种恶意她不能从他心里，更不能从她自己心里驱除出去"（10：915）。不难想见，他们之间的爱情发展到现在，已经走到了山穷水尽的地步。其实，一方面，爱情确实是自私的，这是两个人之间的情感，它再也容不得其他人，但这种自私不是情感的一方对另一方的占有而不给其生活的空间；另一方面，爱情也是无私的，它需要双方不计回报地进行情感付出，但它也不是总是期待对方的付出而自己不投入。当然，爱情也不能仅用肉体来维持，它更需要情感的沟通和交流。在所有这些当中，安娜做得都不够。在安娜那里，爱情似乎仅仅是一个空洞的字眼，她所做的只是占有它，但什么是爱情，她并不知道，怎么去维系爱情，她似乎也不了然。但在最后，她对与弗龙斯基之间的情感出现裂痕的原因是认识得很清楚的，她意识到："我的爱情越来越热烈，越来越自私，而他的却越来越减退，这就是使我们分离的原因……而这是无法补救的。在我，一切都以他为中心，我要求他越来越完完全全地献身于我。但是他却越来越想疏远我。我们没有结合以前，倒真是很接近的，但是现在我们却不可挽回地疏远起来；这是无法改变的。他说我嫉妒得太没有道理。我自己也说我嫉妒得太没有道理；不过事实并非如此。我不是嫉妒，而是不满足。"（10：988）。安德烈·博尔孔斯基公爵在去世前曾说出："死就是醒"（8：1294），也就是说，人在死亡之前会对所经历的生活有所彻悟，明白什么是真，什么是善。同样也是如此，安娜在想到这些时她已经走向了通往铁轨的路上了。"安娜的生活具有一种绝对无望的不正常的性质。出路不可能有。对她来说，只剩下一条道儿，这就是中止罪孽，熄灭蜡烛。"① 巴赫金如是说。从小说中我们知道，纠结于自己和弗龙斯基的情爱关系的安娜，对爱情总是患得患失，但这场爱情在他们那儿持续的时间并不长。

三　生命欲求与生命伦理

托尔斯泰在小说开头的第一句话说，"幸福的家庭都是相似的，不幸

---

① ［苏］巴赫金：《巴赫金全集》（第 7 卷），河北教育出版社 2009 年版，第 64 页。

的家庭各有各的不幸"（9：3），毋庸置疑，安娜所身处的两个家庭应该属于小说所反映的众多不幸家庭之列。

在小说之初，通过多莉对安娜所在彼得堡卡列宁家的印象，我们知道"在他们的家庭生活的整个气氛上有着虚伪的味道"（9：88）。如果说这种家庭气氛让人联想到安娜的那位刻板、造作的丈夫卡列宁的话，那么日后当安娜与弗龙斯基生活在一起时，家庭生活中同样笼罩着这种气氛，此间安娜恐怕便难以与之摆脱干系。当安娜与弗龙斯基住在乡下时，多莉去看望他们，此行给她的印象比安娜此前在彼得堡家里的气氛所留给她的还要糟，她总是感觉这个家庭里浸透着一种不自然和不正常的气氛。多莉是带着欣赏安娜的所为去她那里的，即如书中所说，"在抽象的理论上，她不仅谅解，而且甚至赞成安娜的所作所为。就像常有的情形一样，一个厌倦了那种单调的道德生活的、具有无可指摘的美德的女人，从远处不仅宽恕这种犯法的爱情，甚至还羡慕得不得了呢。况且，她从心里爱安娜"（10：806）。但随之而来，她的这种由远观而来的印象完全被破坏了。安娜把乡下的生活安排得尽善尽美，但多莉以一位家庭主妇的眼光看到，这一切全是靠主人经管的，全是他一手做成的，"显然，这一切并不靠安娜，正如不靠韦斯洛夫斯基一样。安娜、斯维亚日斯基、公爵小姐和韦斯洛夫斯基都是客人，快活地享受着为他们准备好的一切。仅仅在照顾谈话上安娜才是女主人"（10：816）。安娜作为一个家庭主妇，给人的印象却是个家里的客人，可以看出，这个家庭的关系和气氛多少有些不正常。当家庭生活中存在着一种为讨好对方而预设的故意后，这种气氛就不会也不可能再自然了。显而易见，安娜在乡下生活中的一应设施和精心安排有弗龙斯基着意为安娜考虑的因素，而多莉则从安娜那里注意到她为了维系住与弗龙斯基的爱情而运用肉体手段的方面，这些都给多莉一种负面的印象。而安娜对他人那种"少女般的卖弄风情"（10：819）也使多莉很不痛快。另外，多莉在参与这个家庭的打球活动时，更让她对这个家庭产生了一种恶劣的印象："她不喜欢打球时安娜和韦斯洛夫斯基之间不断的调笑态度，也不喜欢孩子不在场大人居然玩起小孩游戏这种不自然的事。但是为了不破坏别人的情绪，而且消磨下时间起见，她休息以后，又参加了游戏，而且装出很高兴的样子。一整天她一直觉得，好像她在跟一些比她高明的演员在剧院里演戏，她的拙劣的演技把整个好戏都给破坏了。"（10：823）总之，多莉的这次拜访，完全推翻了其之前对安娜的良好印象，"她们谈话的时候，她从心坎里怜悯安娜；但是现在她怎么也不能想她了。想家和思念孩子们的心情以一种新奇而特殊的魅力涌进了她的想象里。她的这个世界现在显得那么珍贵和可爱，以致她无论如何也不愿意再在外面多逗留一天，打定主意明天一定要走"（10：831）。所以她提前返回了家中。

但造成多莉所看到的安娜家庭中的这种不自然的气氛的原因是什么？显而易见，不能否认上层社会的生活方式对安娜的消极影响，比如她对其他男子的卖弄风情，以及她们家中的那种生活方式；同时，毋庸讳言，这里面更有来自安娜方面的个人因素，比如她作为家庭主妇并没有承担相应的角色，而作为母亲并没有尽到抚育义务（见后文），同时作为妻子却要用肉体去维系两人之间的关系等。安娜虽然是上流社会中的女性，但是，在小说中我们不难看到，她在道德方面要远远高出彼得堡沙龙中的那些女性，然而即便如此，她在自身仍然杜绝不了来自这一阶层中的一些不良习气（她的移情别恋未必没有这方面的因素），同时在个人的精神禀赋上显而易见更有诸多非自然性的方面，比如对己对人无法做到真和善等。所有这一切因素的结合导致了其个人生活的悲剧。

其实，在这里，小说安排以多莉的眼光来看安娜不是没有来由的。作品中多莉虽然没有安娜那么光彩照人，她仅仅是一个不幸家庭中有着众多子女的平凡的母亲，但就这个母亲的角色而言她要比同为这一角色的安娜伟大许多。在去拜访安娜在乡下的家的路上，多莉想起了自己所过的婚后生活：

"总而言之，"她沉思，回顾她这十五年的结婚生活。怀孕、呕吐、头脑迟钝、对一切都不起劲、而主要的是丑得不像样子。……生产、痛苦，痛苦得不得了，最后的关头……"随后就是哺乳、整宿不睡，那些可怕的痛苦……"

达里娅·亚历山德罗夫娜几乎哺乳每个孩子都害过一场奶疮，她一想起那份罪就浑身战栗。"接着就是孩子们的疾病，那种接连不断的忧虑；随后是他们的教育，坏习惯（她回想起小玛莎在覆盆子树丛里犯的过错），学习，拉丁语……这一切是那样困难和难以理解。最要命的是孩子的夭折。"那种永远使慈母伤心的悲痛回忆又涌上了她的心头……

"这一切究竟是为了什么？这一切究竟会有什么结果呢？结果是，

我没有片刻安宁，一会儿怀孕，一会儿又要哺乳，总是闹脾气和爱发牢骚，折磨我自己，也折磨别人，使我丈夫觉得讨厌，我过着这样的日子，生出一群不幸的、缺乏教养的、和乞儿一样的孩子。就是现在，如果我们没有到列文家来避暑，我可真不知道我们要怎样对付过去了。自然科斯佳和基蒂是那样会体谅人，使我们一点也不觉得；但是不能老这样下去的。他们会有儿女，就不能帮助我们了；事实上，他们现在手头也很困难。爸爸，他几乎没有给自己留下一点财产，怎么能管我们呢？这样我自己连抚养大孩子们都办不到，除非低三下四地靠别人帮忙。嗯，就往好里想吧：以后一个孩子也不夭折，我终于勉勉强强把他们教养成人。充其量也不过是不要成为坏蛋罢了。我所希望的也不过如此。就是这样，也得吃多少苦头，费多少心血啊……（10：786－787）

多莉如上对个人生活的回忆全都与孩子有关系，同时，透过这一回忆也可以看到她作为一个母亲的艰辛：家庭中与孩子有关的一切事务全部落在她的肩上，而且，对于他们的将来，内心总是充满不安和担忧。其实，在一定程度上，多莉就是作家本人的妻子索菲亚·安德烈耶芙娜·别尔斯在其写作这部小说时的缩影①，在托翁看来，这是作为母亲、一个家庭主妇的应然的职责，这其中体现着女性的生命自然性。

从安娜所在的家庭生活中的不自然的气氛中可以看出，这是与安娜本人内在的不自然有关系的，在很大程度上，正是她决定了这种家庭气氛。同时，更为致命的，也是引起多莉最大的反感的，是她在家庭生活中缺乏一种爱，亦即对孩子的爱。当然，对身为人母的安娜而言，这也是从她自身中体现出的一种不自然。对于安娜，丘普林娜不无见地地指出，"家庭不是靠情欲而是靠道德义务来支撑的，最让夫妇双方彼此难舍难分的，已经不是情欲，而是对那由共同的职责维系在一起的亲爱的人的相依"②。这里所说的职责显而易见应当包括生育、抚养子女等，但在小说中安娜在这方面远远没有尽到其应尽的责任。

---

① 参见艾尔默·莫德《托尔斯泰传》（上），北京十月文艺出版社 2001 年版，第370—371 页。或其他内容翔实的有关作家的传记或相关资料。

② Чуприна И. В., *Нравственно-философские искания Л. Толстого в 60 – е и 70 – е годы*, Саратов: Издательство саратовского университета, 1974, С. 264.

　　从小说开头可以知道，安娜有一个 8 岁的儿子谢廖沙，她在莫斯科期间，时时惦念他，在言语和举止中流露出一种自然而然的母爱。但自从偶遇弗龙斯基之后，他的形象便在她的心里扎了根，以致一回到彼得堡不单单对自己丈夫的那双耳朵产生了"陌生化"的感觉，而且看到她儿子，也像看到她丈夫一样，陡然在心中升起一种近似失望的情绪（9：140），或许从这里起已经埋下了她日后不"爱"儿子而更爱弗龙斯基的祸根。之所以说她不爱儿子，是因为在儿子与弗龙斯基之间，她考虑更多的是后者，所以她抛弃了儿子跟随其到了国外过起了两个人的生活，并且她本人也表示，"我只爱这两个人（指谢廖沙和弗龙斯基——作者注），但是难以两全！我不能兼而有之"（10：830）。当然，在此处我们所说的她不爱自己的儿子是相对而言，是指她并没有让自己对他的爱成为与自己的爱情相抗争的力量。

　　但是，相形于对自己的儿子而言，她对于与弗龙斯基所生的女儿便谈不上爱了。她为了维系与弗龙斯基的感情已经费尽心思，再也腾不出精力去爱她。多莉在安娜那里看到，"安娜、奶妈、保姆和婴儿，是互不接触的，母亲的来是很少有的事。安娜想要给她的小女孩找玩具，但是找不到"（10：802）。但与之相对照，她却研究"同弗龙斯基所从事的事业有关的书籍和专业性书籍"（10：833），并且也在写儿童小说；同时，就在这种情形下她还收养了一位英国女孩，对于后一情形，弗龙斯基斥之为"这是不自然的"（10：960）。其实，所有这一切表明，安娜身上不乏对弗龙斯基的爱（当然这种爱实际上是对自己的爱），但唯独缺乏对自己孩子的爱，后者对一个母亲而言是再自然不过的事情，在安娜那里却被抛却得一干二净。其实，她没有明白，这恰恰是维系他与弗龙斯基之间关系的最好方法，也是排遣自己情感纠结的有效的办法。

　　值得一提的是，在关于孩子的问题上，安娜与多莉的一番对话也引人深思，她表示，她不愿再要孩子了，也无法再生孩子了，这让多莉在极度惊讶中，说出了"这不是不道德的吗？"（10：826）这句近于愤怒的表达。就在这部小说中，列文结婚时，神父说过一句话："汝将女人配与男子作为彼之内助，生儿育女。"（10：590）该语并非可有可无的闲笔，而是意味深长的伏笔，借助它并结合上文，不难看出，无论是"内助"，还是"生儿育女"，安娜均未做到。在这方面，较之于基蒂，安娜则相形见绌得多了，在前者那里，不但有如多莉所具有的那种充溢的母爱，而且更给列文提供了必要的、及时的帮助，这在他们生活中时时可以看到，给我们印象较为深刻的，是他们刚刚结婚后她对列文得病的哥哥的照料。① 实际上，通过小说中列文和基蒂所组成的唯一的幸福家庭，我们可以看到安娜在家庭生活中所缺乏的诸多方面，当然，这也是小说着意安排的一个基调。仍就妇女与生养后代的关系而言，托尔斯泰对之有着自己明确的观点，他曾在政论文章《论婚姻和妇女的天职》中表示，母亲的天职，便是繁衍后代，"这是唯一确定无疑的"，"因而一个妇女为了献身于母亲的天职而抛弃个人的追求越多，她就越完美"。（15：2），也就是说，在托尔斯泰看来，"生儿育女是从自然的、本性意义上而言的生命（естественная и природная жизнь）的基本法则"②。所以我们可以看到，除了多莉和基蒂之外，在作家笔下的那些正面女性人物身上，比如娜塔莎、玛丽亚（《战争与和平》）那里，无不鲜明地体现了她们作为女性的这一"完美"的一面。但这种"完美"恰恰是安娜所缺少的。

托尔斯泰从安娜的生命悲剧中，看到了卑污的上流社会对其所带来的消极影响，所以，在安娜生命的蜡烛行将熄灭时，小说即通过她强烈地谴责了这一罪恶的社会。但从"申冤在我，我必报应"这句小说题词中，借由小说同名主人公的经历，隐约中可以看出作家似乎更强调生命主体即人在其所身处的社会生活中的所作所为。通过小说中安娜所经历的生活的各个方面，我们可以看到，在安娜身上总是充满着真与非真、善与非善等力量的竞技，充满着它们之间力量的此消彼长，然而，常常地，她身上更多地体现了后者（非真、非善）的强大力量，显现出本能恶对自然善的征服，充分地呈现出了人的自然本性的乏匮无力。对于安娜的悲剧，巴赫金同样也有着类似的认识，他认为，"在托尔斯泰笔下，整个事情的关键并不在于上流社会的裁断，而是在于那审视自身的内在的裁断。对法则的任何一种破坏都要遭到内在的惩罚。人一旦偏离本真的道路，毁灭便不可避免，一切旨在拯救的试图均属徒劳无益。这是与人的本性内在地相应着的

---

① 对于基蒂护理列文哥哥时的表现，书中指出，在那时，"基蒂显然没有想到自己，而且也没有余暇想到自己；她只在替他（指康斯坦丁·列文——作者）着想，因为她心中有数，而一切都进行得很顺利。她对他（指尼古拉·列文——作者）说她自己的事，说她的婚礼，微笑着，同情他，安慰他，谈着病人痊愈的例子，一切都进行得很顺利；可见她是胸有成竹的"（10：644）。

② Бурнашёва Н. И. , Л. Н. Толстой: энциклопедия, М. : Просвещение, 2009, C. 506.

法则"①。

其实，通过小说中这一人物，以及托翁笔下形形色色的其他人物，作家似乎在向我们表明，虽然每个人日夕面对的生活现象纷繁多样且瞬息万变，生活在其中的人也各各有别，但唯一相同的，便是人身上的自然本性，或者如托翁所说，人人同一灵魂。② 更多地保有自身的善（对于托翁笔下那些"思想"的人物来说，则是去追求道德的善），摈弃来自生活中的恶，即便面对任何生活困境我们也不致失去方向，并最终能够获得生活的幸福。在生活中，任何人都无权去评判他人，而他所经历的生活则会对他做出评判，这是托翁通过自己笔下的安娜以及其他所有人物的命运遭际所揭示的。所以，在这里，卷首题词"申冤在我，我必报应"中的"我"，乃是每个人所身处其中的生活。③

---

① ［苏］巴赫金：《巴赫金全集》（第 7 卷），河北教育出版社 2009 年版，第 64—65 页。

② 托尔斯泰在对生命自然性的认识中，有一个生命完善的形象，这便是大自然，在一定意义上说，人的生命的自然性便是指一种未经外界腐蚀的心性自然，是生命的处女地，它是一个人在天真未凿的童年时期所具备、保有的一种完美与和谐。同时，在托尔斯泰对生命的道德性认识中，也有一个完美的形象，那就是上帝。在道德性方面，人可以无限地接近生命的完美，但无法达至这种完美。托翁的这句话其实更强调人的道德善，比如托翁自《童年》起通过自己笔下的那些思想的人物诸如伊尔捷尼耶夫、奥列宁、安德烈·博尔孔斯基公爵、皮埃尔、列文、《复活》中的涅赫柳多夫等"忏悔的贵族"所追求的。其实自然善和道德善并不是彼此对立和割裂的，即便在托翁的小说中也是如此，它只是一个人生命内核中的一体两面，是一个人生命特征的相对状态，因为毕竟任何人自出生起所面临的都不是人类的蒙昧、混沌状态，有的人身上自然善呈现的多一些，而有的人则后者更多一些。托翁在自己的前期小说创作中更多地表现了一种生命的自然善，同时其笔下的那些"思想"的人物也没有放弃自己的道德探索和追求；而后期小说创作则饱含了一种宗教伦理思想，提出了自己的上帝的观念，执着地张扬人身上的一种道德善，即虽然天生而具，但生活中流失而自觉去获取的善。人人同一灵魂和人人心中有上帝便是出现于作家后期的政论作品中，它强调社会中虽然有贫富不同、阶级差别、上下层之分，但任何人在精神禀赋上都是一致的，这里面没有高低之分。无限地接近这个上帝，则是从有死的肉体走向精神的复活。

③ 对卷首题词的解读历来争议不断。作家魏烈萨耶夫曾托人问及作家本人，托尔斯泰所给的解释是，"我选择这个题词就因为，如我解释过的，要表达这样一个思想，即人们所作恶事将有痛苦的后果，不是来自人们，而是来自上帝，就像安娜的遭遇一样"。但他同时也认同魏烈萨耶夫的看法，认为它比他自己认识得更好。巴赫金认为，托翁在这里所说的上帝"乃是天然的、犹太人的上帝，这是威严无比、严惩不贷、就活在人心中的上帝"（参见《巴赫金全集》第 7 卷，河北教育出版社 2009 年版，第 65 页）。

结 束 语

　　列夫·托尔斯泰是一位哲学家意义上的文学家，这种哲学家的定位不仅是由其文学创作而来，也是由其同样浩繁的政论创作所赋予的。从这一意义上说，托尔斯泰是一位有着既定理论的文学家，他的这种理论同样也融汇在其小说的字里行间，体现于其笔下的人物形象身上。但是，虽然如此，托尔斯泰笔下的那些栩栩如生的人物并不是戴着理论的枷锁生活的（不过，在托翁笔下的那些"思想"的人物身上，略有这方面的痕迹）。在托翁笔下的虚拟世界里，即如我们日常现实一样，人物的生活状貌斑斓多姿，这些生活就像我们的生命指纹，在不同的人那里各不相同。它们以其自身的存在诠释着主体的生命意义和价值。这方面，即如柯罗连科所说，"托尔斯泰的世界，这是一个阳光灿烂的世界；这里的一切映像，按大小、比例和明暗，都符合实际现象，而富有创造性的组合完全与自然界的有机规律相一致……在他描绘的景色上边，阳光普照，彩云朵朵，有人间的欢乐和悲痛，有过失、犯罪和美德……而所有这些形象，具有生命和运动，充满了人类的欲念，人类的思想、崇高的理想和难以自拔的堕落，都塑造得同生活本身创造出来的一模一样。这些形象大小，色调和相互之间分布的比例，都像平放着的反射镜前面的屏幕那样，准确而清晰地反映出现时中的相互关系和明暗对比。而且，这一切都打上了精神的烙印，闪烁着非凡的想象力和永远朝气蓬勃的思想的内在光辉"[1]。从这位著名作家的言语中，不难看出，在生活中恪守生命之真的托尔斯泰，在他的艺术创作中也在极力贯彻艺术之"真"，按照事物的本然面貌去反映生活。但是，这种反映与许许多多的作家所做的不同之处在于，托翁并不是为了反映生

---

[1]　倪蕊琴主编：《俄国作家批评家论列夫·托尔斯泰》，中国社会科学出版社1982年版，第202页。

活而去刻画生活，他所做的从来都不止于这一点，而是透过他笔下的生活去表达一种思想：什么是生活，什么是真正的生活，应当如何去生活。正如柯罗连科前文所说的，这当中闪烁着"永远朝气蓬勃的思想的内在光辉"，换句话说，透过这种生活所响彻的正是一种关于生命意义、关于生命如何安顿的激越基调。

列夫·托尔斯泰小说中所反映的生活内容和生命形态之丰富绚烂，让人叹为观止。但在作家那里，生活的天空并不永是响晴无云，也不永是阴霾蔽日；他笔下的人物，并不总是充满生命之真、善的形象，也不乏庸碌和鄙俗的人物，但往往的，在托翁笔下，后者比前者为多，而生活中的恶似乎也并不比生活中的善少，在托翁看来，这就是现实生活。

在这样的生活中，托翁透过自己的文字告诉人们，就应保持生命的本真而不迷误，这样的生活，才是真正的生活。在作家笔下，体现这种真正的生活的人，就是那种自身充满生命的自然性的人。正是他们的存在（当然也包括那些"思想"的人物的存在），为托翁笔下的斑驳生活增添了正面的、积极的、向上的色彩。他们以其自身的存在，"无意识地"演绎着生活这出人生剧，告诉人们，什么是真正的生活。在这方面，他们与托翁笔下的那些"思想"的人物不同，后者往往通过自己对道德生命的有意识追求，通过自己完善自我的行为，告诉人们应当如何去生活。

当然，托翁通过笔下那些充满生命的自然性的人，在彰明什么是真正的生活的同时，也在告诉人们应当怎样去生活，亦即应当像这些自身充满生命的自然性的人那样去生活。这是这种生活本身告诉人们的，而非像托翁笔下的那些"思想的"人物一样，通过道德追求的行为来"主动"示范出来的。像这些在自身充满生命的自然性的人那样去生活，具体来说，即如我们在正文中所指出的那样，要保持生来即有的、自然的、本性的善，它在一个人身上体现为善良而不狡诈、纯朴而不刻薄、率真而不造作、诚实而不虚伪等诸如此类的正面的内在禀赋，所有这些都是我们从托翁笔下这类人物身上能够感受出来的或者看到的一种共同的精神质地。归根结底，在托尔斯泰那里，像在自身充满生命的自然性的人那样去生活，就是要按照人被赋予的、人之所以为人的生命内里去生活，这是托翁笔下那些具有生命自然性的形象在"无意识"的生活中通过他们的一举一动所透露出来的一种生命法则和尺度。与此同时，在日常的生活形式中，正如那些过着充满生命自然的生活的人那样，要接近大自然，身体力行地从事劳动，不占有他人的劳动，要组建家庭、抚育子女等。

尚应提及，在托翁那里，洋溢着生命自然性的人，并不是一个生活在低级生命层次上的人，他背后所具有的那种生命，只是一种体现生命本真的生命，是一个人应然的生命，而他所过的那种生活，对一个人来说，也是一种应然的生活。其实，在这种自然生命中，亦能达到一种崇高的境界，因为在这当中，自然意味着一种至善，正是这种至善给自然赋予了一种神性的特征，在托翁笔下那些具有高度的生命自然性的人物身上，比如卡拉塔耶夫、叶罗什卡那里，便体现为一种近似神性的生命境界。但托翁笔下具有生命自然性的人物或者那些有意识地追求这种生命质地的人物（如康斯坦丁·列文）之所以都把自己的生活与乡村生活、农耕劳作等看似低下、简朴的生活方式维系起来，是因为托翁正是看到这种生活方式能够远离城市文明的侵扰和腐蚀，显而易见，这也正是其生命自然观的体现。别尔嘉耶夫曾在一定程度上指出了这一观念的某些内涵，他认为："像卢梭、托尔斯泰所企盼的自然，均不再是一个受规律性和决定论统治的客体化的自然，而是另一个革新了的自然。它极贴近自由的王国，是'主观性'的而非'客观性'的自然。'自然'的含义在列夫·托尔斯泰那里特别清楚，即指神、上帝，不指充满生存竞争、弱肉强食和机械必然性的那个自然。自然在他那里是生成转化的自然，是神的、上帝的自身。另外，列夫·托尔斯泰还视自然为土地、庄稼人和使用简单工具的体力劳动等，即赋予自然以淳朴和返回原始状态（возврат к примитивному состоянию）之义。"①

小说中，托尔斯泰通过自己笔下的各种各样的生活所正面张扬的便是这种生命的自然性，也正是在这种生命质地的鉴照下，作家笔下的那种以追逐荣耀、声名和各种肉体欲望为生命之真的"类生命"无不现出原形，露出恶的面目。在很大意义上，正是这种看待生命的自然观，成为作家臧否笔下人物，衡量其生命质地的一种标准。② 在很大程度上，也正是这种生命观念，使其营造了笔下那种"阳光灿烂的世界"，塑造了"忠实、纯

---

① ［俄］别尔嘉耶夫：《人的奴役与自由》，徐黎明译，贵州人民出版社1994年版，第117页。
② 当然，托翁的自然生命观只是其生命观的一个方面，在其整个的生命观中，还有一种更具显性的道德观，这也是其看待人物和评判事物的一种更为重要的标准。

洁和清晰"① 的形象。引申一下说，或也正是因为秉持这种生命观，我们所能看到的托翁笔下的一些人物，往往都是那种身心正常、心智健全的人，而非像其文学前辈和同时代作家那样，比如果戈理、冈察洛夫、陀思妥耶夫斯基、萨尔蒂科夫—谢德林等，在自己的笔下所呈现的往往是一些偏离正常的内心轨道的人。

　　但是，应该清楚地认识到，托尔斯泰的生命观并不仅仅表现为生命的自然观这一端，而其小说中的生命主题，也不仅仅表现为一种在此观念影响下的生命的自然性主题。托翁的生命观要远远比我们在本书中所探讨的丰富得多，也充实得多，而其笔下的生命主题也呈现为多样化的形态，即如托翁所一贯倡导的生命的道德性，他笔下人物死亡所折射出的生命之光，限于论题讨论的范围，我们在本书中并没有涉及，但这些，都将是我们以后深入思考的方面和进一步研究的任务。

----

①　倪蕊琴主编：《俄国作家批评家论列夫·托尔斯泰》，中国社会科学出版社 1982 年版，第 202 页。

参考文献

一 列夫·托尔斯泰的著作

［俄］列夫·托尔斯泰：《天国在你们心中》，李正荣、王佳平译，上海三联书店 1988 年版。

［俄］列夫·托尔斯泰：《托尔斯泰日记》（上、下），雷成德等译，陕西人民出版社 1998 年版。

［俄］列夫·托尔斯泰：《人生论》，许海燕译，四川人民出版社 1999 年版。

［俄］列夫·托尔斯泰：《列夫·托尔斯泰文集》（1—17 卷），人民文学出版社 2000 年版。

［俄］列夫·托尔斯泰：《天国在你心中》，孙晓春译，吉林人民出版社 2004 年版。

［俄］列夫·托尔斯泰：《生活之路》，王志耕译，中国人民大学出版社 2006 年版。

［俄］列夫·托尔斯泰：《列夫·托尔斯泰小说全集》，草婴译，上海文艺出版社 2008 年版。

Толстой Л. Н. , *Полное собрание сочинений*, *Т. 1 – 90*（*юбилейное изд.*）, М. ; Л. , 1928—1958.

Толстой Л. Н. , *Собрание сочинений в 22 томах*, М. : « Художественная литература », 1978—1985.

二　关于列夫·托尔斯泰的百科全书

王智量等编：《托尔斯泰览要》，贵州人民出版社 2006 年版。

Бурнашёва Н. И. , *Л. Н. Толстой*: энциклопедия, М. : Просвещение, 2009.

三　列夫·托尔斯泰研究相关

[英]艾尔默·莫德：《托尔斯泰传》（上、下），宋蜀碧、徐迟译，北京十月文艺出版社 2001 年版。

[苏]贝奇柯夫：《论托尔斯泰创作》，高植等译，上海文艺出版社 1958 年版。

[苏]贝奇柯夫：《托尔斯泰评传》，吴均燮译，人民文学出版社 1959 年版。

[苏]布尔加科夫：《列夫·托尔斯泰的最后一年》，王庚年等译，上海译文出版社 1994 年版。

[俄]布宁：《托尔斯泰的解脱》，陈馥译，辽宁教育出版社 2000 年版。

陈建华：《人生真谛的不倦探索者：列夫·托尔斯泰传》，重庆出版社 2007 年版。

陈燊：《欧美作家论列夫·托尔斯泰》，中国社会科学出版社 1983 年版。

[奥]茨威格：《托尔斯泰传》，申文林译，浙江文艺出版社 2009 年版。

[苏]赫拉普钦科：《艺术家托尔斯泰》，刘逢祺、张捷译，上海译文出版社 1987 年版。

李正荣：《托尔斯泰的体悟与托尔斯泰的小说》，北京师范大学出版社 2001 年版。

[法]罗曼·罗兰：《托尔斯泰传》，傅雷译，商务印书馆 1994 年版。

[苏]洛穆诺夫：《托尔斯泰传》，李桅译，天津人民出版社 1996 年版。

[俄]梅列日科夫斯基：《托尔斯泰与陀思妥耶夫斯基》（两卷本），杨德友译，华夏出版社 2009 年版。

倪蕊琴编选：《俄国作家批评家论列夫·托尔斯泰》，中国社会科学出版社 1982 年版。

[美]乔治·斯坦纳：《托尔斯泰或陀思妥耶夫斯基》，严忠志译，浙江大学

出版社 2011 年版。

邱运华：《诗性启示：托尔斯泰小说诗学研究》，学苑出版社 2000 年版。

上海译文出版社编：《托尔斯泰研究论文集》，上海译文出版社 1983 年版。

［苏］什克洛夫斯基：《列夫·托尔斯泰传》，安国梁等译，海燕出版社 2005
年版。

［苏］苏浩金娜—托尔斯泰娅：《列夫·托尔斯泰长女回忆录》，晨曦、蔡时
济译，北京出版社 1985 年版。

［苏］托尔斯泰娅等：《同时代人回忆托尔斯泰》（上、下），冯连驸等译，
上海译文出版社 1984 年版。

［苏］托尔斯泰娅：《父亲》，启篁、贾民译，湖南人民出版社 1985 年版。

［苏］托尔斯泰娅 C. A.：《托尔斯泰夫人日记》，谷启珍、刁绍华、吕存亮
译，鹭江出版社 2006 年版。

王智量：《论普希金、屠格涅夫、托尔斯泰》，光明日报出版社 1985 年版。

吴泽霖：《托尔斯泰和中国古典文化思想》，北京师范大学出版社 2000 年版。

杨正先：《托尔斯泰研究》，中国社会科学出版社 2008 年版。

赵桂莲：《生命是爱：〈战争与和平〉》，云南人民出版社 2002 年版。

张建华、温玉霞：《托尔斯泰画传》，中央编译出版社 2008 年版。

Андреев Г. Н., *Чему учил граф Лев Толстой*, М.：издательский дом «
Стратегия », 2004.

Апостолов Н. Н., *Живой Толстой*, М.：« Аграф », 2001.

Бехтерева Л. А., *Духовно-нравственный подвиг Льва Толстого*,
Новосибирск：ЦЭРИС, 2003.

Бурнашева Н. Т., *Раннее творчество Л. Н. Толстого：текст и время*, М.：
Издательство « МИК », 1999.

Бурсов Б., *Лев Толстой：идейные искания и творческий метод（1847—
1862）*, М.：Государственное издательство художественной
литературы, 1960.

Вересаев В. В., *Живая жизнь：О Достоевском. О Льве Толстом. О Ницше.*,
М.：Республика, 1999.

Галаган Г. Я., *Л. Н. Толстой：художественно-этические искания*,
Лениград：Наука, 1981.

Ги де Маллак, Мудрость Льва Толстого, М.：Издательство « Аслан », 1995.

Гродецкая А. Г. , *Ответы предания*: *жития святых в духовном поиске Льва Толстого*, СПб. : Наука, 2000.

Гулин А. В. , *Лев Толстой и пути русской истории*, М. : ИМЛИ РАН, 2004.

Днепров В. , *Искусство человековедения. Из художественного опыта Льва Толстого*, Л. : Сов. Писатель, 1985.

Жданов В. А. , *Любовь в жизни Льва Толстого*, М. : Планета, 2003.

Зверев А. М. , Туниманов В. А. , *Лев Толстой*, М. : Молодая гвардия, 2007, С. 264.

Кудрявая Н. В. , *Лев Толстой о смысле жизни. Образ духовного и нравственного человека в педагогике Л. Н. Толстого*, М. : РИО ПФ « Красный пролетарий », 1993.

Ломунов К. Н. , *Лев Толстой в современном мире*, М. : Современник, 1975.

Мелешко Е. Д. , *Христианская этика*, Л. Н. Толстого. М. : Наука, 2006.

Мережковский Д. , *Л. Толстой и Достоевский. Вечные спутники*, М. : Республика, 1995.

Мирза-Ахмедова П. М. , *Очерки идейно-художественных исканий Л. Н. Толстого* (*1850—1870—е годы*), Ташкент: Издательство « ФАН » Узбекской ССР, 1990.

Николаева Е. В. , *Художественный мир Льва Толстого* (*1880—1900—е годы*), М. : Флинта, 2000.

Орвин Д. Т. , *Искусство и мысль Толстого. 1847—1880*, СПб. : Академический проект, 2006.

Остерман Лев, *Сражение за Толстого.* М. : Грантъ, 2002.

Разумихин А. М. , *Радости и горести счастливой жизни в России*: *Новый взгляд на « Войну и мир »*, М. : ОАО « Московские учебники и Картолитография », 2009.

Рачин Е. И. , *Философские искания Льва Толстого*, М. : Издательство РУДН, 1993.

Ричард Ф. Густафсон, *Обитатель и Чужак. Теология и художественное творчество Льва Толстого.* СПб. : Академический проект, 2003.

Сухов А. Д. , *Яснополянскпй мудрец. Традиции русского философствования в* творчестве Л. Н. Толствого, М. : ИФРАН, 2001.

Сушков Б. , *Пророк в своем отечестве: Пушкин. Гоголь. Толстой (О невостребованных идеях и идеалах русских гениев)*, Тула: Гриф и К, 2003.

Тарасов А. Б. , *Что есть истина? Праведники Льва Толстого*, М. : Языки славянской культуры, 2001.

Толстой и о Толстом. Материалы и исследования (Выпуск 1 – й), М. : Наследие, 1998.

Толстой и о Толстом (выпуск 2 – й), М. : ИМЛИ РАН, 2002.

Толстой и о Толстом. Материалы и исследования. Вып. 3, М. : ИМЛИ РАН, 2009.

Храпченко М. Б. , *Лев Толстой как художник*, М. : Советский писатель, 1963.

Чуприна И. В. , *Нравственно-философские искания Л. Толстого в 60 – е и 70 – е годы*, Саратов: Издательство Саратовского университета, 1974.

Шифман А. И. , *Страницы жизни Льва Толстого*, М. : Советская Россия, 1983.

四 其他文艺类文献

［苏］巴赫金:《巴赫金全集》（7 卷本），钱中文主编，河北教育出版社 2009 年版。

蔡钟翔:《美在自然》，百花洲文艺出版社 2009 年版。

［俄］车尔尼雪夫斯基 Н. Г. :《车尔尼雪夫斯基论文学》（下卷第 I 册），辛未艾译，上海译文出版社 1982 年版。

［俄］哈利泽夫:《文学学导论》，周启超等译，北京大学出版社 2003 年版。

刘成纪:《物象美学：自然的再发现》，郑州大学出版社 2002 年版。

刘成纪:《自然美的哲学基础》，武汉大学出版社 2008 年版。

潘知常:《生命美学论稿：在阐释中理解当代生命美学》，郑州大学出版社 2002 年版。

［俄］普列汉诺夫:《普列汉诺夫美学论文集》，曹葆华译，人民出版社

1983 年版。

钱志熙：《唐前生命观和文学生命主题》，东方出版社 1997 年版。

王乾坤：《鲁迅的生命哲学》，人民文学出版社 2010 年版。

吴投文：《沈从文的生命诗学》，东方出版社 2007 年版。

杨辛、甘霖：《美学原理新编》，北京大学出版社 1996 年版。

赵志军：《作为中国古代审美范畴的自然》，中国社会科学出版社 2006
  年版。

智量：《俄国文学与中国》，华东师范大学出版社 1991 年版。

Историй русской литературы（*Т. 3*），Ленинград. Издательство « Наука »,
  Ленинградское отделение，1982.

Линков В. Я.，*История русской литературы XIX века в идеях*，М.：Изд-
  во Московского университета；« Печатные Традиции »，2008.

Набоков Владимир，*Лекции по русской литературе*，М.：Изд-во
  Независимая Газета，2001.

五　哲学类文献

［英］保罗·约翰逊：《知识分子》，江苏人民出版社 2003 年版。

［俄］别尔嘉耶夫：《人的奴役与自由》，徐黎明译，贵州人民出版社 1994
  年版。

［俄］别尔嘉耶夫：《自由的哲学》，董友译，学林出版社 1999 年版。

［俄］别尔嘉耶夫：《论人的使命》，张百春译，学林出版社 2000 年版。

［俄］别尔嘉耶夫：《历史的意义》，张雅平译，学林出版社 2002 年版。

［俄］别尔嘉耶夫：《自由精神哲学》，石衡潭译，上海三联书店 2009
  年版。

［英］以赛亚·伯林：《俄国思想家》，译林出版社 2003 年版。

邓晓芒、赵林：《西方哲学史》，高等教育出版社 2006 年版。

段德智：《西方死亡哲学》，北京大学出版社 2006 年版。

冯达文、郭齐勇：《新编中国哲学史》，人民出版社 2004 年版。

冯沪祥：《中西生死哲学》，北京大学出版社 2002 年版。

冯友兰：《三松堂全集》第四卷，河南人民出版社 2001 年版。

［德］海德格尔：《存在与时间》，陈嘉映、王庆节译，生活·读书·新知

三联书店 2006 年版。

胡友峰：《康德美学的自然与自由观念》，浙江大学出版社 2009 年版。

［英］怀特海：《自然的概念》，张桂权译，译林出版社 2011 年版。

黄应全：《死亡与解脱》，作家出版社 1997 年版。

金岳霖：《道、自然与人：金岳霖英文论著全译》，刘培育编，生活·读书·新知三联书店 2005 年版。

靳凤林：《死，而后生：死亡现象学视阈中的生存伦理》，人民出版社 2005 年版。

［英］柯林武德：《自然的观念》，吴国盛、柯映红译，华夏出版社 1999 年版。

李泽厚：《中国古代思想史论》，人民出版社 1985 年版。

梁漱溟：《人心与人生》，上海人民出版社 2005 年版。

［俄］列夫·舍斯托夫：《在约伯的天平上》，董友等译，生活·读书·新知三联书店 1989 年版。

［俄］列夫·舍斯托夫：《无根据颂》，张冰译，华夏出版社 1999 年版。

［法］卢梭：《社会契约论》，何兆武译，商务印书馆 1963 年版。

［法］卢梭：《爱弥尔》（全两册），李平沤译，商务印书馆 1978 年版。

［法］卢梭：《论人与人之间不平等的起因和基础》，李平沤译，商务印书馆 2007 年版。

［法］卢梭：《一个孤独的散步者的梦》，李平沤译，商务印书馆 2008 年版。

［法］卢梭，《忏悔录》（上、下册），李平沤译，商务印书馆 2010 年版。

［法］卢梭：《新爱洛伊丝》，伊信译，商务印书馆 2010 年版。

［法］卢梭：《论科学与艺术的复兴是否有助于使风俗日趋淳朴》，李平沤译，商务印书馆 2011 年版。

［俄］洛斯基：《俄国哲学史》，贾泽林译，浙江人民出版社 1999 年版。

牟宗三：《中国哲学十九讲》，上海古籍出版社 1997 年版。

钱穆：《人生十论》，生活·读书·新知三联书店 2009 年版。

邬昆如：《人生哲学》，中国人民大学出版社 2005 年版。

邬昆如主编：《哲学入门》，上海古籍出版社 2005 年版。

徐凤林：《俄罗斯宗教哲学》，北京大学出版社 2006 年版。

徐凤林：《索洛维约夫哲学》，商务印书馆 2007 年版。

[古希腊] 亚里士多德：《尼各马可伦理学》，廖申白译，商务印书馆 2003
　　年版。
杨国荣：《存在之维：后形而上学时代的形上学》，人民出版社 2005 年版。
杨国荣：《伦理与存在：道德哲学研究》，华东师范大学出版社 2009 年版。
[俄] 叶夫多基莫夫：《俄罗斯思想中的基督》，杨德友译，学林出版社
　　1999 年版。
叶启绩：《20 世纪西方人生哲学》，人民出版社 2006 年版。
叶秀山、王树人：《西方哲学史》（学术版），凤凰出版社、江苏人民出版
　　社 2005 年版。
叶秀山：《哲学要义》，世界图书出版公司 2006 年版。
[美] 约翰·杜威：《人的问题》，傅统先、邱椿译，江苏教育出版社 2006
　　年版。
张百春：《当代东正教神学思想》，上海三联书店 2000 年版。
张岱年：《张岱年全集》（第二、四卷），河北人民出版社 1996 年版。
赵敦华：《基督教哲学 1500 年》，人民出版社 1994 年版。
Бердяев Н. А. , *Русская идея*, М. : Изд. АСТ, 2000.
Гессен С. И. , *Избранные сочинения*, М. : РОССПЭН, 1999.
Замалеев А. Ф. , *Смысл жизни в русской философии: конецXIX- начало XX
　　века*, СПб. : Наука, 1995.
Зеньковский В. В. , *Русские мыслители и Европа*, М. : Республика, 2005.
Маслин М. А. , *Русская философия: энциклопедия*, М. : Алгоритм, 2007.
Маслин М. А. и др. , *История русской философии*, М. : Республика, 2001.
Трубников Н. Н. , *О смысле жизни и смерти*, М. : РОССПЭН, 1996.
Франк С. Л. , *Духовные основы общества*, СПб. : Наука, 1996.
Франк С. Л. , *Русское мировоззрение*, СПб. : Наука, 1996.

索引一

（主要人名）

索引二

（列夫·托尔斯泰的作品）

索引三

（列夫·托尔斯泰作品中的人物）

后 记

    "文以载道"是不少 19 世纪俄国作家从事文学创作的宗旨，或缘于此，"艺术性"与"思想性"兼擅渐趋成为俄国文学的传统，并在后世得到发扬，成为该国文学的一个重要特色。在托尔斯泰的创作中，俄国文学的这一传统呈现得相当明显。

    托尔斯泰是一个"杂家"，文学充其量仅仅是其一个爱好，作家并未认为它是自己一生务要从事的事业。除了文学之外，托尔斯泰（特别是在其后半生）似乎更乐意从事农耕，从事对宗教、道德、艺术、历史、人生意义、社会问题等的考察和研究，因此，托尔斯泰文学创作中的"思想性"既是其"文学性"的客观体现，又不能不说其中亦有其主观植入的成分，因为托翁曾明确表示，他从事文学的目的就是要表达思想。

    经典文学永远年轻，因为它富有生命力，常读常新，不会因为时代的变迁而被人遗忘。但举凡经典，大多既有艺术性，也有思想性，仅凭其中的艺术性，往往难以称之为经典，这就如武打电影，只有武功表现而无武魂支撑，终不入流。但经典文学中的"思想"，人言人殊。托翁的创作，既有举重若轻的大格局，也有举轻若重的工笔重彩，有张有弛，不疾不徐，尽显大家本色。笔者一段时期以来，醉心于阅读托尔斯泰，感喟于他的这一风格，更感受到其中"思想"的多元，也深深地体会到他对生命问题的执着关注和追问。此后便从这一问题入手，有针对性地进行深入阅读，愈益认为生命问题当是托翁创作之"思想性"的重要表现之一，于是便有了眼前这些感性多于理性的文字。

    本书是在笔者博士论文的基础上修改而成的，不过此次修改的幅度不大，没有增加多少新材料，持论也一仍其旧。原因在于，在博士学业顺利完成后，笔者不得不转向了有关托尔斯泰的其他课题的研究与写作，紧张的学习、阅读和工作生活，使得笔者再难反顾书稿，重订完善。本书中

"自然生命观"这一概念是笔者的个人提法，立论是否合理、持中，尚祈学界专家不吝指教和指正。虽然前段时间对本书论题的思考有所搁置，但在后续的几年，笔者将会继续就这一课题进行考察，期待能有新的阅读快乐和一得之见。

现今在工作和阅读之余，仍时时忘不了几年前在北京外国语大学紧张而又充实的求学生活，忘不了那么多师长对自己的无私关爱、帮助和教诲。我的博士生导师张建华先生主要从事现当代俄罗斯文学研究，成就斐然，学界公认，但在博士论文选题上却任由我驰骋，充满期许和信任，时时让我感念不已；在本书最早以博士论文的雏形拿出来的时候，先生第一时间给予认可，在关键时刻给了我写作自信，使我坚定了好好写下去的信心；在我的博士论文答辩顺利结束后，先生针对国内外托尔斯泰学的研究现状，给我提出了托尔斯泰研究三步走的任务，指导并期待我把托尔斯泰研究的事业继续下去。

在此亦感谢北京外国语大学的白春仁先生、黄玫教授和王立业教授，在北外求学期间，多有向他们请益，他们同样也为笔者走向学术道路之初的指导者和引路人。

华东师范大学陈建华先生为我的博士后研究合作导师，陈先生为国内从事中俄文学交流研究首屈一指的学者，亦是托尔斯泰研究专家，在追随先生学习期间，无论为学，还是点滴生活，总是受到先生无微不至的关怀和帮助。在此亦向陈老师表示衷心感谢！

感谢首都师范大学刘文飞教授、北京师范大学张冰教授和北京大学徐凤林教授，在我的求学道路上，受到了他们不同形式的鼓励和支持。感谢首都师范大学王宗琥教授、西安外国语大学温玉霞教授和辽宁大学于正荣副教授，作为同门，她们没少在我个人求学和生活中给予各种形式的帮助。

感谢毕业于莫斯科大学历史系的李亚龙博士，在我于国立普希金俄语学院访学期间，我们成了一道读书的学友，彼此切磋，相互支持；他在生活中也给予了我许多帮助。感谢莫斯科国立托尔斯泰博物馆藏书部的巴斯特雷金娜主任（В. С. Бастрыкина），当年在俄访学期间，她为笔者在书库中搜索和影印资料提供了极大的便利。感谢中国社会科学院图书馆俄文藏书部的李老师，当年在那里查阅托尔斯泰 90 卷集及其他俄文书籍，她给予了我这个院外的求学者以莫大的理解和帮助。

在本部书稿即将付梓之际，亦衷心感谢第五批《中国社会科学博士后文库》的评审专家和工作人员，正是他们的认真审阅和推荐，使得拙稿得幸入选。同时感谢青岛科技大学科技处把本书列入学校年度出版专项资助。感谢中国社会科学出版社文学艺术与新闻传播中心的郭晓鸿主任和本书责任编辑熊瑞女士，她们为本书的顺利出版付出了极大的辛劳！

本书同时亦是国家社科基金一般项目《列夫·托尔斯泰的生命哲学及其审美阐释研究》（16BWW037）的阶段性成果，并受到中国博士后基金第 56 批面上项目（2014M561433）的资助。

限于学力与才识，本书恐不乏识见乖谬、行文错讹疏误之处，敬祈学界同仁、各界专家和读者不吝指正。

张兴宇

2016 年 8 月 19 日

于青岛

征稿函附件 2:

第五批《中国社会科学博士后文库》专家推荐表 1

推荐专家姓名	张建华 教授	行政职务	
研究专长	俄罗斯文学	电 话	
工作单位	北京外国语大学	邮 编	100089
推荐成果名称	列夫·托尔斯泰的自然生命观及其审美阐释		
成果作者姓名	张兴宇		

（对书稿的学术创新、理论价值、现实意义、政治理论倾向及是否达到出版水平等方面做出全面评价，并指出其缺点或不足）

　　张兴宇同志的书稿《列夫·托尔斯泰的自然生命观及其审美阐释》是当下国内托尔斯泰研究的重要成果和新进展。该选题富有新意但难度较大，难在它需要在一篇论文中同时完成作家哲学思想和小说审美形态、意蕴的双重研究任务，迄今为止这一命题鲜有研究成果可以借鉴。新与难也促成了论文厚重的质地，研究的完成会大大拓宽并深化我们对这位世界级文豪的哲学思想和审美表达之间关系的理解和我们对 19 世纪俄罗斯文学经典的认知。

　　作者对托尔斯泰的哲学思想有着浓厚的兴趣和长期的研究。研究基于作者对托尔斯泰的小说及其政论文本细致、深入、全面的阅读和深入的思考，论027思维缜密，分析有据，立论扎实，时有新鲜的思想溢出。作者从作家的自然哲学观入手，对作品中三类形象（大自然、农民、贵族）的生命形态及其叙事伦理作了周密的解析和概括，"自在自然"、"自为自然"的哲理性归纳、分析和论证颇有见地。论著有鲜明的问题意识，结构合理，逻辑性强，结论"水到渠成"，毫不牵强。作者对小说文本的解读别有洞见，令人信服。论著出色地完成了作者规定的研究任务。丰富翔实的中外文文献资料，准确明晰的表达，简洁流畅的行文使得论著完全达到了出版要求。

　　论著的不足之处在于作者对托尔斯泰"自然生命观"的审视尚待有更为多维度的观照，比如，死亡观是作家生命观十分重要的构成，托尔斯泰的自然生命观从来就是与他的死亡观、伦理观、宗教观密不可分的，但论文涉及得不够，这是有待于作者日后的研究中加以补充和完善的。

签字：（签名）

2005 年 12 月 17 日

说明：该推荐表由具有正高职称的同行专家填写。一旦推荐书稿入选《博士后文库》，推荐专家姓名及推荐意见将印入著作。

第五批《中国社会科学博士后文库》专家推荐表 2

推荐专家姓名	陈建华 教授	行政职务	
研究专长	中俄文学交流；俄罗斯文学	电　话	
工作单位	华东师范大学	邮　编	200241
推荐成果名称	列夫·托尔斯泰的自然生命观及其审美阐释		
成果作者姓名	张兴宇		

（对书稿的学术创新、理论价值、现实意义、政治理论倾向及是否达到出版水平等方面做出全面评价，并指出其缺点或不足）

　　张兴宇博士的书稿《列夫·托尔斯泰的自然生命观及其审美阐释》是其对博士论文修改后的成果，与其博士后面上资助研究课题具有相关性。该书稿选题富有新意，力图揭示托尔斯泰小说的哲学意蕴和审美价值，虽然只选取了作家的生命观的一个方面（即自然生命观），但难度较大，在国内托尔斯泰研究领域具有新意。

　　该成果对艺术形象进行了哲学的和文学的详缜密分析，时有独到领悟，哲理阐发和文本解剖有机结合是其亮点之一。

　　书稿结构合理，行文流畅，但在对托尔斯泰生命观思想局限性的思考等方面尚有缺憾。

签字： 陈建华

2015 年 12 月 16 日

说明： 该推荐表由具有正高职称的同行专家填写。一旦推荐书稿入选《博士后文库》，推荐专家姓名及推荐意见将印入著作。